Sammy y Juliana en Hollywood

Sammy y Juliana en Hollywood

Benjamin Alire Sáenz

Diseño de portada: Diana Ramírez
Fotografías de portada: © Jaromir Chalabala | Shutterstock (muchacho)
y © Cia Pix | Dreamstime (mapa)

© 2018, Benjamín Alire Sáenz
© Traducción: Ariadna Molinari Tato

Título original: *Sammy and Juliana in Hollywood*

Derechos reservados

© 2018, Editorial Planeta Mexicana, S.A. de C.V.
Bajo el sello editorial PLANETA M.R.
Avenida Presidente Masarik núm. 111, Piso 2
Colonia Polanco V Sección
Delegación Miguel Hidalgo
C.P. 11560, Ciudad de México
www.planetadelibros.com.mx

Primera edición en formato epub: febrero de 2018
ISBN: 978-607-07-4711-3

Primera edición impresa en México: febrero de 2018
ISBN: 978-607-07-4648-2

Impreso en los talleres de Litográfica Ingramex, S.A. de C.V.
Centeno núm. 162, colonia Granjas Esmeralda, Ciudad de México
Impreso y hecho en México - *Printed and made in Mexico*

Para Amanda, Roberto, John,
Cynthia, Mark, Isel, Ivana...
y en memoria de Amy

Cada generación debe encontrar su
propio camino. Acepta el viaje con
los brazos abiertos.

Lo primero que hacen los muertos es perder la voz. Pero encuentran la forma de que los escuchemos. Tal vez los muertos nos necesitan a los que sobrevivimos para que salgamos a las calles a contarle a todo el mundo lo que ocurrió. Tal vez quieren que hagamos algo más que sólo contarlo. Tal vez quieren que lo gritemos. Tal vez quieren que señalemos culpables. Tal vez quieren que se lo digamos a cualquiera que se detenga a escuchar que alguna vez el mundo también fue suyo. Tal vez no nos dejen en paz hasta que volvamos a decir sus nombres en voz alta una, y otra, y otra vez.

Sammy Santos

Cómo me miraron sus ojos

—Si sólo hablas, Juliana, puedes llenarte de vida
con tus palabras.
—No digamos nada, Sammy. Ya no digamos nada más.

Uno

Recuerdo sus ojos, tan grises como el cielo que está a punto de descargar una tormenta. Recuerdo que apoyaba la punta del dedo sobre su labio inferior cuando se perdía en pensamientos tan oscuros como sus ojos. Habría dado lo que fuera por vivir así de cerca de sus labios.

Solía recordar sus ojos al estar tirado en mi cama. Sus ojos y ese dedo que rozaba su labio inferior. Me recostaba ahí y escuchaba mi estación de radio favorita, K-O-M-A de Oklahoma. La señal llegaba hasta el sur de Nuevo México, donde yo vivía. Pero sólo por las noches. Sólo llegaba de noche. Yo solía esperar con la ilusión de que pusieran aquella canción de Frankie Valle: *You're just to good…* Aunque estuviera medio dormido, si escuchaba esa canción me despertaba al instante. La tarareaba e imaginaba la escena: una chica que se arregló para mí y una pista de baile tan brillante como el cristal. Hasta los cubos de hielo de nuestras bebidas resplandecían con la luz. La chica era Juliana. Y el mundo entero era mío. *I need you be-i-by…* Y entonces, cuando terminaba la canción, caía rendido de sueño por intentar mantenernos juntos. Estar obsesionado con Juliana era un trabajo pesado. En el instante mismo en el que la conocí, la palabra obsesión pasó a formar parte de mi vocabulario.

Lo que me hacía volver una y otra vez era la forma en la que me miraba. Cuando estaba a punto de renunciar a ella, cuando estaba a punto de decirle: «Vete al diablo. No necesito este sufrimiento. Ya no lo soporto más», cuando estaba a punto de decirle algo así, ella estiraba el brazo y cerraba el puño. Le daba golpecitos al puño cerrado con la otra mano hasta que yo asentía y abría su puño. Luego me quedaba viendo la palma de su mano abierta, y ella me preguntaba:

—¿Lo ves?

Yo asentía y contestaba.

—Lo veo.

—Lo ves todo ahora, ¿cierto?

—Sí, todo —contestaba.

—Lo ves todo.

—Sí. *Todo, todo, todo.*

Ahora, cuando pienso en su brazo extendido y su mano abierta, debo reconocer que no veía nada. Pero puedo ver el movimiento de mis labios.

—Sí. *Todo, todo.*

Me pregunto por qué le mentí. Tal vez no era una mala mentira. O quizá sí. Quizá no hay mentiras buenas. No sé. Sigo sin saberlo, como tampoco sabía nada sobre la lectura de manos. Jamás he sabido nada al respecto. No lo sabía entonces ni lo sé ahora. Lo que sí sabía era que, por más que me dejara abrir su mano, sus puños seguían apretados y se quedarían así para siempre.

Que Juliana me dejara abrir su puño era una mentira. Tal vez era una mentira piadosa. Creo que sí.

Una vez le dije que ella coleccionaba secretos como algunas personas coleccionan estampillas.

—¡No entiendes nada! —dijo—. ¿De dónde sacas tanta mierda? Eres un mentiroso de mierda.

—Claro que no —dije.

—Bueno —continuó ella—, todo el mundo necesita coleccionar algo.

—Pues colecciona otra cosa —le dije.

—¿Como qué?

—¿Libros?

—No, no me gustan. Eso es lo *tuyo*, Sammy. ¿Sabías que todos te llaman «el Bibliotecario»? —Volteó a verme. Fingí que lo sabía, aunque no era cierto. Pero fingí. Y ella me lo permitió—.

Además, sólo los *gringos* tienen para comprar libros. Pero los secretos son gratis.

En eso estaba equivocada. Los secretos son muy muy caros.

Solía escribirle recaditos en clase que decían: «Deja de coleccionar».

«Todavía no», contestaba por escrito.

«Entonces cuéntame uno. Sólo un secreto». ¿Qué creía que me iba a contar?

La primera vez que me dijo qué estaba pensando, me puso a temblar.

—Siempre he querido fumar un cigarro. —Eso fue lo que me susurró.

La imaginé usando un vestido con la espalda descubierta en un bar lleno de humo con un cigarro entre los labios. Y un trago en la mano. Imaginé mi mano sobre su espalda descubierta, y eso fue lo que me hizo temblar. Y me vino a la mente aquella canción: *you'd be like heaven*… Casi me ofrecí a comprarle la cajetilla, hasta dos, o incluso una caja entera. Pero tenía 16 años y no podía abrir la boca cuando era necesario, además de que no tenía un centavo en el bolsillo. Así que me quedé paralizado, intentando descifrar qué hacer con las manos. Me quería morir.

Esa noche decidí ser un hombre. Estaba harto de quedarme sentado como una silla. Eso era yo, Sammy Santos: una silla. Me quedaba sentado. Pensando. Como si pensar sirviera de algo. Al diablo con todo. Después de la cena, salí de la casa, tomé prestada la bici de Paco y me robé dos cajas de botellas de Dr. Pepper de la señora Franco. Su casa era bonita. No vivía en Hollywood. No le hacían falta esas botellas. Las canjeé en el Pic Quick sobre Solano y compré mi primera cajetilla de cigarros. Mi papá quiso saber dónde estaba.

—Salí a dar una vuelta —dije.

Su sonrisa casi me rompe en pedazos.

—Eres como tu mamá —dijo—. Ella salía a caminar y pensar. Eso se lo sacaste a ella.

Se veía tan contento, si es que se puede estar contento y triste al mismo tiempo. Así se veía cuando hablaba de ella.

Odiaba mentirle. Pero tampoco podía decirle que le robaba botellas vacías de Dr. Pepper a la señora Franco. Él me consideraba una especie de monaguillo. Nunca pasaba una semana sin que me dijera que yo era un buen muchacho. ¿Bueno? ¿Qué es eso? A veces quería gritarle: «No sabes nada, papá. No sabes de estas cosas». Eso quería gritarle, pero le habría roto el corazón.

Más tarde, ya en mi cama, examiné la cajetilla roja de Marlboro como si me fueran a hacer un examen sobre su apariencia. Olí los cigarros a través del celofán…, y fue ahí cuando me enamoré del olor del tabaco. Al día siguiente, en el almuerzo, le ofrecí a Juliana la cajetilla. Ella la tomó. Como si nada. Pero había algo en su mirada. Algo. La metió a su bolso y miró fijamente la palma de mi mano.

—Trabajas —dijo. Era cierto. Me levantaba a las cuatro a limpiar bares de mala muerte para la empresa de limpieza Speed Sweep Janitors. «Trapeamos todo lo que tengas», era nuestro lema. Todos los días, de 4:30 a 7:00 de la mañana, trabajaba. Trabajaba, iba a casa, me duchaba…, y luego hacía el desayuno para mi hermana y para mí.

—Todo mundo trabaja —contesté.

Ella iba a decir algo, pero luego cambió de opinión. Lo odiaba. Era como saber que había un secreto ahí, y que el secreto se trataba de mí. Digamos que dolía saberlo.

—Eres lindo —dijo finalmente. Lindo, pensé. Había mejores cumplidos que ése. Ella sonrió—. Alguien va a lastimarte. Y desearás nunca haber tenido corazón.

Quería contarle que mi mamá había muerto, que ya conocía el dolor, pero no dije eso, ni nada. Nada. Simplemente la miré irse, y mis ojos la siguieron hasta que desapareció como el sol que se hunde despacio en la tierra.

Todo se oscurecía cuando ella no estaba.

Ella también sabía de dolor. Pero también sabía combatirlo y era capaz de dejarte callado y con miedo con una mirada. No era que fuera fea o malvada; simplemente había aprendido ciertas mañas. El mundo no era precisamente bueno con ella, así que deseaba recordarle a todos a su alrededor —pero creo que sobre todo a sí misma— que valía algo. Que ese aire también era suyo. Que el suelo que pisaba era tan suyo como de los demás. Tenía mucho miedo de que la destruyeran. Creo que eso se debía a que tenía un padre que quería aplastarla hasta hacerla polvo. Así el viento la arrastraría y la convertiría en nada.

Recuerdo lo que me dijo. Recuerdo sus palabras exactas.

—Cuando tenía cuatro años, me caí del columpio en un parque. Se me ensució el vestido. Mi papá me miró feo, como si estuviera sucia. Y supe entonces que le daba igual si me la pasaba sentada en esa tierra el resto de mi vida. Creo que le decepcionó que no llorara. Me levanté, me sacudí la tierra y me subí otra vez al columpio. Pero nunca olvidé esa mirada. Me odiaba. Y yo no podía hacer nada al respecto. Intenté cambiar su opinión acerca de mí, pero nada sirvió. Le servía té, le boleaba los zapatos, le hacía de comer. Una vez planché su camisa favorita y la dejé perfecta. Él me la arrebató y la arrugó como un pedazo de papel. Así que dejé de intentarlo. Tenía 12 años. Cuando estaba en octavo, leí un cuento. La maestra nos encargó buscar las palabras que no conocíamos. La palabra que yo busqué fue «desdén». Y, cuando leí la definición, pensé: «Sí, entiendo esa palabra».

Esa noche, cuando me contó todas esas cosas, estábamos fumando cigarros en el Chevy Impala de mi papá. Estábamos en el autocinema Aggie, cerca de Valley Road. Habíamos apagado las bocinas porque los dos ya habíamos visto *La extraña pareja*. No tenía nada auténtico ni interesante esa película, y verla nos agotaba. Se suponía que era cómica. Supongo. Pero no lo era. Al menos no para Juliana. Ni para mí. Y Juliana decía que era raro el tipo de películas que volvían locos a los *gringos*.

—Pero no puedes hacer nada con los *gringos* —dijo—. Así como tampoco puedes hacer nada con los padres. —Luego siguió hablando de su papá y de cómo se aseguraba de menospreciar a todo el mundo—. Si yo hubiera nacido ave, él me habría cortado las alas.

Tenía ganas de decirle que yo me suicidaría si mi padre me odiara. Todos los días, cuando llegaba de su trabajo, lo primero que hacía era acariciarme el cabello y decirme que la cena olía rico. Yo intentaba cocinar como mi mamá. Y no lo hacía mal. Él siempre me agradecía. Así era él, agradecido, siempre agradecido con la gente por las cosas que hacían. ¡Maldición! ¡Odiaba al papá de Juliana por no ser como mi papá! Por no saber lo que tenía. Lo odiaba. Finalmente, eso fue lo que le dije.

—Lo odio. Lo odio con todo mi ser. —Eso dije. Y ésa fue la primera vez que me besó. Sus labios sabían a algodón de azúcar. No eran pegajosos, pero sí dulces, como si algo en su interior estuviera compensando lo que le faltaba en su casa.

—Eres lindo —dijo—. Alguien va a lastimarte.

—Sí, ya me lo habías dicho.

—Es la verdad. —Me besó de nuevo. Yo le contesté el beso con tanta pasión como pude, pero luego ella se frenó y me miró de nuevo—. Naciste para ser lastimado.

—No —dije, y entonces nos seguimos besando. Nos sentamos en el cofre del auto y fumamos toda la noche. Y nos besamos un poco más. Todavía recuerdo su olor. No olía a perfume ni a joyería como las otras chicas. Eso me gustaba de ella. Hablaba de que a veces su mamá se iba, pero siempre volvía, y se preguntaba por qué su mamá no los llevaba con ella cuando se iba.

—Simplemente nos deja ahí, con él.

Yo la escuchaba. Me gustaba escucharla. No me importaba que lo que me contara no fuera bonito ni agradable ni rosa. El barrio en el que vivíamos no era bonito ni agradable ni rosa. No importaba que alguien le hubiera puesto «Hollywood» al barrio en el que vivíamos. Tal vez era una broma. Tal vez era una súplica. Pero no importaba. Era difícil que hubiera historias agradables en Hollywood. Así que yo sólo escuchaba. Juliana decía que su tía le había dicho que no tenía nada de qué preocuparse porque había nacido hermosa. Pero luego otra tía le dijo que tendría que pagar por ello porque nada en la vida era gratis, ni siquiera la belleza.

—Algún día —dijo Juliana—, juro que mataré a mi padre. Lo veré desangrarse como un perro atropellado en una avenida muy transitada. —Me asustó escucharla hablar así. Sabía que estaba imaginando la escena en su cabeza.

Pero después de que dijo eso, fui yo el que la besó. Quería hacerla olvidar. Creía que los besos de un chico podían hacer a las chicas olvidar todo lo malo. Los chicos de 16 no saben un carajo. ¿Cómo podría ayudarla a olvidar que le metiera la lengua hasta la garganta?

Sus ojos siempre parecían estar en llamas, como rayos a punto de caer, pero eran hermosos, así como el fuego y los rayos son hermosos, con esa rabia natural y agraciada que hace que todos los seres vivos se queden atónitos. O tal vez sólo aterrados. A veces te miraba y se notaba que intentaba decirte: «No te metas conmigo porque tengo experiencia y tú no tienes la menor idea de cuánto me ha costado llegar aquí, a este lugar, a este inmundo terruño, así que no me trates como una grieta en el pavimento porque, si pones un pie encima de mí, no volverás a dar un paso sin pensar en mí. Te lo juro por Dios». Vi esa mirada cientos de veces. La llevé a casa conmigo. La estudié, aunque nunca la entendí. Al menos no en ese entonces. ¿Cómo podemos ver algo a diario sin saber qué es lo que estamos mirando?

Una vez, cuando estaba cruzando la puerta de salida del gimnasio, un tipo volteó a verla y le dijo:

—¡*Ay, muñeca*! —Y luego hizo un movimiento con ambos brazos y con el cuerpo como si estuviera teniendo sexo con ella contra la pared. Ella caminó hacia él, se le acercó demasiado y le dio un rodillazo en su hombría. Él se dobló del dolor y gritó como un niñito. Ella se quedó ahí. Lo miró. Cuando el tipo recuperó el aliento, ella le sonrió.

—Ahora puedes ir a presumirle a todos qué se siente estar con una chica de Hollywood.

En otra ocasión, un tipo la invitó a salir. No era como que me perteneciera. No era así. Novio, novia…, esa clase de cosas no significaban mucho. Al menos no para ella. Significaban más para mí, creo, pero yo siempre fui un poco blando, como mi padre. *Mansito*, solía decir mi papá sobre sí mismo. Manso. Lo contrario a salvaje. Como un perro incapaz de morder a nadie.A veces quería decirle a Juliana que todo mi ser era suyo. Pero se habría burlado.

Así que el tipo la invitó a salir, un *gringo* guapo que jugaba básquet y siempre andaba rondando por Las Cruces High, como si hubiera comprado el gimnasio y el estacionamiento. Se le acercó a Juliana en el pasillo y le dijo:

—¿A qué hora paso por ti el viernes?

Juliana se le quedó viendo.

—¿Me estás invitando a salir?

—Supongo —dijo él.

Ella lo miró fijamente.

—¿Cómo te llamas?

—Todo el mundo sabe cómo me llamo —contestó él.

—Yo no. —Y se fue caminando.

—¿Adónde vas? —le gritó él.

—A clase —contestó ella—. Esto es una escuela, ¿sabías?

Él corrió tras ella y la tomó del brazo.

—Te pregunté que a qué hora paso por ti.

Ella no hizo más que mirarlo. Miró fijamente sus ojos azules, como intentando hacer que viera. Ella hacía eso. Cuando quería que vieras todo lo que sentía, podía lograrlo. Vi cómo se le quedó viendo y supe lo que le estaba diciendo con la mirada. Ella quería que él recordara lo que le estaba diciendo por el resto de su insignificante vida: «Crees que debería sentirme agradecida porque conducirías hasta Hollywood para recogerme una noche, y que por eso te abriría las piernas. Eso crees, ésa es tu chaqueta mental. Pero si no me quitas la mano de encima, te la voy a arrancar y se la daré de comer al pitbull de mi vecino, y no sentiré nada, ni por ti ni por tu insignificante mano. ¿Me estás entendiendo?». Le dijo todas esas cosas con la mirada que le lanzó, y juro que al tipo se le cayeron los calzones. Por primera vez en su perra vida de privilegios, el imbécil entendió que el mundo era mucho más grande de lo que había soñado. Su entrenador le había mentido. La vida no era un partido de básquet. El encanto se le esfumó conforme se alejaba. ¡Cielos! No pude evitar sonreír.

Recuerdo casi todo lo que tiene que ver con ella. Era como si hubiera nacido para escribir su biografía, y al saberlo empecé a tomar notas casi desde el principio. En general escribía esas notas dentro de mi cabeza, porque mi mente se había convertido en un pizarrón. No podía permitirme borrar nada que hubiera escrito sobre ella. Pero ahora creo que necesito vaciarlo todo para recuperar mi cuerpo. La cosa es que sé que ella siempre estará dentro de mí. Bueno, tal vez no es ella en sí, pero hay algo. Lo siento. Siento aleteos a veces. Es como si hubiera alas enjauladas dentro de mí, y yo soy la jaula, y las alas intentan encontrar una salida. No sé. Es confuso.

—Todo el mundo te ha visto con esa muchacha.

—¿Cuál muchacha, papá? —Siempre fingía no saber qué estaba pasando. Siempre me funcionaba.

—*Tú sabes cuál muchacha* —dijo mi padre—. *No te hagas tonto.*

—Deberías ver a todas las muchachas que andan tras mis huesos —dije.

—¿En serio? —preguntó mi hermanita, maravillada. Tenía la mitad de años que yo y era adicta a las conversaciones ajenas—. ¿Hay muchas muchachas tras tus huesos, Sammy?

—*Seguro* —contesté.

—Eso no lo sé —dijo mi padre—, pero sé tras cuántas muchachas andas tú. *Ya te conozco.* Sólo andas tras una, y se llama Juliana Ríos.

—¿En serio? —preguntó Elena—. Su hermana Mariana está en mi escuela.

Me quedé callado. El análisis que hacía mi padre de la situación sonaba como acusación, como si yo fuera un criminal.

—Es linda, papá.

—Bueno, *la muchacha tiene una cara muy bonita, pero eso no quiere decir que sea linda.* —Mi papá bajó la mirada hacia su plato. Era fácil interpretarlo. Cada vez que quería decir algo, miraba su plato, como si la sopa o los frijoles fueran a soplarle las palabras—. Juliana y tú no andan haciendo cosas, ¿verdad?

—¿Como qué cosas, papá?

—Ya sabes de qué hablo.

—Yo no sé de qué hablas —dijo mi hermanita.

—Yo tampoco. Dime —dije.

—Sí —intervino Elena—. Dinos.

—Olvídenlo —dijo mi padre. Pero no iba a dejar el asunto en paz, aunque Elena estuviera presente—. ¿Cómo es? —preguntó.

—Es buena y bonita. —Volteé a ver a Elena—. ¿No crees que es bonita, Elena?

Mi hermana asintió.Me quería tanto que siempre estaba dispuesta a ser mi cómplice.

—Muy bonita —contestó.

—Y es lista —dije.

—¿Es estudiosa? —preguntó mi papá.

—No. No le hace falta. Supongo que simplemente sabe cosas. No sé. Nunca se lleva los libros a su casa. Pero he visto su boleta. Tiene puras A, dos B y una C.

—No tiene tan buenas calificaciones como tú —dijo mi padre.

—Sí, pero yo sí necesito estudiar, papá.

—¿Crees que pudiera enseñarme a no estudiar? —preguntó Elena.

—No —le contestó mi padre—. Es mejor estudiar. —Él era muy recto con eso de merecerse las cosas. Volteó a verme—. No le estás pasando las respuestas, ¿verdad?

—No, papá. No le paso las respuestas. —Quería decirle que ella no dependía de mí para encontrar respuestas a nada. Ella encontraba todas las respuestas por sí sola. Mi papá no la conocía y no confiaba en ella. Sólo creía que ella no era lo suficientemente buena para mí. Me pregunté cómo se sentiría eso. Si la gente me mirara como la miraba a ella, estaría enojado todo el tiempo—. Mira, papá. Todos somos iguales. Todos venimos de Hollywood.

—No. No somos iguales. Algunos somos buenos y otros no lo son. No eres como el Pifas Espinosa ni como Joaquín Mesa ni como René Montoya. Ni como Reyes Espinosa. No eres como ninguno de ellos.

—Tú no me dejas ser como ellos.

—*No tiene nada que ver conmigo*. En eso te equivocas, *mijo*. Si fueras como esos muchachos, entonces nada de lo que yo pudiera hacer o decir te amansaría. No eres como ellos. Nomás no.

Quería contestarle que a veces me daban ganas de ser tan salvaje como ellos. A veces me odiaba por ser tan manso, como un gato dócil al que le quitaron las uñas y que no sirve para nada más que para estar asomado por la ventana. ¿De qué me servía ser bueno? En Hollywood, de nada.

—No soy mejor que ellos, papá.

—Okey —dijo él.

Y entonces yo dije:

—Es una chica muy dulce, papá.

—¿Dulce?

—Sí. En serio.

Me miró y negó con la cabeza.

—Conozco a su familia.

—No —dije—. No la conoces a ella, papá.

—¿No fue la que le dijo a la señora López que era una…? —Se detuvo y le sonrió a Elena—. ¿No fue la que le faltó al respeto a la señora López frente a todo el vecindario?

—A la señora López le gustan mucho los hombres, papá.

—¿Qué tiene de malo que le gusten los hombres? —preguntó Elena.

—Nada —dije y miré a mi padre—. La señora López le faltó al respeto a la señora Ríos al invitar al señor Ríos a su casa. De noche. —Me detuve, asentí viendo a mi padre y le guiñé un ojo a Elena.

—La gente no debe visitar a otra gente de noche, ¿verdad? —preguntó Elena.

—No —contesté—. No deben. Deben quedarse en su casa. ¿Verdad, papá?

—Sí —dijo mi padre, aunque sé que pensaba que estaba mal que Juliana le hubiera dicho «*puta desgraciada sinvergüenza*» a la señora López frente a todos los que estaban comprando sus verduras en Safeway. Mi papá volvió a mirar su plato—. Bueno, no quiero que Juliana y tú vuelvan a fumar en mi auto. *Ni sé por qué fuman. Se creen muy grandes.* Pero son unos niños.

Asentí. Mi papá se puso de pie, y Elena y él empezaron a recoger la mesa. Todas las noches, limpiaban la cocina juntos y luego comían helado y dejaban los tazones sucios en el fregadero. Siempre volteaba a ver los tazones de helado apilados cuando salía por las mañanas. Era como si me llevara una parte de ellos conmigo. Hacían una gran mancuerna. Elena siempre tenía cientos de preguntas, y mi papá intentaba contestarlas todas.

A veces, cuando estoy haciendo cosas, los imagino juntos, a Elena y a mi papá. Y pienso que mi papá y yo siempre luchamos hasta el cansancio por proteger a Elena, como si pudiéramos evitar que la mierda a nuestro alrededor la alcanzara. Lo curioso es que, pues, solía pensar que mi papá era común y decente y ordinario como el chicle. Pero después de todo lo que ha pasado, supongo que sé que no sé nada, al menos no sobre mi padre. ¿Qué carajos sabía yo en ese entonces? ¿Qué carajos sabía sobre lo que él guardaba en su corazón, sobre las cosas que nos ocultaba, sobre las cosas que tuvo que soportar para salvarnos a Elena y a mí? ¿Por qué no pude ser agradecido como él?

Esa tarde, los dejé en la cocina, a los dos, como si siempre fueran a estar ahí. Subí a mi cuarto y le llamé a Juliana. Su padre contestó el teléfono y, cuando pedí que me la pasara, lo único que me dijo fue:

—No vuelvas a llamar. Esa *puta* no está en casa. No vuelvas a buscarla. ¡*Pinches cabrones*! ¡*Todos*! ¡*Todos*!

Quise salir corriendo de la casa, atravesar la cuadra, tirar su maldita puerta y meterle un puñetazo hasta la garganta. Me imaginé golpeándolo, y eso me hizo sentir mejor. Me pregunto si las cosas habrían sido distintas si hubiera hecho algo así. Si lo hubiera hecho, tal vez la historia de Hollywood habría sido distinta, tal vez mejor.

Dos

—Entonces, ¿cuál es el símbolo del potasio? —Birdwail, el maestro de Química, miró fijamente a Juliana. Ella dio la respuesta correcta—. ¿Y el del hidrógeno y el del aluminio y el del magnesio? ¿Cuáles son sus valencias?

Birdwail continuó disparándole preguntas. Sentí que parecían balas con las que quería matarla. Pero ella no estaba de ánimos para morir. Le contestó todas. Una tras otra, contestó todas las preguntas inútiles de Birdwail.

—Muy bien —dijo él.

—Le sorprende, ¿verdad? —Juliana se le quedó viendo.

—¿Qué? —preguntó él.

—Que sepa.

—No sé qué se trae entre manos, señorita Ríos…

—Puedo verlo.

Birdwail ignoró su pregunta y nos pidió que abriéramos el libro de texto en la página 163.

Juliana se levantó, entregó su cuaderno de prácticas de laboratorio y se dirigió hacia la puerta.

—La vez pasada me puso B en el cuaderno de laboratorio porque dijo que lo entregué tarde. No lo entregué tarde, y éste tampoco. Ahora tengo testigos —dijo y salió por la puerta.

—¡Vuelva acá en este instante! —gritó él—. ¡Regrese al salón! —Pero ella no obedeció. El profesor estaba rojo de ira—. Lean el capítulo 11 —dijo y se sentó en su escritorio a fingir que tenía el control de la situación. Pero no dejaba de murmurar para sus adentros. Luego descubrió que yo lo estaba viendo. Quería que viera lo que decían mis ojos.

Después de clases, fui a buscar a Juliana y la encontré junto a su casillero.

—¿Por qué hiciste eso? —le pregunté—. Te van a…

—Fui a la oficina del director —dijo con la tranquilidad y calma de una cálida tarde de verano—. Le dije que a algunas chicas nos gusta la química y la biología. Hasta a las mexicanas. Le dije que el trabajo de Birdwail era enseñar. Alentarnos a aprender. Le dije que Birdwail no estaba haciendo su trabajo. Y entonces me dijo: «Puede abandonar la materia si quiere. Me aseguraré de que no la necesite para graduarse». Le dije que quería abandonar la materia y que no quería problemas. Le dije que había sacado A en la clase de Birdwail y que esperaba seguir sacando A en lo demás. «A», repitió él. «A», dije yo y lo miré fijamente.

—¿Y qué dijo Fitz después de eso?

—Siguió asintiendo y finalmente dijo: «No tendrá más problemas. Se lo prometo».

—Bueno, Birdwail te sigue odiando —dije.

—A ti también te odia.

—¿Y? —pregunté.

—También te puso B —dijo y me lanzó una de sus miradas, una de esas miradas que eran difíciles de entender pero que te hacían sentir como el idiota más grande de todo el sur de Nuevo México.

—¿Y? Sólo fue en el cuaderno de laboratorio. Luego lo compenso.

—¿Por qué tendrías que compensarlo, Sammy? Él te timó; nos timó a ambos.

—Okey —asentí—. Entonces hablaste con el director, ¿eh? —Lo imaginé con su habitual sonrisa, la que hacía enfurecer a Carlos Torres. Esa maldita sonrisa—. Y ganaste.

—Soy de Hollywood. Nadie de Hollywood gana nunca. Simplemente no siempre perdemos.

Sacó una cajetilla de cigarros del bolso. Ahora era fumadora. Una gran fumadora. Me ofreció uno. Caminamos juntos a casa.

Era largo el camino a Hollywood, pero ambos detestábamos el autobús.

—Creen que somos animales —dijo.

—Claro que no.

—Se creen mejores que nosotros.

—No siempre actuamos como…

—Pues sí, no siempre actuamos como ellos, Sammy. ¿Y qué? ¿Crees que los *pendejos* del equipo de americano se comportan como personas? —Me miró a los ojos mientras encendía el cigarro. Luego encendió el mío—. Quieres ser como ellos, ¿verdad?

—¿Como los jugadores de americano? Claro que no.

—Pero sí quieres ser como ellos, ¿no?

No podía mirarla a los ojos.

—No quiero vivir toda mi vida en Hollywood. Eso es todo.

—Yo tampoco, Sammy. Pero no tienes que ser como ellos.

—No tienes de qué preocuparte —dije.

—Sí me preocupo —dijo ella. Era una advertencia. Más tarde entendí qué era lo que me estaba advirtiendo. Me pregunté cómo lo sabía en ese entonces. Apenas teníamos 16. ¿Cómo lo sabía?

Al día siguiente, Birdwail no dijo nada cuando Juliana entró al salón. Llegó tarde, pero él no dijo nada. Ni pío.

Nos regresó nuestros cuadernos de laboratorio. Después de lo ocurrido, supuse que nos separaría a Juliana y a mí como equipo de laboratorio. Pero no. Nos dijo que empezáramos nuestro experimento. Cuando se acercó, se paró junto a nosotros y observó a Juliana, mientras ella vertía con cuidado ciertas sustancias químicas en un matraz. Observó cada uno de sus movimientos. Pensé que habría más problemas. Tal vez quería intimidarla. Pero ella lo ignoró por completo. Finalmente, Birdwail dijo:

—Tiene pulso firme. Muy firme. Tal vez hasta tenga manos de cirujana, señorita Ríos.

—Sí —contestó ella—. Siempre he sido buena con los cuchillos.

Todos los días, después de clase, cruzaba la calle para ir a buscar a mi hermanita a casa de la señora Apodaca. Nunca estuve seguro, pero creo que mi papá le pasaba unos dólares por cuidar a Elena. Claro que mi hermana no causaba problemas. Era una niña muy dulce. Un día, la dulce Elena estaba esperándome en el porche delantero de la casa de la señora Apodaca. Ya era tarde, casi noche. Me tomó de la mano y caminamos juntos a casa. Al llegar, encendí todas las luces. Siempre hacía eso de encender todas las luces. Cuando mi papá llegaba a casa, las apagaba. Era como nuestra discusión diaria. Entré a la cocina y Elena me siguió.

—Pasó algo —me susurró.

—¿Qué cosa? —pregunté.

—Un niño me pegó.

—¡¿Qué?! —La levanté y la senté en la barra de la cocina. Luego examiné su rostro. Tenía la mejilla un poco hinchada. Sólo un poco. Le di un beso, y Elena se rio—. Vamos a ponerle algo de hielo —dije.

—No —dijo ella—. La señora Apodaca ya me puso.

Asentí.

—¿Quién fue? ¿Quién te pegó?

—Pico.

—¿Cuál Pico?

—Pico Salazar.

—Conozco a su hermano —dije—. Iré a su casa después de cenar.

—No te apures —dijo Elena—. Juliana ya lo arregló.

—¿Cómo lo arregló?

—Es que yo estaba jugando spiribol con Gaby cuando Pico se nos acerca y dice que nos vayamos porque le toca a él. Y yo le dije que nosotras llegamos primero. Y Gaby le dijo: «Sí», y le dijo que era una *cucaracha*, y yo le dije: «Sí, eres una *cucaracha*», y las *cucarachas* tienen que esperar su turno porque nosotras llegamos primero, y si no esperaba su turno alguien vendría a pisarlo porque eso les pasaba a las *cucarachas*. Y luego Pico dijo que él no era una *pinche cucaracha*, y que si no nos íbamos iba a tener que pegarle a una de nosotras, porque las niñas deben obedecer a los niños. Y yo le dije que yo no debía obedecer a ningún niño, excepto a mi hermano Sammy, y que él no era Sammy. Así que se enojó conmigo y me dio un puñetazo en la cara. No lloré, Sammy. Bueno, lloré sólo un poquito, pero entonces se acercó Juliana y agarra a Pico y le dice: «Si vuelvo a ver que le pegas a una niña, te voy a patear el culo de Hollywood a Mesilla». Y luego él se puso a llorar, y ella le dijo que perdón y que dejara de llorar, que no era su intención lastimar sus sentimientos pero que estaba mal pegarle a las niñas, sobre todo a niñas lindas como Gaby y yo, y luego le dijo otra vez que perdón y le dio chicle, y nos dio chicle a Gaby y a mí, de canela, e hizo que Pico me pidiera perdón, y él dijo que perdón, y Gaby le preguntó si seguía pensando que las niñas debían obedecer a los niños, y él dijo que no, así que Gaby se disculpó por llamarlo *cucaracha*. Eso fue lo que pasó, Sammy.

—Cuando Elena te contaba una anécdota, era como si estuviera en una carrera; entre más rápido hablaba, mejor era la anécdota. Nunca se le olvidaba nada. La miré y ella me dio un beso. Mi hermana siempre me andaba dando besos—. Le gustas a Juliana.

—¿Cómo sabes?

—Me dijo: «Eres la hermana de Sammy, ¿*verdad*?», y yo le dije que sí. «Eres hermosa», dijo. «Igual que tu hermano». Soy hermosa, Sammy. Eso dijo Juliana. Pero ¿cómo pueden los hombres ser hermosos?

—Tendrás que preguntárselo a papá. —Siempre dejaba que papá se encargara de las preguntas para las que yo no tenía respuesta. Yo sólo era el hermano mayor, no el padre.

Esa noche llamé a Juliana. Le pregunté si había tenido un buen día. Casi siempre contestaba que no. Pero, a veces, a veces decía que sí. Y ese día dijo que sí.

—Sí, Sammy. Tuve un buen día.

Casi podía ver la punta de su dedo apoyada en su labio inferior. Charlamos. Básicamente yo le hice preguntas. Y la escuché. Eso quería hacer. Escuchar su voz. No podía dejar de imaginarla diciéndole a Elena que yo era hermoso. Nunca nadie había dicho eso de mí. Finalmente, le dije:

—Oye, gracias por ayudar a Elena.

—Ya te contó.

—Sí —dije.

Juliana cambió de tema. Empezó a contarme sobre un sueño que había tenido. Mientras la escuchaba, seguía pensando en lo que Elena había dicho sobre ella. «Gaby dice que quizá Juliana sea un ángel. Los ángeles siempre aparecen justo cuando los necesitas».

El verano de 1968 iba a ser muy caluroso. Se notaba. El desierto se había estado calentando desde marzo. Yo siempre tenía calor. Una semana antes de terminar clases, Juliana y yo fuimos al autocinema Aggie. No recuerdo qué película era. Sólo sé que no era nada que me interesara. Creo que nunca encontraba nada interesante en las películas. Supongo que quería aprender algo. Y bueno, creo que las películas no me hacían soñar. A otras personas sí; eso lo sabía. Las películas hacían soñar a otros. Pero no a mí. A mí, la gente. La gente me hacía soñar. Y las películas no eran como las personas.

Mientras estábamos sentados en el asiento delantero, Juliana sacó un cigarro. Le dije que mi papá había dicho que no podíamos fumar en su auto. Al menos ya no. Cambio de reglas. Ésa era la cosa, que siempre había reglas nuevas. Salimos y nos sentamos en el cofre. Fumamos. En ese momento, Pifas Espinosa y Jaime Rede nos saludaron desde el auto de adelante.

—¿Eres tú, Sammy?

—Está ebrio —le susurré a Juliana—. Sí, Pifas. Soy yo.

Pifas se tambaleó hacia nosotros.

—Órale, ése. ¿Quieren cerveza? —Estaba de buenas. Pifas no era mal tipo.

—Sí —contestó Juliana—. Una birra suena bien.

Caminé con él a su auto.

—Está guapa, ése —dijo Pifas.

Jaime se quedó callado. Me di cuenta de que algo andaba mal. Jaime era una de esas personas con las que siempre algo andaba mal.

—Te va a botar —dijo Jaime después de un rato—. Como me botó a mí.

Asentí.

—Tal vez sí. Tal vez no.

—No eres tan especial —dijo Jaime.

Me dieron ganas de golpearlo, pero más que eso tenía ganas de volver con Juliana.

—No, no soy tan especial —dije. Tomé las dos cervezas que me dio Pifas y volví al auto. La cerveza estaba fría, y yo me sentía feliz. Juliana y yo las bebimos despacio. Y fumamos.

—¿Te gusta beber, Sammy?

—Está bien —dije. La verdad era que sólo había tomado dos cervezas en toda mi vida, las cuales había robado de los bares que limpiaba. No salía mucho. No tenía con quién.

—¿Has fumado hierba, Sammy?

—No —contesté—. ¿Tú?

—La gente está empezando a hacerlo mucho —dijo—. Sobre todo los *gringos*. Son *hippies*. Así les dicen.

—Lo sé —dije.

—¿Te gustaría ser uno de ellos?

—No —contesté.

—No necesitas ser *hippie* para fumar marihuana.

—Lo sé —dije.

—Yo pensé que fumarla me ayudaría a olvidar —dijo ella—. Pero pues no. No hay nada que puedas beber o fumar que te haga olvidar. No hay una maldita cosa. Y es muy triste, Sammy. —Se terminó su cerveza y volteó a verme. Creo que esperaba que la besara, así que eso hice. Luego me preguntó si ya había estado con una chica—. ¿Lo has hecho, Sammy?

Negué con la cabeza.

—¿Por qué?

—Simplemente no lo he hecho.

—¿En serio?

—En serio.

—¿Quieres hacerlo? —Me besó de nuevo. Yo le contesté el beso. Empecé a temblar—. ¿Quieres hacerme el amor, Sammy?

Creo que ésa fue la primera vez que sentí el aleteo. Ahí fue cuando despertaron y empezaron a volar dentro de mí.

No sé bien cómo lo hicimos ahí, en el asiento trasero del auto de mi papá, pero se sintió bien. Estuvo bien. Yo estaba asustado, pero no demasiado. No tanto para detenerme. Ésa es la cosa: no quería parar. Ni entonces, ni nunca.

No fue la primera vez de ella. Yo lo sabía, pero no me importaba. Le dije que la amaba cuando me envolvió entre sus piernas. No imaginaba que pudiera haber sensación tan perfecta. Y, cuando se acabó, volví a decirle que la amaba.

—No deberías decir eso —dijo.

—Pero es cierto, Juliana. Te amo.

—Aunque lo sientas, no debes decir esas cosas, Sammy.

—¿Por qué no?

—Porque algún día una chica va a creérselo. ¿Qué harás entonces?

No supe qué contestar. Lo hicimos de nuevo, sólo que más despacio. Después, quise quedarme ahí tendido. En el asiento trasero. Con ella. Para siempre. Finalmente, nos vestimos. Ella me ayudó a ponerme la camiseta. Durante largo rato después de eso, podía sentir sus dedos rozando mi espalda desnuda. Nos reímos. La besé. Luego nos sentamos afuera, en el cofre del auto de mi papá. La película del autocinema daba igual. Lo único que importaba era que olíamos el uno al otro. Fumamos. Miramos las estrellas, y entonces ella me dijo que se iría de Hollywood.

—El próximo año, después de graduarme. Me largo.

—¿Adónde irás?

—A lo mejor al Hollywood real.

—No hay nada más real que nuestro Hollywood —dije.

—Ése es el problema —contestó—. Ya no quiero realidad.

Llévame contigo. Eso quería decirle, pero luego pensé que tal vez debía quedarme callado. Miré las estrellas. En ese instante, sentado a su lado, me sentí tan inmenso como el cielo.

tres

La señora Apodaca siempre tenía listo un sermón. Siempre. Podíamos apostarlo. O al menos te lanzaba una de sus miradas de desaprobación. Se refería a nosotros como *diablos*. Demonios, malditos, impuros. Eso era lo que pensaba de nosotros.

Era otra de esas personas que siempre estaba lista para menospreciarnos.

Un sábado en la tarde, salió de su casa y marchó hacia el terreno baldío atrás de su casa, en donde estábamos jugando beisbol. Traía las manos en la cadera. Mierda. Estaba furiosa. Encabronada.

—¿Quién de ustedes dijo esa palabrota? ¿Eh? *¿Cuál de ustedes?* —Esperó que alguno contestara. Las manos en la cadera. Encabronada. Esperaría para siempre si era necesario.

—¿Qué palabrota? —preguntó Jaime Rede.

—*No se hagan tontos.* Saben perfectamente cuál.

Jaime Rede negó con la cabeza. Uno por uno, negamos con la cabeza. La señora Apodaca nos reducía a cobardes niños de cinco años. Nos hacía chiquitos con su mirada. Y con esa voz. ¡Cielos!

Pero nosotros también sabíamos esperar, igual que ella. No íbamos a decir quién gritó *fuck*. Tampoco ninguno iba a confesar. No había uno solo de nosotros en ese campo que no prefiriera enfrentar el cinturón de su papá antes que uno de los castigos de la señora Apodaca. Nos miró directo a los ojos a cada uno. Nosotros le sostuvimos la mirada. Era una guerra que teníamos oportunidad de ganar. No era una gran oportunidad. Era mínima. Finalmente, ella dijo:

—Sigan jugando. Quiero verlos. —Tomó a Pifas Espinosa del hombro—. Hay una silla en mi porche. *Tráemela.* —Pifas se fue corriendo a buscar la silla. Cuando volvió con ella, la señora Apodaca se sentó. Se sentía la emperatriz Carlota—. Jueguen —ordenó. Nos miramos los unos a los otros. Había encontrado la forma de vencernos. ¡Diablos! No dijimos ni una sola mala palabra durante el resto del partido. No fue divertido, no, para nada. Carajo. Creo que la señora Apodaca se divirtió como nunca esa tarde. Podría jurar que hasta la vi sonreír. Claro que en realidad nunca sonreía.

Es imposible subestimar el papel esencial que desempeñaba la señora Apodaca en la vida de los habitantes de Hollywood. La elegimos como la persona más odiada de todas. Su puesto era sagrado e indispensable. Al odiarla, alcanzábamos un equilibrio perfecto en nuestro pequeño *barrio*. No era cuestión de si merecía o no ese destino, ni era cuestión de justicia. Era meramente cuestión de supervivencia. Eso me decía a mí mismo. Odiarla nos ayudaba. Nos ayudaba a seguir vivos.

Una mañana, les entregó novenarios en honor a la Santísima Virgen a Susie Hernández y Francisca («Frances») Sánchez cuando pasaron frente a su casa para tomar el autobús.

—Vayan con el sacerdote —dijo con firmeza y señaló sus faldas.

—Dios hizo estas piernas —le contestó Susie y se dio una palmada en el muslo, como si con esa palmada fuera a lograr que la señora Apodaca reconociera no sólo el peligro sino también la belleza de las piernas de mujer.

—¿Pero quién hizo ese vestido? —reviró la señora Apodaca.

De hecho, no era tan terrible vivir enfrente de ella. Siempre que me aburría, me asomaba al porche. Me sentaba. Esperaba. Mi paciencia era recompensada. Siempre pasaba algo. Ella tenía la costumbre de detener a la gente que pasaba frente a su casa. Era la guardiana, la vigilante, y ahora que lo pienso creo que habría sido una excelente policía fronteriza.

—¿Quién hizo ese vestido? —Podía escucharla con claridad desde el otro lado de la calle. Veía los surcos profundos de su frente cuando su cara se convertía en mapamundi—. ¿Quién hizo ese vestido?

Susie no se dejó intimidar.

—Lo hice yo. —Miró a la señora Apodaca a los ojos y sacó la barbilla. Ése era el gesto desafiante por excelencia en Hollywood, un vestigio de los ancestros que todavía traíamos en la sangre y en el rostro. Susie parecía una princesa azteca en un jeroglífico—. Yo hice el vestido —repitió—. Para que combine con las piernas que Dios me dio.

—¿Y tu mamá te deja salir así?

—A mí mamá le da orgullo que sepa coser.

—¿Orgullo? ¡Pero *los hombres te pueden ver todo*!

—Dios les dio ojos para ver.

—Para ver el bien… No para caer en la tentación.

—La gloria de Dios está en las piernas de una mujer.

—Dios te castigará por decir eso.

—Bueno, si no lo hace él, lo hará usted.

—Eres una *chamaquita* muy malcriada.

—No me hable como mexicana —dijo Susie.

—Te aguantas. Vives en Hollywood.

—Pero mi papá es *gringo* —contestó Susie y cruzó los brazos.

—Tu papá es un mojado borracho y bueno para nada. Seguro está tirado en una cantina en Mesilla. Ahí se mantiene. En las cantinas. Siempre borracho. ¿Eso quieres para ti? ¿Para eso te pones esos vestidos? —La señora Apodaca se persignó.

—¡Basta! —gritó Susie—. ¡Basta!

—*Necesitas una bendición.*

—No necesito bendiciones —dijo Susie—. Necesito dinero.

—El dinero es una maldición.

—¿Usted qué va a saber de eso? ¿Quién va a saber de eso en este maldito barrio de mierda?

—*No seas malhablada. Es una falta de respeto.*

—Usted es igual que los *gringos*. Cree que puede venir a decirnos cómo hablar. —Escupió al suelo.

Miré a Susie y a Frances darle la espalda a la señora Apodaca y alejarse despacio. No pude evitar sentirme mal por ella. Mal,

mal. Aunque Susie tenía razón. La señora Apodaca se quedó parada afuera de su casa, como una figura imponente y necia, un árbol solitario que intenta enterrar sus raíces lo suficiente para encontrar agua. Era difícil encontrar suficiente agua para un árbol como ése. Quería decirle que su moral era inútil frente a una revolucionaria como Susie Hernández. Pero no habría servido de nada decírselo.

La miré darse media vuelta y volver a su casa, con el rosario colgándole de la mano. Azotó la puerta, como un disparo.

Un día más, una pelea más.

No tenía nombre de pila. Simplemente era la señora Apodaca, hasta para su marido. Él siempre asentía y repetía: «Sí, señora», como un perico derrotado. Creo que nunca nadie lo veía. El tipo era como un fantasma.

A ella le encantaba la limpieza. La señora Apodaca tenía un jardín grande, no muy grande, pero verde. Y digo verde, verde. Parecía una gárgola cuidando que su marido arreglara el jardín cada semana. No había ni pizca de maleza. No había una sola cucaracha. La señora Apodaca barría la acera frente a su casa todos los malditos días del año.

—*Así lo hacen en Alemania* —decía—. Los alemanes son muy pulcros. —Me miraba con desaprobación. Podría haberse hecho rica dando lecciones de cómo hacer sentir mal a los demás con una sola mirada—. En Hollywood sólo hay suciedad. Todo está desordenado. Es puro caos —decía y me examinaba un instante—. ¿Entiendes esa palabra?

—Sí —contestaba—. La conozco. —Las palabras eran lo único que teníamos en común. A ambos nos gustaban. Cada vez que abría el diccionario, imaginaba a la señora Apodaca haciendo lo mismo. Me preguntaba si tendría una biblioteca con estantes llenos de libros. Tal vez sólo tenía cientos de novenarios amarillentos apilados en un cuarto lleno de santos. Y en algún lugar de esos novenarios estaba la palabra *caos*.

—Bueno, ¿qué significa? Dame una definición.

—Caos —dije— es sinónimo de Hollywood. —Estaba orgulloso de mí mismo.

Ella negó con la cabeza.

—Yo pensaba que eras más respetuoso. Pero no tienes respeto por nada.

En mi afán por presumir mi astucia, olvidé que a ella no le gustaba que nadie criticara nuestro barrio. Sólo ella se había ganado ese derecho. Tenía esa gracia.

—Lo siento —dije. Cuando uno estaba con la señora Apodaca, lo mejor era disculparse. De inmediato. Por todo. Entre más te disculparas, mejor.

Ella volteó a verme.

—¿Cuánto hace que no te cambias esos *jeans*?

—No sé.

—*Apestan*. Los huelo desde aquí.

—Lo siento —dije.

—No lo sientas —dijo ella—. Mejor ve a casa a lavarlos. —Así era la señora Apodaca.

Mi papá decía que ella la tenía difícil. Decía que era decente y trabajadora. Tal vez mi papá tenía razón. El problema era que ella quería que todo el mundo lo supiera. Ése era el problema. Le gustaba exhibir sus virtudes igual que exhibía los rosales de su jardín delantero. O su césped verde, verde. Creo que todos debíamos persignarnos y hacer una genuflexión ante el *aroma* de tanta virtud.

No era mala persona. En realidad no. No era mala como el papá de Juliana. No así. Pero tampoco era amable. Simplemente eso no iba con ella. Cuando le importaba algo, decía cosas como:

—Dile a tu papá que Elena no debería seguir usando ese vestido. Ya está muy gastado, y además ya no le queda. *¿Qué no ven? La gente va a decir que no les importa.* ¿Eso quieren que piensen, que no les importa?

Creo que a mi papá le agradaba que la señora Apodaca fuera la policía de la moda, y de la confesión eclesiástica, y del jardín. Ella hacía el trabajo sucio por él. Mi papá nunca necesitaba pedirme que limpiara el jardín. No era necesario; la señora Apodaca me regaló un rastrillo para hojas cuando cumplí 12 años. Mi papá me obligó a tocar a su puerta para darle las gracias. Ella asintió y preguntó:

—¿Sabes usarlo?

Asentí.

—Es un buen rastrillo —dije. Recuerdo haber sonreído. Recuerdo haber practicado mi sonrisa—. Es el mejor rastrillo que he tenido jamás —dije. Creo que me excedí con la gratitud. Se me debió haber notado la deshonestidad. «Pero claro que estaba siendo deshonesto». ¿Qué chico normal querría un rastrillo para jardín como regalo de cumpleaños?

Resultó que la primera vez que tomé ese rastrillo también fue la última. Un sábado en la mañana, una pandilla de pachucos pasó persiguiendo a Pifas Espinosa mientras yo barría las hojas del jardín. Cuando Pifas pasó frente a mi casa, agarró el rastrillo, se dio media vuelta y lo rompió contra la espalda de uno de los tipos. Nunca olvidaré ese crujido ni la expresión del pobre idiota. La señora Apodaca nunca contó con que su regalo sería usado como arma. Y sirvió para salvarle el culo a Pifas. Pero un día me preguntó dónde estaba.

—Me lo robaron —contesté.

Ella negó con la cabeza.

—Deberías aprender a cuidar tus cosas.

Nunca volvió a regalarme nada. Extrañamente, me dio gusto que así fuera.

Una vez la vi en la iglesia, llorando. Se notaba que estaba llorando. La observé desde la última fila de la iglesia vacía. La escuché sollozar durante largo rato. Creo que me arrulló el sonido de sus lamentos. Siempre que podía, me quedaba dormido. El trabajo como conserje de Speed Sweep Janitors me estaba agotando. La señora Apodaca me agitó para despertarme.

—Es pecado dormirse en la iglesia —dijo.

—También es pecado llorar en la iglesia.

La señora Apodaca me miró fijamente.

—Claro que no. Además, no estaba llorando.

—Mentir es pecado —dije.

—Supongo que irás directo a decirle a todos en Hollywood que me viste llorar en la iglesia.

—Tal vez —contesté.

—Hazlo —dijo, y luego la vi hacer algo que nunca la había visto hacer: sonreír. ¡Cielos!—. Nadie te creerá —dijo—. Nadie creerá que la señora Apodaca es capaz de llorar. —Salió de la iglesia, pero minutos después ya estaba acechándome de nuevo, como un ángel a punto de levantarme en brazos para lanzarme al fuego del infierno—. Bueno, y ¿qué haces aquí? *¿Qué te pasa?*

—Estoy rezando —dije.

—¿Por qué rezas?

—¿Necesito razones?

La señora Apodaca asintió.

—¿Hiciste algo malo? *¿Qué hiciste?*

Negué con la cabeza.

—*Nada. No hice nada.* Sólo estaba hablándole a mi mamá —dije.

Y entonces ella cambió. Por un instante, se convirtió en otra persona. Incluso se veía distinta. Me miró y puso su mano bajo mi barbilla. Estaba tibia, su mano. No era suave. Trabajaba demasiado como para que fuera suave.

—Te pareces a ella —me susurró—. *Era muy bonita tu mamá. Y muy linda.* —Me vino a la mente la idea de que había querido a mi mamá y también la extrañaba. Cuidaba a Elena todos los días después de la escuela no por el poquito dinero que le daba mi padre, sino por devoción a la memoria de mi madre. En ese momento estuve a punto de tomarle cariño.

—La extraño —dije.

Entonces volvió a ser la señora Apodaca. La de siempre.

—Todos le pertenecemos a Dios —dijo—. Recuérdalo. Así es. —Me dio una palmada en el rostro y se fue.

Todos le pertenecemos a Dios. Yo no quería pertenecerle. Quería pertenecerle a Juliana y a mi mamá. Pero era difícil pertenecerle a alguien sin cuerpo y sin voz. Quería correr tras ella y pelearme con ella. Y, después de pelearme con ella, quería preguntarle por qué había estado llorando. Nunca me lo diría. Pero yo no tardaría en averiguarlo.

Tal vez una o dos semanas después, la señora Apodaca me pidió que entrara cuando fui a su casa a recoger a Elena al salir de clases, y a ella le pidió que nos dejara solos un momento.

—*Tengo que hablar con tu hermano* —dijo. Elena asintió y se metió al cuarto de Gabriela. Yo contuve el aliento. Sabía que me iba a sermonear. Era como prepararse para una ráfaga de viento a 1000 kilómetros por hora—. La escuela se acaba en un mes. ¿Qué planeas hacer después?

—Estoy pensando en renunciar a mi trabajo —dije.

—¿Te vas a quedar echado pudriéndote como la manzana que nadie cortó del árbol?

No me gustaban las manzanas.

—No —contesté—. Metí una solicitud a la universidad. Ya sabe, seguir estudiando.

Ella asintió.

—Muy bien. Eso te mantendrá alejado de Juliana Ríos —dijo. Yo me quedé callado—. Te vi con ella. La dejaste besarte —continuó. Asentí—. No viene de buena familia.

—Yo tampoco.

—Tu madre era una santa. Ahora *está cantando con los ángeles* —dijo. Asentí de nuevo. Sí, sí, una santa en el coro de los ángeles, pero...—. No me agrada. —Me encogí de hombros—. *¿Qué no puedes hablar?*

—Sí —contesté—. Puedo hablar. —Miré fijamente sus ojos negros como la noche sin estrellas—. A mí sí me agrada. Y fui yo quien la besó.

—Yo sé lo que vi.

—A mí me agrada —repetí.

—Se nota. Todos lo notan. Pero no es lo que tu madre habría querido para ti.

—Creo que mi mamá no tiene nada que hacer en esta conversación —dije, y sentí que me empezaba a temblar el labio inferior.

—Juliana no es el tipo de muchacha…

—No quiero hablar de Juliana —dije.

—Te va a traer mala suerte.

—A lo mejor yo le traigo mala suerte.

—Eres un buen muchacho.

—Claro que no. —Quería decirle que me gustaba fumar y odiaba confesarme los domingos. Quería decirle que no paraba de pensar en sexo y que disfrutaba insultar. Quería soltarle una letanía de insultos. Quería decirle que la odiaba. ¿Qué clase de buen muchacho hace esas cosas?—. Ella me agrada más que Dios —dije.

—¿Qué?

—Ya me oyó. —Salí de su casa. Ni que fuera un candidato a un puesto político como para que me sentara en su comedor y me diera su opinión sobre las cosas que la inquietaban. No tenía derecho a votar por quién podía agradarme.

Luego le dijo a mi papá que le falté al respeto. Le contesté a mi papá que sí, que le falté muchísimo al respeto.

—Le dije que me agradaba más Juliana que Dios.

—¿Eso le dijiste, Sammy?

—Sí. —Miré fijamente los ojos serios de mi padre. A veces me costaba trabajo descifrar sus gestos—. Es la verdad —dije.

Él agitó la cabeza.

—No —dijo—. No es verdad. Sólo parece verdad. —Tomó mi cara entre sus manos y me dio un beso en la frente. Siempre hacía ese tipo de cosas—. Ve allá. Ve y discúlpate.

—Pero no lo lamento —dije.

—*Pídele que te perdone.*

No me importaba un carajo si la señora Apodaca me perdonaba o no.

—Bueno, dime qué le digo.

—Pero no estarás siendo sincero.

—No, no seré sincero. —Los adultos querían todo. Creían que el mundo les pertenecía. A veces me preguntaba por qué tenían hijos. No bastaba con que dijeras lo que querían que dijeras. También tenías que decirlo de corazón—. Si pude darle las gracias por el rastrillo, puedo pedirle perdón por faltarle al respeto.

Me salí de la cocina. Escuché a Elena y a mi papá hablar cuando salí.

—Está bien locoooooo —dijo mi hermana.

Al día siguiente, después de clases, toqué la puerta de la casa de la señora Apodaca y le dije que lo lamentaba.

—*Por favor perdóneme, señora.*

Se me quedó viendo un largo rato. Luego asintió. Su perdón era tan poco sincero como mi disculpa. ¿Acaso no había sido amiga de mi mamá? Pero también despreciaba a Juliana. Y yo la despreciaba por eso.

Cuatro

Unas cuantas semanas después, volví a ver a la señora Apodaca en la iglesia. Sólo estábamos ella y yo en esa pequeña iglesia en la esquina de Idaho y Espina. Juliana no había ido a la escuela ese día. Yo hice una parada en la iglesia, no sé bien por qué. Estaba solo. Tal vez parecía algo bueno estar solo cuando te arrodillabas en alguna banca de un templo vacío. Entré distraído, me arrodillé y me persigné. Intenté rezar, pero sólo podía pensar en Juliana. No engañaba a nadie. Ni a Dios ni a mí mismo. Creo que había entrado a la iglesia para suplicarle a Dios que hiciera que Juliana me amara. O algo así. Me tardé un rato en notar la presencia de la señora Apodaca. Estaba sollozando muy quedito cerca del altar. Tal vez debí acercarme a ella para preguntarle qué tenía. Quizá debí hacerle algún tipo de ofrecimiento. Pero habría sido un gesto incómodo y fuera de lugar. La dejé llorar en paz. Debo admitir que me hizo sentir mal.

Un sábado, Reyes Espinoza y yo estábamos jugando beis en el terreno baldío atrás de la casa de la señora Apodaca. No era que me agradara Reyes Espinoza. Era un perfecto imbécil. Era el tipo de chico que cuando creciera iba a ser un perfecto y absoluto *pendejo*. Su carácter no le daba para más. Me daba un poco de lástima. Pero también lo odiaba. Por eso siempre lo evitaba. Sin embargo, ese sábado llegó a jugar beis. Supongo que andaba aburrido. Y supongo que yo también. De inmediato me hizo la vida miserable. No le costaba ningún trabajo. Estábamos jugando beis, y como a los cinco minutos dice:

—Checa esto, Sammy —dijo y lanzó mi pelota de beis al jardín de la señora Apodaca. Luego se rio—. Más te vale ir por ella.

—Ve tú por ella —dije. No me atrevía a meterme al jardín inmaculado de la señora Apodaca sin permiso.

—Yo no voy a ir por ella —dijo él—. No es mi pelota.

Me dieron ganas de mandarlo al diablo. Y eso hice.

—Luego voy por ella —dije.

—Bríncate la barda y ve por ella. Ándale, Sammy.

—Olvídalo.

—Gallina. *Te faltan huevos*, bebito.

—*Sí, cabrón* —le dije—. Si tú los tienes tan grandes, ¿por qué no vas tú por ella?

—Neh —contestó—. Si me brinco la barda la *pinche ruca* va a hacer que me manden al *bote*. No voy a terminar encerrado por una *pinche* pelota.

—No te va a mandar a la cárcel —dije.

—¡Cómo no! Esa *ruquita* es mala. Y me tiene mucho odio.

Discutimos un rato. Odiaba discutir con *pendejos* como Reyes Espinoza.

—Tú la volaste; tú ve por ella —dije—. Toca a su puerta y pídele permiso.

—Estás loco. Hazlo tú.

—Al rato —contesté y empecé a irme. Sabía que, para volver a ver mi pelota, tendría que encontrar la forma de recuperarla. A Reyes Espinoza le importaba un comino. A él no le importaba nada ni nadie. No le importaba yo ni mi pelota. Tendría que disculparme con la señora Apodaca, y después de darme un sermón sobre la importancia de respetar la propiedad ajena, me devolvería mi pelota y eso sería todo. Le dije a Reyes Espinoza que era un *cabrón sin huevos* y que se fuera a la chingada. Él me pintó dedo. Yo lo miré y saqué la barbilla. Me salió esa cosa del jeroglífico azteca de nuevo. Volví a casa y prendí el radio. Estaban poniendo música decente en K-G-R-T. Me dije a mí mismo *relájate, relájate*. Me lo decía desde que era niño. *Relájate, es sábado*. Mi papá había llevado a Elena y a Gabriela, la hija de la señora Apodaca, a la función de cine de la tarde. Les gustaban las películas. A todo mundo le gustaban las películas, excepto a mí. A mí me aburrían. Escuché el radio un rato e intenté relajarme, pero luego me puse a pensar en mi pelota de beisbol. Seguía enojado con la señora Apodaca porque no le agradaba Juliana. Igual no era de su incumbencia. Es curioso que a veces tenemos discusiones con la gente en nuestra mente. Somos mejores para discutir cuando la gente con la que discutimos no está presente. Y en esas discusiones siempre ganamos. Por eso nos gusta hacer cosas en nuestra imaginación. Así que me tumbé en la cama y discutí con la señora Apodaca un rato. Luego volví a pensar en mi pelota de beisbol. La imaginaba tirada en medio del jardín trasero como un huevo de oro, así que decidí ir a buscarla. No sé qué se me metió en la cabeza. Tal vez simplemente necesitaba transgredir algo suyo. Transgredir su propiedad. Siempre me gustó la palabra «transgresión», al menos desde que hice mi primera comunión.

Saltar la barda no fue tan difícil. Medía casi dos metros y estaba hecha de hormigón. Si tomabas vuelo, podías impulsarte para brincar del otro lado. Y eso fue justo lo que hice. Examiné el terreno en busca de mi pelota, la cual encontré justo debajo de uno de los rosales. El jardín no era tan perfecto como yo imaginaba. Todo estaba en su lugar, pero los rosales no habían sido podados en mucho tiempo, y al pasto le hacía falta una buena recortada. Me pareció extraño. Nunca hubiera creído que los Apodaca dejaban crecer el pasto. No de esa forma.

Tomé mi pelota y miré a mi alrededor. Estar en un lugar al que no perteneces produce una sensación extraña. Estaba hecho un manojo de nervios. Pensé incluso que iba a vomitar. Relájate, relájate. No estaba robando nada. Volví a mirar a mi alrededor. Miré la pelota que tenía en la mano temblorosa y la lancé hacia el terreno baldío. Mi pelota estaba a salvo. Ahí. El mundo estaba en su lugar otra vez. Sólo que yo seguía parado en medio del jardín trasero de la señora Apodaca. Corrí hacia la barda, pero entonces escuché que se abría la puerta trasera de la casa. Ni siquiera me atreví a voltear. Podía escuchar mis propios latidos. Odiaba que pasara eso. Escuchar tus propios latidos era una mala señal. Pegué un salto. Sentí que el hormigón me rasguñaba las rodillas. Caí al suelo. No supe qué había pasado. Mierda. ¡Mierda! No podía pensar. Pero al menos vi el arbusto de granadas en la esquina del jardín. Era un buen escondite. Era lo único en lo que podía pensar. Mierda. De pronto ya estaba escondido detrás del arbusto. ¡Dios! Ni siquiera Dios me habría visto. Claro que no estaba preocupado por él, sino por lo que me iba a decir la señora Apodaca.

Cerré los ojos y empecé a rezar. Pero entonces escuché un lamento profundo, como el que la gente emite cuando asiste a un funeral. Y entonces dejé de sentir miedo. Fue como si mi corazón dejara de estar asustado para estar triste. Me asomé por detrás del arbusto y vi al señor Apodaca alzando los puños al cielo. Le caían lágrimas por las mejillas. Luego empezó a gritar:

—¡No me quiero morir! ¡No me quiero morir!

Su rostro estaba todo contorsionado. Era efecto de la ira que te torcía el rostro y te hacía parecer un animal. Se veía completamente diferente. No era el marido pasivo de la señora Apodaca. No era una acera de cemento que pisas. Era un hombre. Y estaba desafiando a Dios a pelear a golpes. Juro que si Dios hubiera descendido, el señor Apodaca lo habría hecho comer tierra. Fue entonces cando lo vi caer de rodillas al suelo y aullar de dolor.

El mundo entero se detuvo. Sólo existía el señor Apodaca, de rodillas sobre el pasto, aullando como coyote. Podría haberlo observado para siempre. Me entristecía, pero por alguna razón no podía dejar de mirarlo. Entonces me di cuenta de que lo estaba viendo. Por primera vez, lo estaba viendo a él. El señor Apodaca, el hombre. Un hombre de verdad. No era el esposo de alguien. Nunca me había dado cuenta de lo pequeño que era de estatura. Era más bajo que yo. Y flaco.

Estaba enfermo. Eso se notaba a simple vista.

¿Cómo no me había dado cuenta si vivía en la casa de enfrente? Me dieron ganas de abrazarlo. Nunca había querido abrazar a un adulto, excepto a mi padre cuando murió mi madre. Y sí lo abracé. A mí papá. Lo abracé.

Sus sollozos se fueron tranquilizando. Sin embargo, parecían cada vez más ruidosos. No había otra cosa en el mundo que no fuera el sonido de sus sollozos. Se enroscó como bebé en el vientre. Y lloró. Y lloró. Y pensé que quizá se moriría en ese instante. Ahí, en ese momento, mientras lloraba. No sabía qué hacer. Quería salvarlo, pero no sabía cómo. No sabía. No sabía hacer nada. Estaba a punto de salir de mi escondite detrás de los arbustos. No sabía qué planeaba hacer. Abrazarlo, quizá. Llevarlo adentro. Llevalo adentro no parecía mala idea. Pero entonces vi a la señora Apodaca salir al jardín. No venía marchando como solía hacerlo. Salió caminando, despacio. Nunca antes la había visto caminar así. Despacio. Con detenimiento. Miró a su esposo. Nunca olvidaré su expresión. Era como si estuviera mirando el rostro de Dios. Se mordió el labio que le temblaba e inhaló profundo. Luego inhaló otra vez. Y entonces lo abrazó y lo meció en sus brazos. Lo meció y lo meció hasta que dejó de llorar, y mientras le decía: «Amor, no llores. No llores». Entonces, como si fuera tan fuerte como los guardianes que custodian las puertas del cielo, lo levantó y lo llevó cargando adentro.

Yo me quedé detrás del arbusto un rato. No quería irme así. Repetí la escena una y otra vez en mi cabeza. Nunca había visto a un hombre gritarle a Dios. Nunca había visto a una mujer levantar a un hombre y cargarlo. Todo en el mundo era más grande de lo que yo imaginaba.

Algo había ocurrido en ese jardín. Algo pequeño. Pero cambió todo.

No recuerdo cuánto tiempo estuve escondido ahí, detrás del arbusto. Como que esperaba convertirme en piedra. A ratos tocaba mi propia piel para asegurarme de que siguiera siendo piel. O tal vez sentía que había cambiado. No sé. Sólo sé que al final logré salir del jardín de los Apodaca. Brinqué la barda. Volví a casa. Pero estaba intranquilo.

Llamé a Juliana. No estaba en casa.

Mi propio hogar me parecía extraño. No sé. Quería que mi papá y que Elena llegaran a casa. Pero supongo que habían decidido ir a hacer otras cosas después de la película. Tal vez era algo bueno, porque la hija de los Apodaca estaba con ellos. Y los Apodaca necesitaban tiempo para recuperarse. Volverían a estar tranquilos cuando su hija entrara por la puerta. Se me ocurrió en ese momento que mi papá sabía lo que les estaba pasando a los Apodaca. Los padres saben muchas cosas. Me pregunté por qué los padres les guardan tantos secretos a sus hijos. Tal vez así debían ser las cosas.

Como una hora después salí y me senté en el porche. Me pregunté por qué los Apodaca nunca se habían mudado a otro barrio. En realidad nunca habían encajado. Examiné su casa. Era la más bonita y arreglada de la cuadra. Tal vez hasta era la mejor del vecindario. Cualquiera habría creído que ahí vivían *gringos*, excepto porque la fachada de la casa era rosa como un flamenco.

De pronto me di cuenta de que hacía falta podar el jardín delantero de su casa. Incluso me pareció ver algo de maleza. Eso no estaba bien. No recuerdo haber cruzado la calle. Sólo sé que llegué a la puerta delantera de la casa de los Apodaca. Ya que estaba ahí, toqué. La señora Apodaca me abrió. Tenía los ojos secos. Me miró fijamente. El mismo rostro. Sus labios sugerían una pregunta. Pero no la hizo.

—Hola —dije.

La pregunta se esfumó. Me miró confundida. Parecía cansada.

—Puedo podar su césped —dije.

—Podemos hacerlo por nuestra cuenta —contestó.

—Ah. —Me encogí de hombros—. Es que me hace falta el dinero —dije.

—No te necesitamos —dijo.

Asentí.

—Okey —dije. Y empecé a alejarme.

—¿Cuánto cobras? —preguntó—. Te pago un dólar. Tanto por el de adelante como por el de atrás.

Asentí.

—¿Un dólar?

—No soy una mujer rica. No puedo pagarte más que eso.

—No, está bien —dije—. Un dólar está bien. Puedo empezar ahora mismo, si quiere.

La señora Apodaca asintió.

Esa tarde me enseñó a podar los rosales de forma adecuada. Había reglas. Había reglas para todo. Y ella se las sabía todas. Señaló la rama de uno de los rosales.

—Ésa —dijo—. ¿Ves que las hojas se están marchitando? Siempre hay una parte que está muriendo. Hay que saber qué parte de la planta se está muriendo y qué parte está naciendo. Ésa es la clave para podar. Hay que mirar bien. Hay que ver. *¿Me entiendes? Mira.*

Asentí. Escuché.

Y luego empezó con sus cosas de religión. Ya lo veía venir. Empezó a hablar del Edén y de cómo llevamos el recuerdo del Paraíso entre nosotros, y que por eso muchos necesitamos tener jardines.

—Todos tenemos hojas del jardín original en nuestros corazones. —Eso fue lo que dijo y, según ella, estaban ahí para que no olvidáramos—. Cuando trabajas por algo bueno, *hijo*, estás abriéndote paso de vuelta al Edén.

Ése era su problema. De verdad creía que la mayoría de la gente deseaba ser pura. Creía que todos queríamos volver al Edén. Y, aunque yo era de la idea de que cualquier cosa era mejor que Hollywood, no estaba convencido de que a la mayoría de la gente le importara el Edén. Pero no le dije que eso pensaba. Ella simplemente se me quedó viendo.

—No me crees, ¿verdad?

Medio me encogí de hombros.

—Me gustaría hacerlo —dije. No era mentira.

Después de aquel sábado en la tarde, mantuve bien podado el jardín de los Apodaca hasta que el señor Apodaca murió.

Al final de su vida, estaba en los huesos. Comenzamos como agua y terminamos siendo huesos. Huesos quebradizos que se rompen, que se vuelven polvo. Nadie puede hacer nada al respecto. Nada de nada.

La señora Apodaca se mantuvo estoica en todo momento. Y cada vez que se ponía mandona sobre cómo debía cuidar el jardín, yo sólo la escuchaba. Aguantaba. Ella tenía derecho a tener días malos. Una vez, Juliana vino a su casa y me miró podar las rosas. La señora Apodaca le ofreció una Coca y un novenario, y le dijo:

—La virgen María no se vestía así.

Volteé a ver a Juliana y sonreí. Sabía lo que estaba pensando: la virgen María nunca tuvo que vivir en Hollywood.

La señora Apodaca no cambió mucho durante los últimos meses de vida de su esposo. Se mantuvo igual. Se vestía igual. Ella y sus sombreros. A veces, me miraba y sacaba la barbilla. Eso me agradaba.

Creo que la señora Apodaca entendía la vida como una serie de cargas. Alguien tenía que llevarlas a cuestas, y ahí era donde ella entraba. Ése era su trabajo, el que Dios le había encomendado. Era su deber sagrado. Ahí estaba su salvación. Nunca la imaginé como alguien puro, pero lo era. Creo que lo era. No usaba máscaras frente a la gente como todos los demás. No se suavizaba. No se volvía más agradable para la gente que la rodeaba. No sabía cómo hacerlo.

Me arreglé para el funeral del señor Apodaca. Recuerdo que la señora Apodaca se derrumbó cuando me vio en la iglesia. Me sentí un poco raro sosteniéndola. Deseé no ser un chico tan extraño. Siempre sentía que había tanto de mí que por eso no cabía ni en mi propia piel. Quería decirle algo. Aunque a ambos nos gustaban las palabras, no teníamos mucho que decir. Juliana tenía razón. Las palabras no significan tanto como yo creía. Aun así, quería decirle cosas, cientos de cosas. Que sabía que amaba a su esposo, que había hecho lo mejor que había podido y que Dios lo sabía. Que el corazón dejaba de doler, al menos lo suficiente para seguir viviendo. Eso lo sabía. Pero tal vez perder un esposo o una esposa era distinto a perder a una madre. Así que tal vez no lo sabía. Tal vez no sabía nada. Quería decirle que sí creía que Dios había plantado hojas en nuestros corazones para que recordáramos el Edén, y que quizás ahora el señor Apodaca podía devolver sus hojas para entrar al cielo. Quería decirle todas esas cosas, pero me enredé en la conversación que estaba teniendo conmigo mismo, así que al final no dije nada. Tal vez sí le dije algo. Tal vez le dije algo como: «Todo está bien», mientras ella sollozaba en mi hombro. Qué inapropiado.

Me acordé de cuando la vi cargar a su esposo y meterlo a su casa. Era como ver a alguien hacer el amor. No me había ganado el derecho a verlo. Ni por asomo. Le había robado algo a ella, a ambos. Quería decirle: «Te vi». Él se estaba quebrando y tú te aseguraste de mantenerlo entero. Te vi. Lo siento. Lo siento mucho. Pero entonces, de la nada, ella se separó de mí. Y dejó de llorar. Me miró a los ojos y negó con la cabeza.

—Te hace falta cortarte el cabello —dijo.

Asentí.

—Iré mañana.

—¿Por qué no esta tarde?

—De acuerdo —dije. La entendía. Ya no podía seguirme engañando a mí mismo. A veces descubres cosas sobre los demás. Y después de eso ya no puedes seguir odiándolos.

Cinco

Renuncié al trabajo de conserje en Speed Sweep Janitors. Estaba harto de levantarme a las cuatro de la mañana. Conseguí un empleo de tiempo completo para el verano con el equipo de jardinería de la universidad. Pifas Espinosa también consiguió trabajo ahí. Acababa de terminar la preparatoria en Las Cruces High. Parecía que pasaría el resto de sus días con resaca de tanto celebrar. En su primer día de trabajo, Pifas dijo que trabajar ahí era igual que estudiar una carrera. Ese Pifas no entendía nada de nada.

Cuando recibí mi primer cheque, me topé a Juliana en el Pic Quick. Ella había ido por una cajetilla de cigarros. Yo iba a comprar una Pepsi. Caminamos juntos de regreso a casa. No dijimos nada durante mucho tiempo. Finalmente, dije algo.

—¿Quieres salir mañana en la noche? —No volteé a verla.

—Sí —contestó—. Estaría bien.

Pensé que tal vez diría que no porque las últimas veces que la había invitado a salir me había dicho que estaba ocupada. Me parecía que estaba triste. Pensé que tal vez era yo el que la entristecía. Tal vez la había lastimado.

Me detuve. Lo pensé un poco. Quizá debía rogarle que se quedara conmigo y decirle que lo sentía si la había lastimado. Y entonces ella también se detuvo. Y me miró. Pensé que iba a besarme. Pero no lo hizo. No había enojo en sus ojos, ningún rastro de su padre. No vi rastros de Hollywood ni de Las Cruces High ni de ninguna otra de las partes del mundo que la habían herido. Sus ojos eran como un libro en el que había palabras escritas: *Tal vez soy una navaja. Podría cortarte, Sammy. Dime que sangrarías. Por mí.* Y luego sus ojos se convirtieron en un desierto, quieto y enorme, y no me importó que me devoraran. Lo entendí. Ahí, parado frente a ella, lo entendí. Me amaba. Me amaba de la única forma en la que sabía hacerlo. Entonces la besé. Y ella apoyó su mano en mi corazón, y supe que podía sentir las alas que se agitaban en mi pecho.

Volvimos a Hollywood caminando tan lento como nos lo permitían las piernas.

Cada vez que salíamos, Juliana venía a mi casa. Era mejor así. La tarde siguiente, salí de casa y me senté en el porche delantero. Esperé. Sábado en la noche. *I need you, be-i-by...* Miré mi camiseta. Tal vez no era la correcta. Nunca sabía qué ponerme. Claro que tampoco tenía muchas camisetas. Sólo quería verme bien. Odiaba tener que esperar... me daba demasiado tiempo para pensar estupideces, cosas irrelevantes. Como camisetas. Dieron las siete treinta. Pasó el tiempo. Juliana no apareció. 15 minutos después, yo seguía ahí, esperando. Las ocho. Ni rastro de Juliana. Fue entonces cuando oí la ambulancia. Pasó justo enfrente de nuestra casa y siguió de frente. No sé por qué, pero corrí tras ella. Sentía que mi corazón latía como un ave que aleteaba para intentar escapar de su jaula. Corrí y corrí tras la ambulancia. Cuando se detuvo frente a la casa de Juliana, me quedé parado y miré a la multitud. Escuché mis propios gritos, pero yo ya no era yo.

—¿Qué pasó? ¿Dónde está Juliana? —Empecé a seguir a los de la ambulancia hacia la casa, pero un policía me detuvo.

—Lo siento, hijo. No puedo dejarte pasar.

—Pero Juliana...

—Lo lamento, hijo, pero tendrás que quedarte aquí.

—¡No! ¡No! —gritaba—. ¡Juliana! ¡Está allá adentro! ¡Es mi chica!

Sentí la mano firme del policía en mi hombro. Me jaló hacia la calle. Me miró como si estuviera realmente triste. Como si lo lamentara mucho.

—Todo estará bien, hijo —dijo y me dejó ahí, mirando la casa, rodeado por la mayoría de los ciudadanos de Hollywood.

Todos a mi alrededor hablaban, y una señora, la señora Moreno, dijo que la señora Ríos había salido gritando y jurando por Dios que nunca más volvería.

—¡*Parecía loca!* Y el señor Ríos le dijo ándale, vete, *vete mucho a la chingada...*, pero cuando vuelvas no esperes encontrar a tus hijos. ¡*Me la vas a pagar, cabrona!* ¡Te voy a partir la madre! Y luego se metió a su casa. Entonces escuché los disparos.

Dejé de poner atención.

Llegó otra ambulancia.

Vi a Pifas y le pedí un cigarro.

—Ella está bien —dijo—. No te apures, *ése*. Ya sabes cómo son las familias grandes, *ése*. Se pelean, ¿*sabes*, Sammy? —Siguió hablando. Veía que sus labios se movían, pero estaba muy muy lejos.

Llegaron más patrullas. Y un auto negro. Un tipo blanco con corbata se bajó del auto y entró a la casa. Tantos *gringos*. En casa de Juliana.

Sacaron al señor Ríos esposado. Intenté ver sus ojos, pero no pude acercarme lo suficiente. «¿Qué le hiciste a Juliana, maldito? ¿Qué le hiciste?».

Oscureció. Luego salió la luna. No era luna llena, pero alumbraba bastante. Pude verlo todo. Sacaron a los muertos en camilla. A Juliana y a sus cuatro hermanos y a sus dos hermanas. Todos. Hollywood nunca había estado tan callado. Cuando no hay esperanza alguna, no sirve de nada decir algo.

Me senté en la banqueta. Pifas se sentó a mi lado. No paraba de darme cigarros. Yo no paraba de fumarlos. No intentamos decir nada.

La señora Apodaca hizo una cruz de madera y la plantó frente a la casa. Le colgó un rosario y rezó una oración. La mitad de la gente de Hollywood llevó velas y las encendió. Y susurraron cosas. Plegarias. El jardín parecía cementerio en Día de muertos.

Después de unas horas, sólo quedamos Pifas y yo. Para entonces nos habíamos acabado sus cigarros y él se fue.

Entonces quedé sólo yo.

No sé cuánto tiempo estuve sentado ahí. Miré las estrellas y la luna y pensé que tal vez nada había pasado. Juliana estaba sentada a mi lado en el cofre del coche de mi papá. Estábamos en el autocinema Aggie. Yo la estaba besando. Luego le encendía un cigarro. Debo haberme quedado dormido al pie de la cruz de la señora Apodaca. En algún momento de la noche, sentí que alguien me agitaba para despertarme.

—No puedes quedarte aquí, *mijo*.

Cuando vi que era mi papá, empecé a llorar. No paraba de darme besos y de susurrarme cosas para hacerme sentir mejor. No podía oír nada, ni las palabras ni el sonido de su voz. Pero sentía su abrazo. Quería que me llevara a casa cargando entre sus brazos. Quería que me dijera que, cuando despertara, Juliana seguiría viva. En la mañana, Juliana despertaría de un largo sueño. Estaría acostada a mi lado, en mi cama. En mi casa. Sin embargo, cuando desperté, supe que todo era cierto. Supe que se había ido. Y ya no me quedaba nada adentro. Las alas se habían ido. Pensé que quizás era algo bueno que se hubieran ido, porque ahora eran libres. No sé. Nada me importaba. Absolutamente nada. Ya para qué.

Estaba conduciendo el auto de mi papá. Afuera llovía y tronaba, y el cielo se comportaba igual que los ojos de Juliana. Había intentado no pensar en ella, pero de algún modo siempre lograba meterse a mi cabeza. Esa mañana, en los periódicos salió la foto del papá de Juliana. Lo enviarían a la cárcel. Ahí estaba, en primera plana. El asesino de Hollywood. Así lo llamaba la gente. Toda la tarde me sentí enfermo. Cuando iba conduciendo a casa, lo recordé todo. Y en la radio empezó esa maldita canción de Frankie Valle cantando *You're just to good to be true...* Y de pronto me vi dándole a Juliana una cajetilla de cigarros. La imaginé con el vestido de espalda baja que nunca se puso..., aquel que yo le iba a comprar. La imaginé respondiendo correctamente todas las preguntas del profesor Birdwail. Nos imaginé sobre el cofre del auto de mi papá. Me estaba mirando. Me dio frío y empecé a temblar. Sabía que debía orillarme. No sabía qué estaba pasando. Sólo sabía que necesitaba salir del auto. Salí a la lluvia y, ahí parado, juro que escuché la voz de Juliana diciéndome «Alguien va a lastimarte algún día, Sammy». Tal vez fueron los truenos. Tal vez fue la lluvia. Sé que estaba gritando fuera de mí, porque yo ya no era yo. Era alguien que alguna vez fui. No sé si estaba llorando. Tal vez sí. O tal vez no. Tal vez fue la lluvia.

De algún modo logré subirme de nuevo a la camioneta y conducir a casa. Recuerdo haber cruzado la puerta y sentir que estaba ardiendo. Mi papá me obligó a bañarme con agua caliente. Luego me cobijó en la cama.

—¿Qué hacías bajo la lluvia, Sammy? Estás ardiendo de fiebre.

Estuve tres días en cama. Tuve sueños. Deambulaba por las calles de Hollywood, solo, tocando a las puertas de las casas. No había nadie. Todos se habían mudado. Y le rogué a Dios. Le rogué, Dios, Dios, llévate mi corazón.

Pitas, Gigi y la política hollywoodense

—Todos los días inhala profundo y sigue intentándolo, Gigi.

—¿Para qué, Sammy?

—Porque, si no lo hacemos, nos morimos. Y estamos muy jóvenes para eso.

—Ay, Sammy, ja, ja, ja.

Seis

No sé qué significaba el verano para la mayoría de la gente, pero para mí el verano era sinónimo de trabajo. Al menos no tenía que ir a la escuela. Verano. Trabajo. Pifas acababa de terminar la preparatoria.

—Entre los diez más bajos de mi generación —por usar sus propias palabras en su contra—. Al carajo. ¿A quién le importa? A nadie le importa. Tal vez a nuestras mamás. Tal vez a ellas les importa, pero como por cinco minutos, y luego se preocupan por un montón de otras cosas, ¿sabes?, como dinero y comida y ropa y dónde encontrar alguien que les arregle el auto gratis y cosas así.

Ambos decíamos que éramos mexicanos aunque no sabíamos ni un carajo de México. Ambos crecimos en Hollywood, el único país que conocíamos. Ambos fumábamos Marlboro. Y ambos éramos hombres. Ésa era básicamente la lista de cosas que teníamos en común.

Trabajé con Pifas todo el verano. Hacíamos la jardinería de la universidad.

—Maldito trabajo indigno para los mexicanos indignos. —Así lo decía Pifas. Aunque claro que él no estaba dispuesto a hacer otra cosa. Además, no trabajaba mucho que digamos. El trabajo no era algo que le interesara. Pifas ocupaba espacio, que era algo para lo que sí era bueno…, eso y para quejarse y para comer su almuerzo. Ah, sí, y además era buenísimo para fingir que estaba muy ocupado cuando se aparecía el capataz.

—¿Cómo van, muchachos? —preguntaba el capataz cada que pasaba a vernos. Y sonreía como el idiota que era. No me sonreía a mí. Le sonreía a Pifas. La gente a la que no le interesa trabajar tiene un imán para encontrar a los suyos.

—De película, maestro —le decía Pifas.

—De película —repetía el capataz.

Nunca entendí qué carajos significaba «de película». No lo entendía entonces ni lo entiendo ahora. Luego los dos se fumaban un cigarro y hablaban de lo que había que hacer. Para eso eran buenos. Para hablar. Yo seguía trabajando. Me sentía mejor cuando recogía mi cheque si me lo había ganado con trabajo. Es una maldición que me heredó mi padre. Además, yo prefería fumar solo. Le decía a Pifas que necesitaba ir al baño e iba a fumarme un cigarro y a buscar algo de paz.

Además de escupir sus teorías y hacerme preguntas personales, Pifas pasaba mucho tiempo mirando mujeres.

—Ahora a todas les gusta el sexo, ¿sabes, Sammy? A todas. Piénsalo, amigo. Es algo muy hermoso, Sammy. Es 1968 y todas beben y fuman marihuana y no se ponen bra y escuchan rock. Ay, ay, ay, ay, amigo. Las mujeres son iguales ahora, ¿sabes, Sammy? Ésa es la palabra. Igualdad. ¿Sabes qué significa? Que a todas les gusta el sexo, igual que a ti y a mí. Nunca imaginé que la igualdad sería tan hermosa. Ay, ay, ay, ay, amigo.

Ay, ay, ay, ay. Eso y «de película» y muchas otras estupideces. Las repitió hasta el cansancio durante todo el verano. Pifas era un peligro con la lengua. Con cualquier lengua. Al menos no decía *groovy. Groovy* era demasiado *gringo* para Pifas. Y qué bueno, porque le habría dado un puñetazo. Juro que lo habría hecho.

Me harté de que me preguntara si seguía pensando en Juliana. Podía estar levantando la tierra con la pala para hacer surcos para plantas nuevas, y él me preguntaba:

—Oye, Sammy, ¿estás pensando en Juliana?

—No —le contestaba. Pero si sí estaba pensando en ella, me fastidiaba que me lo preguntara. No era de su maldita incumbencia. Y si no estaba pensando en ella, me afectaba más porque Pifas me la recordaba. Y me seguía doliendo la triste historia de Juliana y su familia y su padre bueno para nada que se declaró culpable. «Me siento muy mal por lo que hice. *Me muero de tristeza*», eso fue lo que dijo el bastardo, como si sentirse mal y decirle al mundo que te mueres de tristeza porque mataste a tus hijos mejorara las cosas. Al diablo con él. Se sentía mal. ¿Qué era eso? Juliana estaba muerta. Su hija, a la que había odiado, su hermosa Juliana. Estaba muerta. Y todo porque el tipo se enojó con su esposa. Pura mierda. Me seguía doliendo. Tanta mierda me seguía doliendo.

Y extrañaba las alas que se agitaban en mi pecho desde que estuve con Juliana. Las extrañaba, aunque a veces me asustaran. Se me había metido en la cabeza que eran las alas de un ave que empezaba a crecer dentro de mí, y que todo eso significaba algo. Debía de ser algo importante, como las hojas de las que hablaba la señora Apodaca. Así de importante. Pero ya no estaban. Y parte de mí deseaba que volvieran, aunque a una parte de mí ya nada le importaba.

La cosa era que cada vez que pensaba en Juliana imaginaba mis entrañas y visualizaba dos alas rotas tiradas sobre mis vísceras. Ahí estaban, tiradas.

Una vez, mientras pensaba en Juliana, tomé un cerillo y me quemé la punta de un dedo. Se quemó como un trozo de papel. O como un examen que acababa de devolverme un maestro que me odiaba. Me le quedé viendo. Me quedé mirando lo que acababa de hacerme a mí mismo. Pero no me preocupó mucho. O sea, era más fácil pensar en mi dedo quemado que en Juliana. Era tan hermosa. Tenía esa clase de belleza que deja cicatrices en donde te toque. Y a mí me tocó por todas partes.

Un día, justo antes del 4 de julio, acababa de podar uno de los jardines del campus. Y se suponía que Pifas debía estar barriendo las hojas. Pero no lo estaba haciendo. No estaba barriendo nada. Sólo estaba parado, mirándome, como si valiera la pena mirarme. Levanté el rastrillo y empecé a trabajar. No servía de nada creer que Pifas me iba a ayudar. Él sólo me seguía mirando.

—Y bueno —dijo Pifas—. ¿Estás pensando en Juliana?

—Mira —le dije—. Si vuelves a preguntármelo una vez más, te voy a meter un cuete prendido por el culo para que nunca en tu vida puedas volver a cagar en paz, ¿entendiste, Pifas?

—*Órale*, no seas tan *cabrón*. Sólo era una pregunta, *ése*.

—Pues no me vuelvas a preguntar por ella —le dije.

Pifas me sacaba de quicio. El muy imbécil. La cosa es que siempre tenía que estar hablando. ¿Por qué no podía simplemente escuchar el viento? ¿Qué tenía de malo hacer eso? ¿Qué tenía de malo fumar un cigarro mientras escuchabas el sonido de tus propios pulmones al inhalar el veneno? Era algo increíble escucharte a ti mismo fumar. Sí, sé que fumar es malo. Todo el mundo me lo decía. Malo para mí. Sí, sí.

Todos los viernes, Pifas me pregunta si quiero salir con él y sus amigos.

—A pasar el rato —dice—. Sólo a pasar el rato. Nos tomamos unas frías, matamos el tiempo. —Era su especialidad, matar el tiempo.

Siempre intentaba decirle que no, pero mis pretextos sonaban tontos. Ni yo me los creía. Así que un viernes, Pifas me dijo:

—Creen que eres bien *culo*, *ése*. ¿Me entiendes, Sammy? ¿Sabes lo que dicen de ti? Que te crees mucho. Te dicen el Bibliotecario, ¿sabías? Porque lees muchos *pinches* libros. Libros, Sammy. ¿Qué carajos es eso?

—Sí sé por qué me dicen el Bibliotecario, Pifas.

—*Eres una pinche vergüenza.* ¿No te da vergüenza, *ése*?

—No me importa un carajo, ¿sabes? ¿Crees que me importa lo que piense una bola de *pendejos*?

Por alguna razón, puso cara de que lo había lastimado. Odiaba que hiciera eso.

—Okey —dije—. Okey, iré. —Igual no tenía nada mejor que hacer. Okey. Esa palabra parecía hacer feliz a Pifas. Por alguna razón yo le agradaba.

Nunca debí haber aceptado. A veces decir Okey puede meterte en muchos problemas.

Así que ese viernes, Pifas pasó por mí. Yo estaba sentado en el porche, esperándolo. Mierda, pensé para mis adentros cuando vi su auto frenar. Venían Joaquín Mesa, Jaime Rede y Reyes Espinoza, los tres sentados en el asiento trasero del auto. Una manada de imbéciles. Al instante, Reyes Espinoza se fue contra mí.

—*Órale*, ¿y a ti por qué te toca ir adelante?

—Bueno —dije—, ustedes estaban sentados atrás. ¡Mierda! ¿Quieres ir adelante? —pregunté—. Pifas, frena el auto.

—*Órale*. Relájate, *ése*.

—Frena el *pinche* auto de mierda, Pifas.

Pifas detuvo el auto. Me salí. Abrí la puerta trasera. Miré a Reyes.

—¿Quieres ir adelante? ¿Quieres comportarte como mi hermanita Elena? ¡Ándale! Vete adelante, *pinche*.

Reyes no dijo una palabra. Simplemente se bajó del auto y se sentó en el asiento delantero. Yo me subí atrás y azoté la puerta.

—¿Alguien quiere algún otro cambio? —Miré a Jaime Rede, que venía sentado en medio—. ¿Contentos? ¿Todos felices? Yo estoy feliz. ¿Tú estás feliz, Jaime? ¿Y tú, Reyes?

Pifas arrancó el auto.

—Vienes bien encabronado —dijo Joaquín Mesa y me ofreció un cigarro—. Toma.

Saqué unos cerillos del bolsillo y lo encendí.

—*Órale*, Sammy. Te di un cigarro. Da las gracias, *cabrón*.

—Sí, sí. Gracias. Tienes mi *pinche* gratitud eterna.

Eso hizo reír a Jaime Rede. Era extraño oírlo reír. No se reía por nada. De pronto, todos en el auto empezaron a reír. Hasta yo.

Pifas condujo hasta la casa de su hermano que vivía en un parque de remolques cerca de Mesilla. Ese parque de remolques estaba muy jodido, incluso para los estándares de Hollywood. Pifas entra y luego sale con un cartón de cervezas frías. Joaquín sonríe como si acabaran de decirle que ganó la lotería. Así que seguimos conduciendo mientras bebemos, y Jaime Rede se queja de que Gigi Carmona lo botó.

—Ni siquiera las prestó —dijo—. Debí haberla botado primero. —Eso era lo que más le molestaba, que ella lo hubiera dejado antes que él a ella. Era difícil sentirse mal por él. Todas las chicas creían que era atractivo. Y sí lo era. Pero tenía mala reputación. Y eso lo tenía siempre de malas.

—Las mujeres son una patada en el culo —dijo Reyes.

—¿Tú qué sabes? —dijo Joaquín entre risas—. ¿Quién carajos saldría contigo?

—Cállate —dijo Pifas.

—Sí, mamón. Nunca nadie saldría tampoco contigo, Pifas.

—Órale, *pinche* —dijo Pifas—. Por eso estás con nosotros, porque hay filas de mujeres esperándote para abrir las piernas.

Joaquín se rio y le dio un trago a su cerveza.

—No tenía ganas de coger hoy, *¿sabes?*

—Ni yo —dijo Jaime.

—Ni yo —dijo Reyes.

Y todos la perdimos. Nos carcajeamos largo rato. Tal vez nos la íbamos a pasar bien. Ya me había terminado la primera cerveza y estaba pensando en tomar otra cuando íbamos por El Paseo y un tipo de Chiva Town, Tony Guerra, le grita algo a Pifas. Pifas piensa lo peor, por supuesto. El tipo podría haberle gritado «¿Cómo están, *ése*?». Podría habernos invitado a una fiesta junto al río. Pero no, Pifas de inmediato se ofendió.

—Órale. Te voy a partir el culo —le dice mientras saca el cuerpo por la ventana e intenta conducir al mismo tiempo.

—Órale. *Ya se armaron los chingazos* —dice Joaquín. Él siempre está listo para pelearse. Y yo pienso, mierda. Mierda. Y de pronto vamos camino hacia una granja abandonada que está justo atrás de Las Cruces High. Hay como unos cuatro autos y, cuando llegamos ahí, todos dejan sus luces prendidas. Supongo que, si va a haber sangre, quieren poder verla bien. ¿Qué caso tiene derramar sangre si no la puedes ver correr por el suelo? Y luego empiezan los *chingazos* por todas partes. Pifas y el tal Tony se están partiendo el hocico, y luego Joaquín Mesa se lanza contra uno de los amigos de Tony, y luego Jaime Rede, quien probablemente seguía enojado porque Gigi Carmona lo botó, decide que necesita golpear a alguien. Así que también le entra. Y Reyes Espinoza, quien odiaba quedarse fuera, le entra también y empieza a tirar puñetazos *a lo loco*. No le importaba a quién le cayeran, siempre y cuando le permitieran ser parte de la acción. Así que hay como siete u ocho tipos peleando frente a la granja abandonada, y yo estoy ahí sentado, meneando la cabeza y maldiciéndome por haber aceptado ir. «¿Quién es el pendejo aquí?», me pregunto.

Y luego veo a Pifas en el suelo, y Tony lo sigue golpeando. Mierda. Tengo que separar a Tony y decirle:

—¡Órale! ¡Míralo! Ya lo tumbaste. Ya párale. Ya ganaste. ¿Qué dices si dejas al pobre *pendejo* en paz, *ése*?

Y Tony, quien tampoco se ve muy bien que digamos, se queda callado y voltea a verme.

—¿Y si no quiero pararle? —Voltea a ver a Pifas, quien sigue tirado. Enciende un cigarro. Luego me mira otra vez.

Yo lo miro fijamente.

Se da cuenta de que está cansado. Imagina que yo no tanto.

Así que le da una fumada al cigarro y asiente. Luego les dice a sus amigos que paren.

—*Ya estuvo, cabrones* —dice. Y todos dejan de pelear como si nada. Y luego se quedan todos mirándose como una bola de *pendejos*.

Ayudo a Pifas a levantarse. Tiene el labio hinchado.

—¿Estás bien, Pifas?

—Sí, sí —dice. Enciende un cigarro también. Luego decide ponerse amistoso y dice—: *Órale*, ¿quieren unas cervezas?

Y Tony contesta:

—Claro, ése. ¿Por qué no?

Así que Pifas les da Budweisers a todos, y pasan el rato juntos. Como mejores amigos. Y ahí estoy yo, pasando el rato con ellos. «¿Quién es el pendejo aquí?».

Entonces Jaime Rede, que siempre me ha odiado, dice:

—*Órale, pinche* Sammy. Eres una gallina, ¿sabes? Todos estábamos peleando y tú te quedaste sentado como vieja, mirándonos. Deberías pedirle a Darlene Díaz que te preste su falda de porrista. *Pinche joto*.

Me dieron ganas de golpearlo. Prendí un cigarro. Saqué el humo por la nariz, tranquilo. A veces me sentía el más *cool*.

—¿Sabes qué, Jaime? —dije—. La próxima vez que me hables así, voy a usar tu *pinche* cara de mexicano como cenicero. —Le quité la cerveza de la mano y la derramé en el suelo. Muy despacio. Con toda calma. Era fácil ser así de fresco con Jaime. Sabía que no se metería conmigo.

—Ay, ay, ay —dijo Pifas.

Ay, ay, ay. Me di la vuelta y empecé a caminar. Y seguí caminando.

Estaba furioso. ¿Qué carajos les pasaba a esos tipos? ¿Por qué tenían que andar peleando? ¿Y qué si estaban enojados? Yo también lo estaba. Estaba furioso por muchas cosas. Por mi mamá. Por Juliana. Por vivir en Hollywood. Por tener que trabajar todo el tiempo y tener que ahorrar hasta el último quinto, hasta el último céntimo, para ir a la universidad. Por tener profesores y amigos que me miraban como si estuviera perdiendo el tiempo trabajando tan *pinche* duro y por ser buen estudiante. Porque todos los imbéciles que me apodaban *el Bibliotecario* a mis espaldas creían que ser hombre implicaba ignorar el hecho de que naciste con cerebro. ¡A la mierda con todos! Yo también estaba furioso, pero no iba por ahí partiéndole el hocico a los demás por mi enojo. ¡Mierda! A veces estas conversaciones conmigo mismo sólo me enojaban más. Encendí un cigarro. Una vez que me calmé, disfruté el paseo. Era una noche agradable. Cálida. Y olía a lluvia.

Era agradable estar solo. Siempre me había gustado eso, estar solo. Tal vez era porque Hollywood era sofocante. Es curioso que pudiera pasar tanto tiempo metido en mi cabeza. Tenía una vida entera allá arriba. Y la gente que conocía le agregaba cosas a esa vida. Como mi papá y el resto de la gente que se cruzaba en mi camino y la población completa de Hollywood. Siempre le decía a mi hermanita Elena que, cada vez que hacíamos algo bueno, cada vez nos acercábamos un poco más al jardín. Ella me preguntaba cuál jardín. Yo le decía que el jardín que estaba en la Biblia, aquél donde todo había sido perfecto. Claro que tomé la idea de la señora Apodaca, aunque eso no se lo iba a decir a Elena. En realidad no importaba que fuera la idea de la señora

Apodaca porque todo lo que había en el jardín era distinto para cada quien. Lo que había en mi jardín era distinto de lo que había en el de la señora Apodaca. Así que en realidad era mi jardín. Y yo siempre estaba recreándolo en mi cabeza. No tenía casas derrumbadas, ni empleos jodidos, ni profesores que te miraban como si te hubieras equivocado de lugar, ni tipos que sacaban los puños sólo por gusto. Pasaba noches enteras pensando en qué tenía y qué no tenía mi jardín. Y vivía ahí. Ahí vivía yo. Dios, me pregunté si quería tipos como Pifas en mi jardín. Claro que no los aceptaría. ¿Quién querría tenerlos?

Después de un rato de sólo caminar, me relajé. Y empecé a silbar. Me salía bien. Cuando llegué a Solano, pasó a mi lado un auto que venía muy despacio. Luego se dio media vuelta, y yo pensé: «¿Y ahora qué mierdas?». Seguí caminando y tomé un callejón, lo cual no fue muy sabio de mi parte. ¿Por qué la gente piensa que soy tan listo? ¿Porque leo libros? Los libros no te hacen inteligente. Yo me la pasaba haciendo tonterías. Así que mi corazón empieza a latir con fuerza, y entonces escucho una voz:

—¿Qué onda, Sammy? ¿Cómo estás?

Era una voz familiar. Levanté la cara…, y encontré justo a quien esperaba.

—¿Eres tú, Gigi?

Venía en un auto lleno de chicas.

—¿Qué hay, Sammy? ¿Por qué tan solito caminando por la calle?

—¿Hay una ley que lo prohíba?

—*No seas así*, Sammy. ¿No puedes ser amistoso?

—Así me llamo, Don Amistoso. —Sonreí—. Justo estaba con tu amigo Jaime Rede.

—Jaime es una mierda.

—*No seas así*, Gigi.

—Vete al carajo, Sammy.

—¿No puedes ser amistosa?

Gigi se rio. Era una risa agradable la de Gigi. Pero usaba kilos de maquillaje y siempre traía el cabello todo rígido de tanto *spray*.

Siempre parecía que estaba lista para audicionar para la parte de Chica A-Go-Go de esos estúpidos programas de televisión.

—Mira —dijo—. No sabía que Jaime y tú fueran amigos.

—Jaime es de Hollywood. Yo soy de Hollywood.

—Todos somos de Hollywood.

—¿Eso no basta para ser amigos?

—No, Sammy. Creo que significa que nos toca vivir juntos. Al menos por ahora. —Jugueteó con la cruz que le colgaba de una cadena de oro—. Déjame decirte una cosa. No me quedaré con Jaime Rede. Es un *cabrón* y un *pinche*.

—Qué boquita la tuya.

—Ay, sí, los hombres pueden hablar como quieran. Las chicas sólo debemos vernos bien.

—Todos debemos vernos bien, Gigi. Esto es América.

Gigi se rio. Me agradaba que riera.

—No sabía que eras gracioso.

Asentí. Y sonreí. O al menos creo que sonreí.

—Bueno —dije—. Debo irme.

—Te damos aventón si nos regalas cigarros.

—Si no les alcanza para comprarlos, no los fumen.

—No seas así —dijo ella.

Le lancé la cajetilla.

—Quédenselos. —Seguí andando.

—¿No quieres un aventón?

—No.

—Te odio —dijo. Sonaba molesta. Me lanzó de vuelta la cajetilla. Me golpeó con ella. Claro que no fue doloroso.

—Qué bueno —contesté. Me pregunté por qué me había dicho eso. Le di mi cajetilla de cigarros. ¿Qué tenía de malo que hubiera rechazado su oferta?

Cuando llegué a casa estaba cansado. Cansado en serio. Me senté en el porche y fumé un cigarro. Entonces salió mi papá.

—¿Estás bien, *mijo*?

—Sí, papá.

—No escuché que llegaras en auto.

—Vine a pie.

No hizo más preguntas. Yo no dije más. Empezó a llover. Mi papá y yo nos quedamos ahí sentados, en el porche, esperando la lluvia. Luego me pidió un cigarro. Así que nos quedamos sentados, fumando. Y en ese momento se sintió bien ser Sammy Santos. Estar con mi papá siempre me hacía sentir bien. Tal vez ya no tenía mamá, pero sí tenía papá.

Cuando me fui a la cama, seguía lloviendo. Me gustaba el ruido de los truenos. Me agradaba la brisa que entraba por la ventana abierta. Seguí dándole vueltas a todo lo que había pasado en mi cabeza, como la tierra a la que le daba vueltas con la pala en el trabajo. Siempre hacía eso cuando me iba a acostar, le daba vueltas a todo. Así que empecé a hablar conmigo mismo. «¿Entonces esto es lo que gano por haberle dicho que sí a Pifas? Me toca ver a un montón de tipos golpearse entre sí. Me toca ser el réferi. Me toca que Jaime Rede me insulte y que el hijo'esú me amenace. Así que yo lo amenazo también. Luego me enojo y me voy caminando a casa. Me interrumpe Gigi Carmona, quien me informa que me odia. Qué diversión. Una noche de verano en Las Cruces, Nuevo México. Pura diversión».

Siete

El viernes siguiente, Pifas me invita de nuevo a salir con ellos.

—Es viernes, mi amigo —dice—. *Órale*. Es hora de la fiesta, *ése*.

Le dije que no me agradaba pasar el rato con Jaime Rede. Pifas dijo que Jaime Rede no iría. Le dije que no me agradaba pasar el rato con Reyes Espinoza. Pifas dijo que Reyes Espinoza no iría.

—Ándale, *ése*. Nos la vamos a pasar bien. Hay una fiesta. Es de una tal Hatty Garrison. Sus papás salieron de viaje.

Conocía a Hatty. No podía creer que hubiera invitado a Pifas a su fiesta.

—¿Te invitaron o vas de gorrón?

—Nombre, ella me dijo que llevara a mis amigos. Ándale, *ése*. Muchas nenas, *ése*. *A lo mejor* tenemos suerte.

—Sí, claro. Es más probable que nos arresten a que terminemos en la cama de alguien.

—No seas así, *ése*.

Me preguntaba por qué Pifas era tan optimista con las cosas.

—Ándale, Sammy. La semana pasada nos divertimos.

¿Nos divertimos?

—Okey —dije. Lo hice de nuevo. Acepté una vez más.

Entonces Pifas va por mí y viene con René Montoya. René no era un imbécil. Él me agradaba. Lo único malo era que a él le gustaba meterse en problemas. No podía evitarlo. Sabía que tenía antecedentes penales. Incluso lo había visto esposado, justo enfrente de mi casa. Lo agarraron. Nunca pregunté de qué lo acusaban. No era de mi incumbencia. En fin, le gustaban los problemas. Mi papá decía que René iba a morir joven si no tenía cuidado: «Va a terminar en el bote, ya verás, *en la mera pinta*». Yo juraba que si René se acercaba a una cuadra de la señora Apodaca, ella sacaría su agua bendita y lo rociaría. Sin embargo, cuando estabas con él ni te imaginabas esas cosas. Era un tipo pulcro, casi íntegro. Podría haber hecho comerciales de Colgate, excepto porque se notaba que era mexicano, lo cual no era bueno si querías salir en comerciales.

Condujimos por ahí y llegamos a un lugar que es una licorería de autoservicio que se llama The Welcome Inn, en donde le vendieron cerveza a René porque se veía más grande de lo que era. Seguimos andando y nos tomamos un par de frías. Hablamos. Pifas le preguntó a René por qué la policía lo rondaba como las moscas a la mierda.

—¿Por qué crees, *pendejo*? Les gusta andar tras los mexicanos. Somos como hierba mala. Y ellos cargan el azadón.

—¿Eso crees? —le preguntó Pifas.

—¿Crees que van por la vida haciendo redadas en las fiestas de los *gringos*? Claro que no. Ni locos. ¿Crees que arrestan a los *gringos* que se meten en pleitos? ¿Eh, Pifas?

Empezó a enojarse. Se le notaba en la voz.

—No importa qué piense la policía —dije.

—Me caes bien, Sammy. Eres listo. Pero también dices muchas pendejadas.

—Gracias —dije—. Tú también dices muchas pendejadas. —Le ofrecí un cigarro.

—Claro que importa, Sammy. —Eso dijo René—. Importa lo que piensen los policías, tanto como importa lo que piensen nuestros maestros de mierda. —Lamió el cigarro que tenía entre los dedos—. Préstame fuego. Sammy, lo único que no importa en este mundo somos nosotros.

Llegamos a la fiesta como a las nueve de la noche. Bien. En Hollywood no había casas como la de Hatty Garrison. Había autos estacionados en toda la calle. Supe que nos estábamos metiendo en problemas. Los vecinos parecían estar listos para abalanzarse sobre nosotros. Así que Pifas, René Montoya y yo caminamos hacia la puerta. Ahí estaba Hatty, con una gran sonrisa.

—¡Pifas! —dice. Hatty era agradable. Siempre me había caído bien—. ¡Sammy! —dice y me abraza. Sentí de inmediato el olor a cerveza. Hatty iba camino a emborracharse. Pensé que no era buena señal, pero odiaba ser tan preocupón. ¿Pifas se preocupaba? ¿René se preocupaba? ¿Hatty se preocupaba? No. Nadie se preocupaba. Estábamos en una casa llena de Alfred E. Neumans.

Nos abrimos paso entre la multitud. La música te reventaba los tímpanos. Nunca me ha gustado eso. Es decir, sí me gusta el rock. Me gustaba la canción que estaban poniendo. Me gustaban los Rolling Stones. Pero odiaba que estuviera tan fuerte. Me abrí paso a empujones y llegué al patio trasero. Había montones de *gringos*, pero también montones de *chicanos*. Integración. Sí, claro. Intenté ver si había alguien de Hollywood. No identifiqué a nadie, salvo gente de la escuela. Era gente que me avergonzaría invitar a mi casa. Odiaba sentir vergüenza. ¿De dónde venía eso?

Alguien me dio un vaso de plástico. Me acerqué al barril, y un tipo dice:

—¡Sammy! ¡El mismísimo Sammy! —Toma mi vaso vacío y lo llena con cerveza del barril. Siempre hay un guardián del barril que teme que todos se acaben la cerveza y no le dejen nada.

—¿Qué hay, Michael? —Es lo que siempre digo. ¿Qué hay? Es algo muy propio de Sammy Santos.

Michael asintió al ritmo de la música y me dio el vaso lleno de cerveza.

—Todo bien, Sammy. Todo muy bien.

—Genial —dije—. Yo también. —Entonces veo a Gigi hablando con una chica. Está usando una minifalda y sus botas blancas de vinil y un labial rosa brillante. Era tan rosa como la casa de la señora Apodaca. Tenía buen cuerpo, esa Gigi. Le gustaba tenerlo. Mucho. Me acerqué a ella.

—¿Qué hay, Gigi?

—Ah, eres tú —dijo.

—Sí. Yo, Gigi. Sólo yo.

—¿Qué quieres?

—Nada —dije y me alejé. No la entendía. Simplemente no la entendía.

La fiesta estaba decente. La gente bailaba. La gente conversaba. La gente bebía. La gente se besuqueaba. Ese tipo de cosas. Ya saben. Lo curioso era que no me interesaba. Tal vez era por Juliana. Tal vez mi mente seguía en otro lado. Con ella. En el autocinema Aggie. Yo siempre actuaba como espectador, pero en la fiesta me concentré aún más en observar. No pertenecía a nada, al menos no a nada real. Tal vez algo sucedería. Si no a mí, a alguien más. No importaba si era algo bueno o malo. Simplemente quería que fuera algo que me hiciera sentir vivo. Tal vez, en el fondo, entendía por qué a Pifas y a Joaquín y a René y a Reyes les gustaba pelear. Querían sentir algo. Así que ahí estaba yo, en una fiesta en la casa de Hatty Garrison, con una cerveza en la mano y a punto de prender un cigarro, cuando Gigi se me acerca y me dice:

—Eres un verdadero imbécil, Sammy.

—¿Te hice algo, Gigi? ¿Eh?

—Tienes la cabeza tan metida en el culo que no alcanzas a ver lo que cenaste.

—Qué boquita la tuya.

—No me vengas con eso, Sammy.

—¿Quieres explicarme por qué estamos en guerra? —Le ofrecí un cigarro. Ella lo tomó, como si me estuviera haciendo un favor.

—¿Por qué les dices a todos que me llamo Ramona?

—Porque así te llamas.

—Odio ese nombre.

—Pues díselo a tu mamá y a tu papá.

Me fulminó con la mirada. Ya saben. Esa mirada. La que te hace sentir como un gusano al que están a punto de aplastar.

—A ver. Mira, yo no ando por ahí diciéndoles tu verdadero nombre a todos, Gigi. No sé…

—Se lo dijiste a Jaime Rede.

—¿Y eso qué?

—Ahora él lo sabe.

—Él iba con nosotros en primero de primaria, Gigi.

—¿Eso qué significa?

—Que de ahí me sé tu nombre…, de primero de primaria. Así solía llamarte la maestra.

—¿Recuerdas eso?

—¿Por qué otra razón podría saber tu nombre, Gigi?

—Bueno, no debiste decírselo. La gente que conoce a Jaime ha empezado a decirme Ramona. Y es tu culpa. Me siento como una *pendeja*.

Gigi no fumaba como un verdadero fumador. En realidad no le gustaba. Creo que el cigarro era un accesorio de su atuendo y por eso le gustaba traerlo en la mano.

—¿Por eso estás enojada conmigo?

—Tengo otras razones.

—¿Quieres compartírmelas?

—No.

Genial. Odiaba que hiciera eso.

—¿No?

—No. —Inhaló el humo del cigarro como muy fresca, como si hubiera estado practicando frente al espejo—. Nos vemos, Sammy. —Se metió a la casa y fue devorada por la canción que retumbaba, *I'm getting closer to my home*…

Volteo y veo a Jaime Rede hablando con Eric Fry, un tipo que iba en mi clase de Español. Y ambos están murmurando. Me pregunto si estarán haciendo negocios sucios. Alguien me dijo que Jaime hacía eso. Y bueno, de Fry no sabía nada, excepto que hablaba perfecto español, lo cual es muy raro para un *gringo*, pues lo hablaba mejor que muchos mexicanos. Pero era demasiado engreído. Le gustaba corregir a los demás en clase de Español. Odiaba que hiciera eso. En realidad no me agradaba mucho Eric. No me importaba que hablara español. No. No me agradaba. Claro que era buena onda conmigo. Porque lo era. Pero no era eso. En fin, el caso es que estaban muy metidos en su conversación. Me pregunté si debía acercarme y decirles: «¿Qué hay?», pero luego pensé «¿y qué les digo después de eso?».

En ese momento, pensé que habían encendido un porro cuando escuché a alguien gritar.

—¡Pelea! ¡Pelea!

De algún modo, toda la fiesta se había trasladado al patio delantero. Había un gran círculo alrededor de dos tipos que se estaban golpeando con todo. Tuve un presentimiento. En serio. Así que me abrí paso hasta el frente. Y veo a René y a un tipo que era jugador de americano que se llamaba Scott. Y se estaban peleando en serio. Se odiaban. Nadie podía pelear así si no odiaba al otro. Mierda. Mierda. Y entonces alguien grita:

—¡Ahí viene la policía!

Pero a Scott y a René no les importó. Siguieron peleando. A mí sí me importaba. Sabía que si llegaba la policía, iban a arrestar a René de nuevo. Odiaba que eso pudiera pasar. Así que intervine. Como loco. Estaba loco.

—¡Carajo, René! ¡Vámonos de aquí!

Él me miró…, y entonces nos echamos a correr.

No podía creer que estuviera corriendo en una calle sin saber adónde iba. Pero luego empecé a enojarme. Me enojé por haber aceptado ir. Eso me pasa por bailar con el diablo…, me llevaron al infierno. ¿Qué esperaba? ¡Carajo! Cuando vea a Pifas… No podía dejar de mirar atrás para ver si venía la patrulla. Y luego vi las luces de la torreta, y pensé «ya nos agarraron». Cuando tenga al *cabrón* de Pifas enfrente…, «nos agarraron, nos agarraron». Tenía el corazón en la garganta. Justo ahí. A la mitad de la garganta. Entonces, cuando me di la vuelta, vi que no era una patrulla, sino un viejo Chevy del 57, pero eso no me detuvo. Seguí corriendo, y René seguía corriendo atrás de mí. Cuando el auto nos alcanzó, escuché una voz:

—Súbanse. —¡Gigi! ¡Era Gigi! Gracias a Dios por Gigi. No hicimos preguntas. Sólo nos subimos al auto—. No son muy listos, ¿saben? ¿Cuántas veces te han arrestado, René? ¿Y a ti, Sammy?

La cosa con Gigi es que era muy directa. Digo, se llevaba pesado, pero no era pesada. Para nada. En Hollywood había chicas muy pesadas. Pero Gigi no era una de ellas. Era una chica linda que fingía no serlo.

—¿Puedo al menos respirar? —dije.

Nadie dijo nada durante un rato. René y yo sólo queríamos recuperar el aliento. ¡Dios! La respiración puede ser muy ruidosa. En un auto. Cuando nadie dice nada. Me limpié el sudor de la cara con la manga de la camiseta.

—Gracias, Gigi —dije—. Nos salvaste.

—Sí, bueno, regálame un cigarro.

Le di un cigarro. La miré mientras lo prendía, y entonces me di cuenta de quién venía al volante. Era una chica que vivía al final de mi cuadra. Angelina. Callada. Nunca sobresalía. Todos la llamaban Ángel. Era una niña buena. ¿Qué hacía en una fiesta como ésa?

—Hola, Ángel —dije.

—Hola, Sammy. —Tenía linda voz. Dulce. Tal vez demasiado dulce para una chica de Hollywood.

—¿Dónde la seguimos? —dice René—. Todavía es temprano.

—Yo no te llevaré a ningún lado. Voy a dejar tu culo en tu casa, a menos de que prometas ya no armar pleito. ¿Qué te pasa? Eres un *bofo*. ¿*Estás loco o qué?*

—Yo no armé ese pleito. Ese *pinche gringo* se la traía contra mí. *Y yo no me dejo.* ¡Ni madres! Yo no me hinco ante *cabrones* como ése. Nunca. La próxima vez que vea a ese *cabrón* voy a arrastrar su culo hasta Minneapolis o de donde sea que vengan esos *cabrones*.

—¿Sabes por qué Gloria te dejó? Porque piensas con los puños. Por eso. Eso es peor que pensar con el pito.

—¡Ey, ey, ey, Gigi! —dije.

—*Cállate*, Samuel. Tú no hables.

—No quiero hablar de Gloria.

—Me imagino. Ella moría por ti. ¿Acaso te importaba?

—Claro que me importaba.

—Ay, ya empezó a llover. Mira, sólo cállate.

—Qué divertido —dije—. Nos estamos divirtiendo mucho, ¿verdad, Ángel?

Ángel sonríe, pero es buena conductora, así que asiente y sigue manejando. Para entonces ya estábamos en El Paseo. Y entonces René dice:

—¡Miren! ¡Ahí va Pifas! Tócale el claxon, Ángel.

Y Ángel, como la niña buena que era, hace justo lo que René dice.

René se asoma por la ventana.

—¡Oye, Pifas!

Pifas levanta la cara y hace ese gesto azteca de la barbilla. Ambos autos nos orillamos en una calle lateral.

—¡Había policías por todas partes, *chingao*! Y todos empiezan a correr, y yo pienso *mierda*, «se va a desperdiciar la cerveza». Y la gente anda escondiéndose por toda la casa, y Hatty se pone a llorar, y me sentí mal por ella, pero yo sólo quería mover el esqueleto, ¿sabes? —A veces, cuando Pifas se arrancaba, ya no había forma de callarlo—. A muchos los torcieron. Y ustedes se fueron sin mí, *cabrones. Órale, ¿qué pues?* —Ya nos había perdonado—. Vamos al río. Traigo unos vinitos —dijo y se arrancó.

—Síguelo —dijo René. Y Ángel obedeció.

—Pifas está bien jodido, ¿sabes? —Gigi hace un gesto con el cigarro como si estuviera escribiendo en el aire.

—Pifas es bueno. —René era leal. Eso me agradaba—. Es buena gente. Y está ahí cuando lo necesitas.

A Gigi le gustaba sermonear. Si no tenía cuidado, cuando creciera se convertiría en la señora Apodaca.

—Va directo a los problemas. Como un imán. Igual que tú, René. Si tan sólo pudieras atraer dinero como atraes los problemas.

—Sí, sí. Si tan sólo esto. Si tan sólo aquello —dijo René. Luego como que se desconectó un segundo. Se notaba. Me pregunté adónde habría ido. A veces hacía eso, se metía en su cabeza. Igual que yo.

Al llegar al río estacionamos los autos. ¡Dios! La luz de la luna iluminaba todo. El río se veía limpio y puro, aunque en realidad no lo estaba. Con la luz de la luna de verano, todo parecía tranquilo. Hasta nosotros. Hasta Pifas y René. ¡Caray! Me gustaba estar aquí. Creo que el jardín de mi cabeza estaba iluminado como el río. Era mejor que cualquier fiesta.

Gigi y Ángel y René y Pifas y yo nos sentamos y bebimos vino de manzana Boone's Farm. Y fumamos. Ángel casi no dijo nada, sólo escuchó. Pero algo me llamó la atención. Ella sí estaba presente. Estaba ahí. No como yo. Yo me escapaba a mi corazón. Pifas y René bebían mucho. Gigi y yo sólo bebíamos poco. Entonces, de la nada, Ángel dice:

—Vamos a jugar un juego. Vamos a jugar a «¿Qué voy a hacer cuando me largue de Hollywood?».

Nadie dijo nada. Todos pensamos que era una estupidez, pero antes de que cualquiera dijera algo, yo intervine.

—Ir a la universidad. Eso haré.

—Yo también —dijo Ángel.

René nos miró como si estuviéramos locos.

—Yo no. Nada de ir a una universidad de *gringos*. Más profes y más *gringos*. Yo quiero ser boxeador en Los Ángeles. Ahí quiero ir.

—¿Boxeador? —dijo Gigi—. *¡Estás loco! ¡Te van a matar!*

—Nadie va a matar a nadie —dijo René entre risas. Luego le dio un gran sorbo a su botella de vino y me la pasó.

—Yo me alisté.

Todos volteamos a ver a Pifas.

—¿Qué? —dijo Gigi.

—Dije que me alisté. —Pifas estaba muy serio.

—Estás ebrio, Pifas.

—Hasta el culo, René —dijo—. ¿Y qué? Igual me uní al *pinche* ejército.

René parecía asqueado, como si no pudiera creerlo.

—*Órale*, Pifas. No seas *pendejo*. ¿Qué vas a hacer en el ejército? Estamos en guerra, *ése*. ¿No pones atención? ¿Hollywood no te basta? Mierda, *ése*, te vas a unir al sistema en lugar de combatirlo. Deberías unirte a los Boinas Cafés y no al pinche ejército.

—*Órale*. No soy *pendejo*. ¿Qué carajos quieres que haga? Es enlistarme o que me recluten. Al carajo los Boinas Cafés. ¿Qué carajos van a hacer ellos cuando me recluten? ¿Qué van a hacer por Pifas Espinosa? ¡A la mierda combatir el sistema! ¡A la mierda! Eso digo yo. ¿Quién es el *pendejo*, René? ¿Qué quieres que haga, que corra por las jodidas calles de Hollywood gritando «Salgan de sus casas de mierda y luchen contra el sistema. ¡Salgan! ¡Salgan!»? —Pifas se levantó del cofre del auto y empezó a correr mientras agitaba los brazos como si fueran las alas de un ave que no puede volar por mucho que lo intente. Y seguía gritando como loco—. ¡Salgan! ¡Rebélense, ciudadanos de Hollywood! ¡Ataquemos el maldito sistema! —Todos lo miramos sin decir nada. Sólo lo veíamos, nos mirábamos entre nosotros como si quizá debiéramos hacer algo. Pero ¿qué haces cuando alguien pierde la cabeza frente a ti? Entonces, se tiró al suelo y se quedó ahí—. ¡Rebélense! ¡Rebélense, carajo! —Y empezó a reírse. Pensé que iba a reír para siempre, pero luego las risas parecían llanto. Tal vez estaba llorando. Y luego paró. En seco. Se levantó y volvió a sentarse en el cofre de su auto—. Me enlisté —dijo con voz completamente normal de nuevo.

—¿Estás bien? —susurró Gigi.

Pifas asintió.

—Sí, me enlisté. En fin, ¿qué tal que me mandan a Alemania en lugar de a Vietnam?

—Sí, claro.

—Podría pasar, *ése*. —Pifas evadió la mirada de René y volteó a verme—. Podría pasar, ¿verdad, Sammy?

—Sí —dije. Él sabía que no. Yo sabía que no. Todos lo sabíamos, pero yo igual le dije que sí.

—No me va a pasar nada —dijo. Y luego abrió otra botella de vino afrutado.

—Sí —dije—. ¿Recuerdas esa vez que iban esos tipos por ti, esos pachucos, y agarraste mi rastrillo de jardín mientras corrías, te diste la vuelta y le partiste el hocico a uno de esos bastardos? Rompiste el rastrillo contra la cara del tipo. Así, lo partiste en dos. Eran muchos vatos tras de ti, y nada te pasó. Nada te puede pasar, Pifas.

Pifas se rio.

—De película.

Nadie dijo nada durante largo rato. Nos quedamos ahí sentados. Era una noche de verano como cualquier otra. Cinco chicos de Hollywood, sentados junto al río, pasándola bien. Fumamos y bebimos. No teníamos razones para estar tristes. Sin embargo, por un minuto cada quien se fue a su esquina, como si fuéramos los boxeadores que René quería ser. Estábamos cansados y queríamos descansar un minuto antes de volver al cuadrilátero. No sé qué estarían pensando los demás. Tal vez estaban pensando lo mismo que yo, que Pifas iría a un lugar llamado Vietnam. Que quizá no regresaría. Que quizá ya no éramos niños y que aquellos juegos de beis que jugábamos en el lote baldío atrás de la casa de la señora Apodaca ya eran cosa del pasado. Los habíamos perdido sin darnos cuenta. Ése era el problema de crecer, que perdías cosas que no sabías que tenías.

Finalmente, después de un rato, Gigi se estiró y le dio un beso a Pifas en la mejilla. Como si fuera su hermana.

—Ay, Pifas. *Estás más loco que un perro suelto.*

Ambos estaban sentados en el cofre del auto de Pifas. Se notaba que Pifas estaba un poco avergonzado. Era un año mayor que nosotros. Tenía casi 19, pero en ese momento parecía de diez. Tenía diez y se había enlistado en el ejército.

No sé por qué..., pero tal vez no quería pensar que Pifas se iría al ejército. No sé, sólo quería pensar en otra cosa. Miré a Gigi y le pregunté:

—¿Tú qué quieres hacer cuando te vayas de Hollywood, Gigi?

Ella le quitó a Pifas la botella de vino.

—¿Y si no quiero decirte?

—Ándale —dijo Pifas—. No seas así.

Ella le dio un trago al vino.

—Pero no se rían.

—Prometido —dije.

—Cuéntales, Gigi —dijo Ángel, como si ella ya supiera.

—Okey —dijo Gigi. Esa palabra siempre nos metía en problemas. Luego asintió—. Voy a ser cantante.

—¿Cantante? —dijo René.

Ángel lo fulminó con la mirada.

—Prometieron no reírse.

—¿Cantante? —dijo Pifas—. ¿En serio?

—Sí —contestó Gigi y sonrió. Tenía una sonrisa matadora.

—Cántanos algo —dijo Pifas.

—Ay, no —contestó. Pero sí quería hacerlo. Se notaba.

—Ándale —dije—. Cántanos algo, Gigi.

Hasta Ángel la silenciosa le pidió que cantara.

—No sé —dijo. Se estaba echando para atrás.

—Ándale, Gigi —dijo Pifas—. Canta. —Sonaba triste. Sonaba como si fuera a derrumbarse y a llorar si Gigi no cantaba.

Ella le sonrió.

—Okey —dijo—. Si se ríen me las van a pagar. Lo juro. —Inhaló profundo. Hizo una pausa. Luego inhaló de nuevo. Y entonces empezó. En voz baja y con timidez. Al principio. Pero luego con más claridad. Sólo cantó.

Yo no tenía idea. No tenía idea de que alguien pudiera cantar así. Y la canción que estaba cantando era una antigua canción mexicana de amor que se llamaba *La gloria eres tú*. Yo creí que iba a cantar una canción de rock o algo que combinara con sus botas blancas de vinil. O quizás algo de Joan Baez. Pero no. Estaba cantando en español. Estaba cantando desde otro lugar. En un idioma que no importaba un carajo en este país. Pero a Gigi le importaba. Y a nosotros también; a Pifas, a René y a Ángel. *La gloria eres tú*. ¡Dios! ¡Qué bien cantaba! Y, bajo la luz de la luna, no parecía una niña. Era una mujer con una gran voz. Cualquier hombre se habría muerto de sólo oír esa voz. Lo juro. De sólo escucharla. Pensé que el mundo se había frenado para escuchar a Gigi, a Gigi Carmona de Hollywood. Pifas tenía el rostro cubierto de lágrimas. Eran tan puras como la voz de Gigi. Volví a sentir el aleteo dentro de mí. Era como si las alas estuvieran vivas de nuevo. Sólo necesitaban una hermosa canción para levantarse y comenzar a aletear de nuevo. Todo era perfecto. En serio. Tal vez así era mi jardín. Tal vez así era como debía acabarse el mundo. No conmigo ni con mis pensamientos, ni con los chicos de prepa golpeándose entre sí, ni con Pifas yéndose a la guerra, sino con las lágrimas de unos chicos que corrían al ritmo de la canción de una mujer, sin el ruido de balas y de bombas y de puños contra la piel. Así debía acabarse el mundo, con chicos volviéndose hombres mientras escuchaban a una mujer cantar.

Ojalá Juliana hubiera estado ahí.

Ocho

—Crees que soy un imbécil, ¿verdad, Sammy?

Estábamos sentados en el porche de mi casa una noche, una semana antes de que Pifas partiera. Partir…, siempre había odiado esa palabra. El cielo empezaba a tronar. Lluvia. Así era en agosto.

—Pásame un cigarro —dije—. Ya no tengo. —Pifas me dio un cigarro. Lo encendí—. No —contesté—. No lo creo.

—Claro que sí. No me respetas. *Dime la verdad*. Puedo aguantarla.

—No seas *pendejo*. Claro que te respeto, Pifas.

—¿Desde cuándo?

—Desde esa noche. Cuando Juliana…, ya sabes. Desde esa noche.

—¿Y antes de eso?

—¿Antes de eso? Creía que eras un imbécil.

Se rio. Ambos nos reímos.

Luego Pifas asintió. Lo observé e imité su gesto.

—Siempre he estado jodido —dijo—. Tú no, Sammy. Desde la primaria eras un niño serio. Siempre trabajabas. *Puro trabajar, trabajar, trabajar. Tienes que* alivianaaaarte, *mano*. Hasta cuando juegas, sientes que es trabajo. Yo al revés. Yo me aliviano demasiado.

—No estás jodido —dije.

—No me enlisté.

—¿Qué? ¿De qué hablas, Pifas?

—Me reclutaron. No quería que nadie lo supiera, ¿sabes? *Me dio vergüenza.* Así que inventé que me había enlistado. Todos saben que sólo a los perdedores los reclutan.

—No te hagas eso, Pifas. Así es el sistema. Es sólo un sistema.

—Hay ganadores en ese sistema, Sammy. Mira, sé cómo funciona. Ambos lo sabemos, ¿no, Sammy? Hay dos tipos de personas en este *pinche* mundo: los que la hacen y los que no. Tú y yo estamos en lados distintos de la moneda, ¿sabes? Cuando lanzaron la moneda, tu lado cayó hacia el cielo y el mío cayó hacia el *pinche* suelo. Y los dos lo sabemos, ¿verdad, Sammy? No se puede hacer nada al respecto. No tiene caso perder tiempo llorando por algo que nunca va a cambiar.

—No eres un perdedor —dije. Estaba cayendo una tormenta. La lluvia caía y el cielo tronaba como un trozo de leña seca en el fuego—. No eres un perdedor, Pifas.

—Antes creías que sí.

—¡Al carajo con eso! ¡Me equivoqué! —Lo miré a los ojos. Creo que nunca lo había visto realmente—. Escúchame, Pifas. Escúchame. Me equivoqué.

Había disturbios en Chicago. Grandes disturbios. Claro que los disturbios no me eran ajenos. Crecí viendo ese tipo de cosas. Era normal. La sangre era normal. Gente explotando como bombas…, normal. Rostros grotescos y torcidos de hombres y mujeres gritando, recibiendo golpes. El reflejo de un brazo levantado para proteger un rostro. Los rostros eran sagrados. Los aztecas lo sabían. *Ahí no. No me golpees ahí.* Crecí como mucha gente, siendo testigo de todo eso desde lejos, desde la seguridad de mi hogar. Eso te hacía el televisor. Te alejaba de las cosas. Te convertía en un espectador. Te hacía creer que estabas a salvo. Mi papá y yo veíamos las grabaciones en las noticias. Él era adicto a las noticias. Necesitaba verlas como yo necesitaba los cigarros. Si podía, nunca se las perdía. Ese día señaló la pantalla.

—Mira, hijo. Mira nada más. *Cabrones.* Esto no es democracia.

—Mi papá casi nunca decía groserías, pero lo hacía cuando veía las noticias. Siempre había algo que lo enfurecía. Se ponía muy intenso con las cosas. Con sus hijos. Con la política. Luego me miró—. ¿Crees que así es la democracia?

—No, papá. —Ya habíamos tenido esa conversación. Sabía cómo iba a terminar. Él quería hacerme pensar. Quería asegurarse de que yo no tuviera muerte cerebral. «No puedes pensar sólo en ti mismo. No sólo puedes pensar en la escuela. Hay un mundo allá afuera, mijo. Tienes que pensar qué está pasando en él. Tienes que descifrar cuál es tu lugar en ese mundo». Ése era el sermón habitual. O algo muy parecido.

Agitó el dedo mientras señalaba el televisor de nuevo.

—El alcalde Daley es un *cabrón* —dijo—. Mira. Por eso, el *sinvergüenza* de Nixon va a ganar la elección. —Mi papá odiaba a Nixon. Yo también lo despreciaba. Lo hacía por mi papá.

—¿Y qué hay de los manifestantes? —dije—. Los están golpeando, papá. ¿Qué hay de ellos?

Mi papá negó con la cabeza. No tenía respuesta para eso.

—*Están chingados. Pobres* —dijo—. Creían que iban a cambiar el mundo.

—El mundo no vale la pena —dije.

Mi papá volteó a verme y negó con la cabeza.

—*A veces no te conozco,* Samuel —dijo mi nombre completo. Eso significaba que estaba enojado. Mala señal. A veces se decepcionaba de mí—. *Estás muy joven para pensar así.*

Tenía razón. Era demasiado joven para ser tan cínico. Pero estaba cansado. Y triste. Pifas se iría a la guerra. Pifas tenía razón. Antes no me agradaba, pero ahora era distinto. Me caía bien. Lo quería. Tenía buen corazón aunque podía ser un fastidio. Pero no era por maldad. Y ahora se iría al ejército, a que lo mataran. Yo no estaba de humor para pensar cosas agradables. La sangre en las calles de Chicago no ayudaba a mejorar mi ánimo.

—Lo siento —dije.

—El mundo es un buen lugar, Sammy. —Negó con la cabeza—. Aunque este maldito país se esté cayendo a pedazos, te juro que el mundo es un buen lugar. —Se rio—. *Me estoy volviendo loco.*

—No, papá. No estás loco. —Me enfurecía que se hiciera eso a sí mismo. Me dieron ganas de darle un beso. Él siempre me daba besos. ¿Por qué entonces no podía levantarme del sillón y darle un beso a mi papá? Me levanté, fui a la cocina y le llevé una cerveza—. ¿Quieres un cigarro, pá?

—Sí —contestó—. Dame uno.

Le di un cigarro. Él lo encendió.

—Ya casi se termina el verano.

—Sí —contesté.

—¿Irás a la universidad el próximo año?

Me lo preguntaba una vez por semana. Quería asegurarse de que así fuera.

—Sí, papá.

—¿Y Pifas se va al ejército?

—Sí, papá. Mañana en la noche le van a hacer una fiesta.

—Sí, su mamá me dijo. Esto la va a matar, Sammy. Adora a ese muchacho.

—Sí, papá —dije—. Es una buena señora.

—*Ese muchacho, yo no sé.* Nunca en su vida ha tomado una buena decisión. —No paraba de agitar la cabeza—. No es sensato. No sabe ser sensato. —Mi papá le dio una larga y lenta fumada al cigarro—. Nunca te metas al ejército.

—No, papá.

Me miró a los ojos.

—Nunca. *¿Me entiendes?*

—Lo entiendo, papá. —Nunca me había pasado por la cabeza unirme al ejército. Él lo sabía. No soy belicoso, y se lo había dicho cientos de veces. Pero entendía qué estaba queriendo decirme. Tenía miedo de perderme, igual que la señora Espinosa tenía miedo de perder a Pifas.

—A mi hermano lo mataron en Corea —dijo.

Tenía una foto suya en la sala, junto a la foto de John Kennedy.

—Lo sé, papá.

—A mí me corrieron del ejército. ¿Lo sabías?

—Sí, papá. Me contaste.

—Dijeron que era un retrasado. Por eso me expulsaron. Eso dice en mis papeles de licenciamiento. Mi comandante creía que los mexicanos teníamos cerebro de perro. Ésa es la verdadera razón. *Desgraciados*. Me expulsaron, como si no valiera nada. Retrasada.

Había escuchado esa historia montones de veces. Reconocía el dolor en su voz. Quería quitárselo, pero en el fondo sabía que siempre estaría ahí. Odiaba al ejército por eso, por haberle causado un dolor que llevaría consigo toda la vida. Estaba empezando a aprender muchas cosas sobre el dolor. Pensé en las alas muertas que traía dentro de mí. Imaginé que estarían empezando a pudrirse. Y bueno, mi papá también debía de traer esas alas muertas dentro de él. Sólo que, como era más grande que yo, debía de tener un pájaro completo enterrado por ahí que lo hacía envejecer. Tal vez el pájaro murió al mismo tiempo que mi mamá. Sí, eso era. Empecé a ver las cosas de esa manera. No sé. Pienso demasiadas cosas. Como sea, volteé a ver a mi papá y le dije:

—Que se vayan al diablo, papá. No importa.

—Nunca dejes que te traten así.

—Jamás. —Lo miré mientras fumaba su cigarro—. Papá —dije—. Eres el mejor, *¿me entiendes?*

Mi papá sonrió. Me encantaba verlo sonreír.

Nueve

La fiesta de Pifas fue en el remolque de su hermano. Habían limpiado todo el terreno para la ocasión. Había toda clase de gente ahí: Gigi Carmona, Susie Hernández, Frances Sánchez, Ángel y Jaime Rede, Joaquín, René, Reyes, y todos los hermanos de Pifas, los cinco. Hatty Garrison había ido con sus amigas, Pauline y Sandra. Ambas eran mexicanas, pero no parecían. Eso pasa a veces. También había mucha gente a la que no conocía bien, gente que conocía de Hollywood, algunos de los hermanos de Huicho a los que odiaba. Tenía mis razones. Y también estaban algunos conocidos de la preparatoria.

La música estaba a todo. Alguien había puesto Carlos Santana. Todos en Hollywood amaban a Santana. Lo idolatraban como a nadie. Era el músico favorito de Pifas. *Ay, ay, ay*, decía mientras trabajábamos cada vez que sonaba en la radio una de sus canciones. *De película. De película.* Tal vez escucharíamos Santana toda la noche. Por mí no había problema.

Todos se la estaban pasando bien. Muchas risas. Me gustaba eso de las fiestas. La mayoría de la gente estaba pasándola bien afuera del remolque. Alguien había colgado una serie de luces navideñas en el jardín delantero entre el remolque del hermano de Pifas y el de junto.

Alguien estaba fumando hierba. Sentí el olor. Era agradable. Me gustaba. Miré hacia la esquina del jardín, donde había un grupo de tipos apiñados. Tenían cabello largo y barbas como si intentaran copiar un disco de Credence Clearwater Revival. Los observé un rato. Me pregunté qué se sentiría fumar hierba. Supuse que estaría bien. Pero no iba a hacerlo. No esta noche.

No me di cuenta de que ella estaba a mi lado.

—Te gusta mirar a la gente, ¿verdad?

Le sonreí. Demasiado maquillaje. Aunque el vestido corto le quedaba bien.

—¿Qué hay, Gigi?

—Todo bien, Sammy. No contestaste mi pregunta.

—Sí, me gusta mirar a la gente. Es agradable.

—Tal vez es más fácil mirarla que hablarle.

—También me gusta hablar con la gente, Gigi.

—Tal vez sólo no te gusta hablar conmigo.

—¿De dónde sacas que tengo algo en tu contra? ¿Sabes qué? Creo que eres genial, Gigi. En serio. La mejor.

—No me vengas con eso, Sammy.

—No empieces, Gigi. —Me quedé viéndola—. No me voy a pelear contigo. No va a pasar. ¿Quieres bailar?

—¿Me estás sacando a bailar?

La tomé de la mano. Me dio algo de miedo. ¿Por qué le tomé la mano? Creo que escuché un ligero aleteo, pero pronto desapareció. Caminamos hacia donde estaban bailando los demás. Era buena bailarina. Claro que ya me lo imaginaba. Digo, suponía que cualquiera que cantara bien también sabía bailar. Yo no hacía ninguna de esas dos cosas. Ni cantaba ni bailaba. Pero no siempre hay que ser bueno en algo para hacerlo. Y esa noche tenía ganas de bailar. No sé. Era una noche agradable y me dieron ganas de bailar.

No sé cuánto tiempo bailamos. Fue un largo rato. Estuvo bien. Nos miramos a los ojos. Yo sonreía. Ella sonreía. Su sonrisa era distinta a la mía. Eso me agradaba. Y me asustaba.

—Vamos por cerveza —gritó por encima de la música.

Fui hacia el barril y me serví una cerveza y otra para Gigi. Nos sentamos un poco lejos de la música. Gigi cantaba una canción de Santana mientras asentía con la cabeza. Estaba contenta. Como si trajera la música dentro. Y luego Pifas llegó y se sentó con nosotros.

—Ya estuvo. De película, Sammy.

—Todo bien, Pifas —dije y alcé el vaso de plástico. Él alzó el suyo, y Gigi también—. Salud por el ejército. Más te vale que regreses bien, *cabrón*.

Gigi empezó a llorar.

—No, no, no —dijo Pifas—. No hagas eso. Ay, ay, ay, no hagas eso, Gigi. —La abrazó.

Entonces ella se rio.

—Ya estoy mejor —dijo y le dio un puñetazo en el hombro—. Nada más no dejes que te disparen, tonto.

—Mira, cuando regrese, voy a estudiar una carrera en el G.I. Bill.

—¿Ah, sí? —dije.

—Sí. Voy a ser licenciado. Igual que tú, Sammy.

Sentí que empezaba a abstraerme. A veces hacía eso, me iba. Era difícil estar ahí. Mirar a Pifas. Jugar el juego de que todo estaba bien, como si fuera a irse de campamento o de vacaciones, o sólo fuera a mudarse a California. No se me daba fingir, pero sabía que era la única forma en que sobrevivía la gente. Quédate, me dije. Quédate. Finge. Como el resto del mundo. Hablamos otro rato. Ángel, René, Reyes, Jaime, Susie y Frances se acercaron. Todos conversamos y nos burlamos los unos de los otros. Nuestras risas eran auténticas. Éramos unos niños.

En algún momento de la noche, decidí emborracharme en serio. Nunca antes me había emborrachado y quería saber qué se sentía. No, no era eso. Era otra forma de fingir.

Recuerdo haber posado para una foto con Pifas y el resto de los chicos de Hollywood. Salimos todos en ella. Todavía la conservo. No sé cómo terminó en mis manos, pero aún la tengo. Pifas está justo en medio, y yo estoy parado junto a él. Todos salimos sonriendo.

Recuerdo haber vomitado detrás del remolque. Recuerdo escuchar la voz de Jaime:

—El *pinche* Bibliotecario está vomitando.

Recuerdo que Gigi se portó muy bien conmigo. Tal vez ya no quería seguir peleando.

También recuerdo haberle prometido a Pifas que lo vería en la estación de autobuses.

Gigi me llevó a casa en el auto de mi papá. Alguien debió de seguirnos, porque me dio un beso cuando estábamos frente a mi casa. Como una hermana. Pero había algo más en ese beso. Lo sabía, a pesar de estar ebrio. Fue ahí cuando entendí que Gigi tenía un ave hermosa viviendo dentro de ella —un ave muy muy hermosa—, y casi pude verla y oírla, y supe que algún día esa ave liberaría a Gigi. Bueno, quizá sólo pensé esas idioteces porque estaba ebrio. Pero ¿por qué no podía silenciar todos esos pensamientos descabellados? Pensaba que el alcohol te ayudaba a olvidarte de las cosas.

Me senté ahí, quieto como una piedra, y vi a Gigi irse corriendo y subirse a un auto. Pifas. Pifas venía en el otro auto.

A la mañana siguiente, sentía como si se me hubiera metido un gato en la boca y hubiera tirado todo su pelaje ahí. El cuarto giraba cuando cerraba los ojos. Sentía que me habían estado pisoteando la cabeza. Bebí mucha agua y tomé tres aspirinas. Miré el reloj. Había una nota en la mesa de la cocina para informarme que mi papá había llevado a Elena a jugar bolos. A mi hermana le encantaba jugar bolos los sábados en la mañana. Mi hermanita. ¿Cómo diablos llegaría a la estación de autobuses? Llamé a René. Su mamá me dijo que seguía dormido.

—¿Podría despertarlo? —No escuché respuesta del otro lado—. Por favor, señora Montoya. Se lo ruego. —Debo de haber sonado desesperado. Cuando escuché la voz de René al otro lado de la línea, lo único que le dije fue—: Ven de inmediato para acá. Necesitamos ir a ver a Pifas a la estación de autobuses.

—*Órale* —dijo, después, y colgó.

Cuando llegamos a la estación de autobuses, Pifas estaba ahí con toda su familia. No dije mucho. Pifas tampoco dijo mucho. La señora Espinosa empezó a llorar. Pifas le pidió que no llorara.

—*No llores, mamá*. Regresaré antes de lo que te imaginas.

El señor Espinosa abrazó a su esposa, aunque él también se veía fatal. Parecía que alguien le estaba dando puñetazos. Pero se mantuvo en pie y aguantó los golpes.

Nunca me había despedido de nadie. No sabía qué se esperaba que hiciera. Debía haber reglas. Pero, de cualquier manera, ¿qué podía decir? ¿Por qué no sólo repetía todos los clichés que me habían enseñado? ¿Por qué no? ¿Qué tenía de malo decirle «Cuídate mucho, no dejes que te disparen, te extrañaremos, escríbenos?». ¿Qué tenía de malo decir esas cosas?

—Oye, Pifas —le dije—. Si me escribes, te contestaré. Te lo prometo.

Él asintió. Parecía como si estuviera a punto de llorar y derrumbarse en ese instante. ¡Cielos! Parecía más un chico de 15 que uno de 18. En ese momento me dieron ganas de decirle: «Vámonos, Pifas. René y yo te llevaremos a Canadá. Al carajo el ejército. Huiremos a Canadá». Eso debí haberle dicho. Pero no pude. Además, ¿qué iba a hacer Pifas en Canadá? ¿Vagabundear?

Pifas asintió.

—Te escribo, *ése*. De película. Te escribo. —Nos dimos la mano. Al menos debí haberlo abrazado. Pero no lo hice. Nos dimos la mano. Hasta René lo abrazó. ¿Qué diablos me pasaba? ¿Por qué siempre me paralizaba en los momentos importantes? ¡Maldita sea! Me odiaba por eso. Y sentí de nuevo el aleteo en mi pecho, pero no era el amor lo que había despertado las alas. Era otra cosa. Algo malo, algo despreciable. Era la ira. No sabía que la ira podía lograr eso. Cuando Juliana hacía volar las alas, yo creía que era por amor. Pero no era cierto. El odio también podía fortalecerlas. Me dio miedo pensarlo. Me asustaba mucho. ¡Maldición! ¿Por qué estaban pasando tantas cosas malas? Habían asesinado a Juliana, Pifas se iba a la guerra y yo sentía que mis entrañas se estaban haciendo trizas.

Me quedé sentado. Quieto como una piedra. Vi a Pifas subirse al autobús. Se iba. Y lo único que había hecho era darle la mano. No podía dejarlo ir…

—¡Pifas! —Era yo. Estaba gritando su nombre. Era yo. Ni siquiera lo estaba pensando—. ¡Ven! ¡Toma! ¡Llévate esto! —Me quité la cadena que traía puesta con el crucifijo que mi madre me había dado. Nunca me lo quitaba. Jamás—. Toma. Póntelo. Nunca te lo quites. Te traerá buena suerte.

Pifas tomó la cadena y luego me miró a los ojos. No llores. No lo hagas. Apretó el crucifijo con fuerza. Siguió asintiendo. Se subió al autobús. Abrió la ventana y se despidió con la mano. Tenía manos grandes. Nunca lo había notado. No era un tipo robusto. Pero tenía manos grandes.

Nos vemos, Pifas. Nos vemos pronto.

Su familia se quedó ahí un rato. Parecían perdidos... hasta que por fin se fueron a su casa. La señora Espinosa nos dijo que la visitáramos. Era una señora agradable. Prometió hacernos tortillas a mano. Como si no tuviera nada que hacer.

—*Todos son mis hijos* —dijo. Era una mujer muy dulce. En serio.

Le contestamos que la visitaríamos. Claro que jamás lo haríamos. No podíamos hacer otra cosa que mentirle.

René y yo nos quedamos otro rato ahí. Nos miramos mutuamente.

—Creo que Gigi estuvo con Pifas anoche, *¿sabes?*

Asentí.

—Creo que Pifas nunca lo había hecho.

Algunos tipos pensarían mal de Gigi por haberlo hecho, pero yo no. Gigi quiso darle algo. Quiso hacerlo sentir que era alguien valioso.

—Estoy muerto —dijo René.

Me llevé la mano al cuello, de donde solía colgar mi crucifijo. Pensé en mi mamá. Pensé en Juliana.

—Yo también estoy muerto —contesté.

Diez

Después de que se fuera Pifas, el trabajo se volvió bastante aburrido. Extrañaba sus comentarios. Las últimas dos semanas de trabajo se volvieron eternas. Pensé que nunca terminarían. Pero, como todo, finalmente terminarían. El último día de trabajo se acercó el capataz. Me hizo un gesto con la cabeza. No le agradaba mucho. Y no lo culpaba. En realidad no había sido muy agradable con él.

—¿Quieres un cigarro? —dije.

Él asintió.

—De película —dijo él.

—De película —dije.

Terminó el verano de 1968. Era hora del cambio de follaje. Empezó la escuela. Sería mi último año. No lo extrañaría cuando terminara. Juré que no lo extrañaría. Era raro caminar por los pasillos. Me sentía como un extranjero. Un fuereño. Ya no pertenecía ahí. Pero tenía que terminar mi última temporada.

Pasé por el antiguo casillero de Juliana. Escuché a dos chicas que estaban hablando.

—Sí, ¿no supiste? Al principio del verano su papá se volvió loco y les disparó a todos, a Juliana y a sus hermanas y hermanos.

—Ah, sí lo oí. ¿Fue Juliana? ¡Dios! ¡Qué horrible! Era tan bonita.

Seguí caminando.

Español IV-N era mi salón principal. La «N» era por hablantes nativos de español. Ésos éramos yo, Jaime Rede y René Montoya. Ah, y Eric Fry, el *gringo* que era demasiado bueno como para tomar la clase de Español IV-S. La «S» era por español como segunda lengua. La señora Scott era nuestra profesora principal. Ofelia Montes Scott. La señora Scott era «una de las *nuestras* que se había casado con uno de *ellos*». Así lo expresaba René. René despreciaba a los *gringos*. Decía que estaban mal en todo.

—Se la traen contra nosotros. Son ellos, Sammy. ¡Ellos! *¿Qué pues, Sammy?* Eres un *pendejo* para estas cosas.

Sí, sí. No sé de dónde sacó que yo estaba en el extremo opuesto de la discusión, pero siempre hablaba de lo mismo una y otra vez. «Ya déjalo ir, René». Eso le decía. Pero no me hacía caso. René nunca dejaba ir nada. Tal vez Gigi se equivocaba. Tal vez René sí podía ser un buen boxeador. Lo que era un hecho era que le encantaba la pelea.

Lo primero que pasó ese primer día de clases fue que nos dieron nuevas reglas. Las nuevas reglas eran muy parecidas a las viejas. Ya las conocíamos todas. Pero les gustaba repetírnoslas. Por si se nos habían olvidado. Suponían que el verano era para olvidar. Tal vez tenían razón. El punto es que nos leyeron las reglas. Los varones tienen prohibido llevar el cabello largo. Las niñas deben usar falda dos centímetros arriba de la rodilla. Si la usan más corta, las enviaremos de vuelta a casa. Los varones deben fajarse la camisa. Usen cinturón. Sí saben qué es eso; es lo que sus padres tienen que quitarse de cuando en cuando para amenazarlos. Están prohibidos los parches en los pantalones. Nada de camisetas. Las niñas no pueden usar pantalones. Los pantalones son para los varones. Y nada de shorts. Ni para niñas, ni para varones. Los varones no pueden tener vello facial. Rasúrense bien. Ah, y otra cosa, muchachos: nada de metal en las suelas de los zapatos. Eso iba para todos los *pachucos* que usaban zapatos de tap.

—Son para proteger las suelas —dijo René. Él tenía placas de tap en los zapatos—. *Órale.* Hasta las monjas las usan. ¿Por qué nosotros no?

Ah, y otra cosa: están prohibidas las demostraciones públicas de afecto. Nada de tomarse de la mano. Nada de besarse. La señora Scott parecía disfrutar leernos las reglas. Luego las leyó en inglés. Las teníamos en dos idiomas.

—¿Me estás ignorando, Jaime Rede? —La señora Scott odiaba a Jaime Rede. Tenía eso a su favor.

—*Sí, señora.* La estoy ignorando. —Debía reconocérselo a Jaime. No se dejaba intimidar.

—Vamos a tener un año problemático, ¿verdad, Jaime?

—Será un gran año —dijo él. Sonaba contento. Me pregunté qué le estaría pasando. Jaime Rede y la felicidad no eran grandes amigos. Lo juro. ¿Qué se traería entre manos?

El diálogo entre profesora y estudiante se vio interrumpido por un mensaje del director, el señor Marvin C. Fitz, que empezó a sonar en los altavoces.

—Bienvenidos de nuevo. Bienvenidos también todos los nuevos alumnos, pero sobre todo bienvenida generación de 1969, que está a punto de graduarse…

Odiaba su voz. Sonaba como si estuviera hecho de plástico. También su piel parecía de plástico.

Me desconecté. No era precisamente un buen ciudadano porque no me involucraba. Había un cartel que circulaba por ahí: «Deserta y date unos ácidos». Me agradaba. Claro que no iba a desertar. Para desertar hay que ser parte de algo. Y yo nunca me había involucrado en nada. En realidad, sólo miraba. Además, para meterte ácidos había que tener dinero, y el mío se iba todo al ahorro de la universidad.

Hacía mi tarea. Estudiaba. Volvía a casa. La escuela era, en palabras de Pifas, «una cagada de mierda». Si era buen estudiante, era sólo porque quería ir a la universidad. No significaba otra cosa, al menos para mí. Sólo me venían dos preguntas a la mente cuando se trataba de profesores y administrativos de la escuela: ¿qué quieren?, y ¿para cuándo lo quieren? Mi paso por la escuela pública fue una sucesión de *sí, señor* y *sí, señora.* Si acaso tuve una mente rebelde, no permití que mi cuerpo la siguiera. Mi cuerpo era un buen soldado.

Fue hasta el almuerzo que Gigi me puso al corriente con lo que no escuché del largo anuncio radiofónico del señor Marvin C. Fitz.

—Quiero que seas mi director de campaña, Sammy. —Estábamos afuera, atrás de la cafetería. En la zona de fumar. A pesar de tantas reglas, nos dejaban fumar… pero sólo en ese lugar.

La miré, confundido. Luego miré a Susie Hernández. Luego miré a Frances Sánchez. Luego miré a Ángel.

—¿De qué estás hablando?

—Me voy a postular para presidenta de último año.

—Ya tenemos presidenta. Es Sandy Ikard.

—Pero se mudó, *pendejo*. Agarró sus cosas y se fue.

—¿Y no se supone que para eso está el vicepresidente?

—Él también se fue —dijo Susie—. A su papá lo transfirieron.

Me encogí de hombros.

—Ojalá a mi papá lo transfirieran. Pero supongo que a los conserjes no los transfieren. —Le di una fumada al cigarro—. ¿De dónde sacaron esa información?

—¡Cómo eres *baboso*! ¿No escuchaste el anuncio de la mañana, *menso*?

—¿Baboso? Qué boquita la tuya. —Me encogí de hombros—. Creo que no puse atención.

—Pues me voy a postular.

«Mierda», pensé. ¿Por qué la gente se mete el pie sola? ¿Cuántas veces hay que acostarse en la calle antes de que te atropellen?

—Bien por ti, Gigi —dije.

—Y quiero que seas mi director de campaña.

—No sé cómo hacer eso.

—No es ninguna ciencia —dijo Frances y me lanzó la mirada. Ángel también volteó. Esa Ángel tenía una mirada penetrante. Y en ese momento me vio igual que Susie y Frances. Sabía qué significaba esa mirada: «Te lo está pidiendo. No seas un bastardo».

«¿Para qué quieres postularte, Gigi?». Sabía la respuesta. Tenía derecho a hacerlo, ¿o no? ¿Por qué no ella? No tenía oportunidades. Debí haberla hecho desistir. Debí haberle dicho que Pifas tenía más probabilidades de que lo terminaran en Alemania que ella de ser elegida. Gigi Carmona de Hollywood no sería presidenta de la generación de 1969. No iba a pasar. No había forma. Era un buen sueño, porque soñar no cuesta nada. No vas a ganar. Decírselo habría sido lo más honesto. Pero yo no siempre era honesto. Y estaba parada frente a mí. Y se veía tan contenta. Era como si el mundo le hubiera dado la oportunidad de hacer algo, y ella no fuera a permitir que se le escapara de las manos. Era hermosa, incluso con todo ese maquillaje que no necesitaba ponerse. Pensé en la chica a la que había oído cantar. Esa canción me rompió el corazón junto al río. Pensé en la chica que se quedó con Pifas la noche antes de que se fuera. Amaba a esa chica. No como había amado a Juliana, pero la amaba.

—Okey —dije, aunque sabía que la masacrarían. Aunque sabía que le iban a romper el corazón como si no fuera más que una regla de plástico. Acepté. Usé esa palabra de nuevo: Okey. Esa palabra siempre me metía en problemas.

—Tenemos dos semanas —dijo—. Antes de la asamblea.

—Hagámoslo —dije—. Necesitamos 20 personas. —Lo mencioné como si supiera de lo que hablaba—. 20 personas comprometidas. 20 personas que trabajen día y noche durante dos semanas. —Volteé a ver a Ángel, a Susie y a Frances—. Aquí hay tres. Y necesitaremos algo de dinero.

—¿Dinero? —Gigi me miró fijamente.

—Las elecciones no son gratuitas, Gigi. Esto es América. Vamos a necesitar un rollo de papel de estraza y unas pinturas de agua, y tal vez hojas de colores para hacerte botones, y tal vez unos globos. —«Mierda», pensé. Tendría que poner el ejemplo. Traía un billete de cinco dólares en la cartera. Era para emergencias. Lo traía desde hacía dos años. Y nunca lo había gastado. Supuse que había llegado la hora. Saqué los cinco de la cartera—. Toma. —Se lo di a Ángel. Confiaba en ella. En Susie y Frances, no tanto—. Eres la tesorera. —Miré a Susie y a Frances—. ¿Cuánto dinero tienen?

—Yo tengo 75 centavos —dijo Frances.

Señalé a Ángel.

—Dáselos a ella.

Frances abrió su bolso.

—¿Y tú? —Miré a Susie tal como ella me había mirado. Ella abrió su bolso y sacó un dólar.

—Bien. Bien. Ya empezamos. Hay que extendernos. Vamos con la gente que conozcamos. Es hora del almuerzo, así que es buena hora para reclutar. Gigi, haz una lista. Necesitas 20 personas comprometidas. Y no del tipo de los de Hollywood. Consigue a Eric Fry; él te ayudará. Lo detesto, pero te ayudará. Y también Hatty Garrison. Ella también te ayudará. Debemos armar una coalición. ¿Me explico? —Claro que me explicaba. Ellas entendían bien de qué hablaba. «No sólo recluten mexicanos». De eso hablaba. Lo entendían—. Intentemos juntar 25 dólares. Ya tenemos seis setenta y cinco…

—Ocho setenta y cinco —dijo Ángel—. Yo puse dos más.

Le sonreí. ¡Cielos! ¡Qué bonita era!

—Llevamos un tercio. Veamos cuánto conseguimos para el final del día.

—Yo pongo dos dólares más —dijo Gigi y empezó a buscar en su bolso.

—No —dije—. Los candidatos no pueden aportar.

—¿Por qué no? ¿Por qué no puedo aportar a mi propia campaña?

—Sí lo estás haciendo, Gigi. ¿No conoces las reglas? Estás dando la cara, siendo de Hollywood, ¿sabes? —De pronto ya estaba dirigiendo el tráfico—. Guarda tu dinero. Tú pagas a tu manera, y nosotros a la nuestra. —Uní las manos y las froté como un avaro. «¿De dónde saqué estas cosas?»—. De acuerdo. Juntemos dinero. Juntemos a nuestra gente. Podemos reunirnos aquí después de clases. Justo aquí. Dos semanas. Dos semanas. —Aplaudí como si fuera entrenador de americano.

No voy a mentirles. Aun hoy, recordar ese día me hace sonreír. Estaba muy comprometido. No era un mero espectador, en la orilla. Era parte de algo. Fue bueno. En serio. Formé parte de una causa. Formé parte de algo que no se trataba de mí, que no se trataba de Sammy Santos. Gigi para presidenta. ¿No sería increíble? Vi a las cuatro caminando hacia la cafetería: Susie, Frances, Ángel y Gigi. Qué bueno por ellas, pensé. Y qué bueno por mí. Estaba del lado correcto. No teníamos oportunidad. Pero ahí estuve. Decidí saltarme el almuerzo. Pensé en encender otro cigarro. Bajé la mirada. Vi un par de zapatos. Levanté la vista. Gigi estaba ahí. Me miró. Luego se acercó a mí y me dio un beso en la mejilla.

—Y eso ¿por qué fue?

—Ya lo sabes —dijo—. Tu sabes bien por qué fue.

—Pueden corrente por hacer eso, Gigi. Demostración pública de afecto. —Nos miramos a los ojos.

—Sí, sí —dijo ella.

—Sí, sí —contesté.

El resto del día estuve intentando recolectar dinero. No me fue tan mal. Logré recolectar cuatro cincuenta en puras monedas de cuarto de dólar. Entre la quinta y sexta hora, le pedí dinero a Eddie Montague. Él era hijo de un médico. Lo conocía poco. Iba a confesarse cada sábado a la Iglesia del Corazón Inmaculado de María. O era bueno, o era una mala persona con muchas cosas que confesar.

—Agradeceremos tu generosidad —dije.

—¿Por qué no te postulas tú, Sammy?

—¿Por qué habría de postularme?

—Porque le caes bien a la gente.

—Nadie me conoce.

—Todo el mundo te conoce.

—No me conocen —repetí. Era cierto. Nadie me conocía en realidad.

—Pero mira, Sammy. La gente te toma en serio.

—No me interesa. Yo apuesto por Gigi.

—A ella nadie la toma en serio.

—Yo sí.

—No va a ganar.

—¿Por qué no?

—Tú sabes por qué no.

—No, no sé. ¿Por qué no me ilustras?

—De acuerdo. Por ejemplo, Gigi no sabe usar el verbo «iluminar». Para empezar.

—No la subestimes.

—Abre los ojos, Sammy.

—Tú abre los ojos, hijo de puta.

—No te enojes.

—Vete al diablo.

—Mira, no te enojes. Sólo te digo las cosas como son. —Me puso un billete de cinco en la mano—. Toma.

—Pero no vas a votar por ella, ¿verdad?

—No, Sammy.

Le aventé su billete.

—Quédate con tu maldito dinero.

Fui directo al baño. Le di un puñetazo a una de las puertas.

¡Maldita sea! La campaña tenía apenas unas horas de vida y ya la estaba perdiendo. Me enfurecía la forma en la que Eddie había dicho que Gigi no sabía usar el verbo «iluminar». Él ya había decidido que Gigi era tonta, que no estaba a la altura. La había encasillado. Era una tonta niña mexicana de Hollywood. Odiaba que pensara eso de Gigi, pero tal vez yo también lo habría hecho. Supongo que no podía odiar a Eddie sin odiarme también a mí mismo.

Once

Éramos 12, sin contar a la candidata. No 20, sino 12. Estábamos atrás de la cafetería, donde habíamos acordado en el almuerzo. Eric Fry estaba con nosotros. Y Hatty Garrison… y su nuevo novio, Kent Volkmer. Estaba también un tipo de Chiva Town llamado Jorge North. ¿Qué clase de nombre es Jorge North? Y Jaime Rede. Él y Eric parecían muy unidos. Tal vez era por las conversaciones que tenían cuando fumaban marihuana. Hierba. Mary Juana. También estaba Charlie Gladstein con nosotros, que era judío y prefería a los mexicanos por encima de los protestantes. Lo sabía porque me lo había dicho.

«Malditos protestantes —me dijo en alguna fiesta. Estaba ebrio—. Los odio. Se creen los dueños del mundo».

Charlie me agradaba. Me agradaba su enojo aunque fuera medio rico. De cualquier modo, era como las palabras que yo solía escribir en los márgenes de las novelas que leo. No son parte verdadera de la historia. Creo que le gustaba Gigi. Y también estaban los hermanos Torres, Larry y Mike, quienes no vivían en Hollywood pero querían. Eran los únicos mexicanos que conocía que querían vivir en un barrio más pobre que en el que vivían.

Todos nos miramos mutuamente. Era mi espectáculo. Había aceptado. Y era hora de cumplir mi palabra. Okey, pensé. Eso significa Okey. No me agradaba que estuviéramos reunidos atrás de la escuela, en la sección de fumadores. Mala idea. No era un buen comienzo.

—Vamos a sentarnos en el jardín delantero —dije. Y eso hicimos. Nos sentamos en círculo y conversamos. Gigi nos dijo por qué quería ser presidenta de la generación.

—Porque no soy mayoría —dijo. Entendí bien a qué se refería—. Y porque me esfuerzo mucho. Y porque este nido de ratas necesita una buena sacudida. —Bailó un poco. Todos aplaudimos. «Vamos, Gigi»—. Además, ¿quién de ustedes votó por Sandy Ikard? ¿Quién de ustedes votó por el imbécil ese que teníamos por vicepresidente y que se mudó? —Todos nos reímos—. Okey —dijo y volteó a verme—. Sammy es el organizador. Él nos va a enseñar a hacer esto.

Asentí. ¿Yo qué demonios sabía? Pero no tenía nada que perder. Esto no era como el reclutamiento de Pifas. A nadie iban a matar. Era distinto a los manifestantes de Chicago. Nadie saldría lastimado.

No se derramaría sangre.

Distribuí tareas como si supiera lo que estaba haciendo. Había un comité para hacer el eslogan. Había un comité que llenaría la escuela de carteles. Había un comité que haría botones que dijeran «¡*Viva* Gigi!» con papel de colores. Y todos acordaron lograr que sus conocidos votaran por Gigi.

—¿Cuánto dinero tenemos? —le pregunté a Ángel.

—¡26 dólares! ¡Juntamos 26 dólares en un día! —No podía disimular su emoción. Nunca la había visto tan animada. No era un ser femenino y pasivo, sino que estaba viva. De verdad. ¡Cielos! ¡Era muy hermosa! Me recordaba a Juliana. Un poco. Sólo un poco. Juliana era mucho más fuerte. Me gustaba su fuerza—. ¡26 dólares! —repitió.

—Bien —dije y metí la mano al bolsillo—. Aquí hay cuatro cincuenta más. Eso nos da más de $30. Genial. ¡Genial! —Aplaudí. Pensé en Eddie Montague y lo que había dicho—. ¡Es hora de ganar! —dije.

Y nos pusimos manos a la obra.

Esa noche llamé a Gigi y le dije:

—Gigi, tienes que trabajar en tu discurso de campaña. Tienes que hacer que sea muy bueno. ¿Cuáles son las reglas? ¿Tienes las reglas?

—Sí, aquí las tengo. —Se notaba que la había hecho enojar por tratarla como si no supiera lo que debía hacer—. Yo me inscribí en la oficina, tarado. Y me dieron una hoja de papel. Mis papás tienen que firmarla. Y dice que mi discurso no puede durar más de cinco minutos o me obligarán a callarme. Además, lo tiene que aprobar el director desde antes.

—¿Qué?

—Eso dice, Sammy. Dice: «Todos los discursos deben entregarse en la oficina del director para su aprobación dos días antes de la asamblea estudiantil».

—¿Eso dice? ¿En inglés? ¡No puedo creer que diga esa mierda!

—¿Qué quieres que haga al respecto?

—No sé, Gigi. Pero es una mierda.

—Y dime, Sammy, ¿qué quieres que haga?

—Escribe dos discursos —dije.

—¿Dos discursos? Apenas si puedo con uno.

—Escribe dos, Gigi. Uno para el director. Y otro que sea… lo que Gigi diría.

—¿Qué voy a hacer con dos discursos, Sammy?

—Tengo un plan —dije—. Confía en mí.

Durante dos semanas, vivimos, comimos y respiramos campaña presidencial. Distribuimos volantes. Pegamos carteles hechos con papel de estraza. Charlie Gladstein, Eric Fry y Jaime Rede —quien parecía una persona distinta— hicieron los carteles. Y los colgaron por todas partes. Incluso en los baños de hombres. Teníamos tres oponentes. Pensé que estábamos arrasando con todos. Empezaba a creer que podíamos ganar. Quizá. Quizá era una de esas palabras, como Okey. Esas dos palabras bastaban para aniquilarte. Debería haberme alejado de ellas.

Todas las noches iba a casa de Gigi y la hacía practicar su discurso. Lo había escrito ella misma. Era genial. En serio. Me había pedido que se lo escribiera. Me rogó que lo hiciera.

—No —dije—. Mira, ésta eres tú, Gigi. Tiene que ser muy tuyo.

Bueno, sí lo edité un poco. Juro que no fue mucho. Todo el contenido era suyo. Y yo la hacía practicar todas las noches.

—Es una tontería —dijo.

—No —dije. No era una tontería. Nadie ganaba una elección por accidente. Gigi practicó todas las noches. Era como prepararse para un concierto. Eso fue lo que le dije—. Imagina que estás cantando. ¿Recuerdas esa noche que nos cantaste junto al río? Haz eso mismo. ¿Okey? Si puedes hacerlo, entonces puedes ganar.

Dos días antes de la elección, Gigi entregó al director uno de sus discursos. Ese mismo día, marchamos «los 12 de Gigi» —así nos hacíamos llamar—, marchamos por los pasillos entre segunda y tercera hora mientras gritábamos.

—¡*Viva* Gigi! ¿Qué? ¡*Viva* Gigi! ¿Que qué? ¡*Viva* Gigi! ¿Qué? ¡*Viva* Gigi!

No fue muy buena idea hacerlo. Pero Ángel insistió en que lo hiciéramos. Así que lo hicimos. La hermosa Ángel. Y ¿qué creen? Teníamos onda. Toda la onda. Los 12. Viva Gigi.

La noche antes de las elecciones, Gigi me llamó.

—¿Qué me pongo mañana?

—Eso no está en mi rango de acción —contesté.

—Ándale, Sammy. No seas así.

—*Chingao* —dije—. Soy hombre. Te equivocaste de sexo. Pregúntale a Ángel.

—Carajo, Sammy. Dime qué me pongo.

Quería decirle que no se hiciera un gran peinado. Quería decirle que no se pusiera tanto maquillaje. Quería decirle que no arruinara las cosas.

—Ponte algo azul —contesté—. Y sigue el guion. Tal como lo practicamos.

—Okey —dijo ella—. Estoy muy nerviosa.

—Fúmate un cigarro —dije.

—*Cabrón*. No eres de mucha ayuda. ¡Qué *pinche* eres!

—¿Después de todo lo que he hecho?

—Yo te recluté —dijo.

Pensé en Pifas. Le había escrito una carta. Su mamá me pasó su dirección. Le envié un botón de la campaña de Gigi hecho de papel azul que decía «¡*Viva* Gigi!».

—Sí —dije—. Me reclutaste. Pero también podría haberme enlistado. —Volví a pensar en Pifas.

Conversamos un rato. Gigi y yo. Era lo único que ella necesitaba. Charlar. Me agradaba su voz. Y además era divertida. Y lista. Seguía odiando a Eddie Montague por haber dicho esas cosas. Nunca se lo perdonaría. Jamás. Me estaba volviendo más duro. Eso no era bueno. Pero no podía frenar el cambio.

Esa noche no pude dormir. Pensé en Pifas. Pensé en Gigi. Pensé en ambos juntos. En el asiento trasero de un auto, haciendo el amor. Como Juliana y yo. Pero sabía que no era como Juliana y yo. Para nada. Juliana y yo nos estremecíamos. Nunca me dijo que me amaba, pero sé que lo sentía. Pero Gigi no amaba a Pifas. Había otras razones para tener relaciones sexuales. Lo sabía. El amor no era la única razón. ¿Por qué estaba pensando en Pifas y Gigi juntos en el asiento trasero de un auto? «Concéntrate», me dije. «Concéntrate en la elección». Repasé en mi cabeza la lista. ¿Habíamos hecho todo? ¿Habíamos hecho todo lo humanamente posible? ¿Habíamos hablado con suficiente gente? ¿Habíamos…? Y entonces me detuve. Lo estaba haciendo de nuevo. Relájate. Relájate. ¿Por qué me daba sermones a mí mismo que no servían de nada? Di vueltas en la cama. El sueño no vendría. Me levanté, me puse un par de shorts viejos y salí al porche. Encendí un cigarro. Eso era lo que siempre hacía. Me sentaba ahí un rato e intentaba no pensar en el mañana.

Escuché que se abría la puerta de la casa. Sabía que era mi papá.

—*¿Que no puedes dormir?*

—*Se me espantó el sueño.*

—El sueño se espanta muy fácil —dijo. Era una broma. Así que me reí, aunque no de forma muy convincente. Pero me reí.

Mi papá se sentó a mi lado en las escaleras del porche.

—¿Qué es lo peor que puede pasar?

111

—¿Lo peor? Que perdamos.

—Perder no es tan malo.

—Pero estaría bien ganar, papá. —Apagué el cigarro en el jardín delantero—. Ya sabemos qué se siente perder.

Me desperté muy nervioso. Ya saben. Con el estómago hecho un nudo. Lo único que quieres es volver a la cama. Pero, si lo hicieras, no podrías volver a conciliar el sueño. El estómago se siente como si te hubieras tragado una paloma que se agita contra tus entrañas para intentar salir. Pánico total. Intenté fingir que era un día normal. Le hice de desayunar a Elena. Huevos revueltos.

—Vuelve a mí, Sammy —dijo.

—No me he ido a ningún lado, mamacita —le dije. Le gustaba que le dijera *mamacita*.

—Claro que sí, Sammy. Nunca estás.

—¿Dónde estoy?

—Estás haciendo cosas por Gigi. Entonces no estás. —Eso significaba que hacía dos semanas que no le leía por las noches.

Asentí.

—Volveré. Lo prometo.

—¿Cuándo?

—Esta noche. Vuelvo esta noche.

—¿Me vas a leer?

—Seguro, *mamacita*.

Elena sonrió. Tenía la sonrisa de mi papá. Y los ojos de mi mamá. Una combinación letal. Me hizo sentir mejor. Me fui caminando a la escuela.

La asamblea era sólo para los de último año. Dado que era una elección extraordinaria, había reglas extraordinarias. El segundo lugar sería automáticamente nombrado vicepresidente. Entraron todos los salones. Éramos como 600 en la generación, más o menos. No voy a mentir. Estaba más nervioso que nunca. Las palmas me sudaban. Los 12 de Gigi nos sentamos juntos. Escuchamos los discursos. Puras tonterías. «Prometo representar a los estudiantes y prometo que los bailes serán lo máximo y que las bandas serán lo máximo y prometo que haré todo para que nuestro último año sea el más increíble de nuestras vidas y si eres gordo o no eres alto quiero tu voto porque soy como tú así que vota por mí porque estarás votando por ti».

Todos tenían sus partidarios. Hacían gran alboroto, como si su candidato hubiera dicho algo relevante. Luego fue el turno de Gigi. Apégate al plan, Gigi. Sólo apégate al plan. Traía un vestido bonito. Serio. Demasiado maquillaje. De nuevo. Pero así era Gigi. «Relájate. Relájate». Ella no parecía nerviosa. Tal vez tanto practicar había rendido frutos. Les sonrió a todos. Levantó las páginas de su discurso en el aire.

—Éste es mi discurso —dijo—. El señor Fitz lo aprobó. Él aprobó todos nuestros discursos. Así es el sistema. —Hizo una pausa, tal como lo habíamos practicado. Agitó las hojas de su discurso en el aire... y luego las tomó con ambas manos y las rompió por la mitad. Lanzó las hojas rotas a un lado. Todos vieron las hojas rotas caer al suelo. Bien podrían haber sido las páginas de la Biblia. Se escuchaban las respiraciones. Así de silencioso estaba el auditorio. Todos se detuvieron. Todos estaban poniendo atención—. Me llamo Gigi Carmona y quiero ser su presidenta. ¿Saben por qué? Porque nadie me va a oprimir. Nadie oprime a Gigi Carmona. —Había cambiado el discurso. ¡Mierda! Cambió todo. Podía escuchar mis propios latidos. Okey, Gigi. Okey—. ¿Saben? —dijo, como en tono de conversación—. A mí no me interesan los bailes escolares. Tal vez me interesarían si alguien me invitara a uno. —Todos se rieron. Los tenía en sus manos. ¡Cielos! Los tenía en sus manos—. Y ya sé que uso demasiado maquillaje. —Sonrió—. Pero me gusta, *baby*. ¿Y qué? —Actitud. Los estaba cautivando con actitud. El público rugió. Rugían por Gigi. Ella esperó a que dejaran de reír y de aplaudir, y continuó—. No me importan los partidos de americano. Quizá me importarían más si los jugadores anduvieran por la escuela respetando a los demás. La escuela no es de los jugadores de americano; es nuestra. Es de todos. Me importa lo que ocurre en esta escuela. Y creo que necesitamos cambiar la forma en la que hacemos las cosas. En serio lo creo. ¿Saben qué haré cuando me elijan presidenta de la generación? Voy a encabezar la cruzada por cambiar el código de vestimenta. No sé ustedes, pero yo no quiero ser monja ni vestirme como monja. ¿Creen que si hubiera escrito esto en el discurso que le entregué al director me habría permitido decirlo? ¡Para nada! —¡Cielos! Iba con todo. Era su oportunidad de alzar la voz… y no planeaba desperdiciarla. Gigi Carmona nunca había estado frente a un micrófono. Y estaba sacándole todo el provecho posible. Señaló al director, quien estaba sentado entre los candidatos—. Él no me permite decir lo que quiero decir. —Se detuvo. Nos miró a todos—. Esto es Estados Unidos. Y yo creo en la libertad de expresión. ¿Ustedes no, *babys*? Si no creen en ella, me gustaría saber por qué. —Hizo otra pausa—. Me llamo Gigi Carmona y yo digo que es hora de que abramos la boca y hagamos arder el infierno. —Cuando esas palabras salieron de su boca, toda la generación explotó. El mundo entero gritaba su nombre. El mundo entero daba pisotones en el suelo. Los profesores habían perdido el control. Ya no les pertenecíamos. Nos pertenecíamos a nosotros mismos.

Gigi estaba alegre. ¡Dios! Cuánta alegría. Nosotros también estábamos alegres porque habíamos visto a alguien, y ese alguien nos había dado algo. Era como si fuéramos los últimos en despertar en América. Y Gigi era quien nos estaba sacando de nuestro adormecimiento. Era genial. ¡Cielos! ¡Arriba Gigi! Me pregunté qué estaría pensando Eddie Montague. Quería encontrarlo. Quería ver la expresión en su rostro. Quería preguntarle si Gigi había dicho algo *iluminador*. Pero no era justo pensar esas cosas. Era malicioso y mezquino. Lo sabía. Además, él no fue el único que la subestimó. Yo también lo había hecho. Yo, Sammy Santos. La había subestimado. Creía que no tenía contenido. La había confundido con el maquillaje que usaba. Mientras la veía, de pie frente a nosotros, con un brillo incendiario y la gracia de un cirio que se consume en la iglesia, me sentí avergonzado. Me avergonzaba no haber creído en ella. Gigi había tenido razón. Yo no me enlisté. Ella me reclutó. Empecé a gritar.

—¡Gi-gi! ¡Gi-gi! ¡Gi-gi! —Si gritaba su nombre, tal vez podía lavar mis culpas. Y entonces, como por arte de magia, todos empezaron a gritar su nombre.

—¡Gi-gi! ¡Gi-gi! ¡Gi-gi!

Y ella se quedó ahí, frente a nosotros, y supe que el ave en su interior era libre. Gigi había encontrado la forma de liberarla. Nos lanzó un beso a todos y entonces pensé que era la cosa más hermosa que había visto en mi vida.

La política nunca es fácil. Ésa fue la primera lección. Habría muchas más lecciones. Y todas nos dolerían. Habíamos ganado la batalla, pero perdimos la guerra. Nadie dudó que Gigi hubiera obtenido los votos. Incluso uno de sus oponentes confesó haber votado por ella. No importaba. Los votos no contaron. La democracia no siempre era tan sencilla. Gigi había roto las reglas. La elección era un libro para colorear, y Gigi se había salido de los márgenes. La descalificaron.

—Tienes suerte de que no te suspendamos. —Era lo que siempre decían. Tú eras inmundo y afortunado. Ellos eran generosos, virtuosos y compasivos. Tienes suerte. Eso le dijeron. Eligieron un nuevo presidente y un nuevo vicepresidente. Pero todos sabíamos la verdad: Gigi Carmona de Hollywood los había derrotado a todos. Se paró frente a ellos y les escupió. Se les había olvidado recordarnos esa regla en particular durante el primer día de clases: está prohibido escupir. Está prohibido escupir en público.

Gigi fue a mi casa esa noche. Se sentó en el porche conmigo y lloró.

—Me lo arrebataron, Sammy.

Había sido mi culpa. Fui yo quien le aconsejó que cambiara los discursos. Fue mi gran idea. Pero Gigi estaba pagando las consecuencias.

—Lo siento —susurré—. Si no fuera por mí, habrías ganado. Se suponía que debía ayudarte, Gigi. Pero te jodí.

—No —dijo ella.

—Sí —dije—. Es verdad. Yo te aventé a la carretera cuando venían los autos. Te jodí.

—No —dijo ella—. No es verdad. ¿Sabes qué dijo Fitz? *Te lo buscaste sola.* Eso dijo. No les creas, Sammy. Si les crees, entonces perdemos.

Y perdimos. Eso quería decirle. Pero sólo la abracé.

—Fue genial. ¿No lo crees, Sammy? —Se derrumbó. Ahí. En mi porche.

—Cielos, Gigi. Fuiste la cosa más hermosa del mundo.

No sé si me escuchó o no.

Sus lágrimas se habían vuelto un río. Ambos nos sumergimos y nadamos en él. No podíamos hacer más que nadar.

Después de que terminamos la campaña de Gigi, mi papá empezó una campaña propia. Él y el padre de Frances Sánchez hicieron campaña por Hubert Humphrey. Recorrían las calles del barrio y de otros barrios. Distribuían panfletos hechos por el Comité Demócrata Nacional. Reuniones, reuniones, reuniones. Reunión con los sindicatos locales. Reuniones con los Caballeros de Colón. Reuniones con el consejo del distrito electoral. A los demócratas les encantaban las reuniones. Mi padre nunca estaba. Llegaba a casa muy tarde por las noches. Yo estaba en la mesa de la cocina, haciendo la tarea. Le calentaba la cena. Hablábamos de política. Yo lo escuchaba con atención. Me encantaba su voz.

Cuando llegó Halloween, me tocó acompañar a Elena a pedir dulces. Nos divertimos mucho, Elena y yo. La dejé quedarse despierta hasta tarde para contar sus riquezas. Las contó una y otra vez. Pero extrañábamos a papá.

—Se fue —decía Elena—. Igual que tú cuando estabas ayudando a Gigi.

—Sí —le contestaba—. Pero volverá. Ten paciencia. Volverá.

El día de las elecciones, nos reunimos con mi padre frente a la escuela de mi hermana, Hollywood Heights. No era el nombre real de la escuela, pero así le decíamos. Ahí era donde votaba la gente de Hollywood. Era nuestra casilla. Mi padre sostuvo su cartel de Humphrey como si fuera su familiar. Saludamos a todos los que llegaban a votar. Mi padre actuaba como el padre Fallon, quien le daba la mano a todos cuando salían de misa.

Mi papá y el señor Sánchez estaban orgullosos. Su gente había salido a votar. Habían hecho su trabajo. Cuando cerraron las casillas, mi papá nos compró hamburguesas de LotaBurger. Fuimos a casa, con las hamburguesas en mano, para ver los resultados en la televisión.

Humphrey arrasó… en el distrito electoral de mi papá. Humphrey cautivó a Hollywood. Pero la nación tomó otro rumbo. Al igual que Gigi Carmona, Hubert Humphrey nunca sería presidente. Siempre íbamos fuera de ritmo. Fuera de lugar, dirían algunos. Muy fuera de lugar.

Esa noche, mi papá y yo fuimos a la que era nuestra versión del muro de los lamentos: el porche de la casa. Él bebió una cerveza. Yo fumé un cigarro.

—*No me gusta perder* —dijo mi papá.

Asentí.

—Yo también detesto perder, papá.

Entonces, de la nada, empezó a carcajearse. Al principio pensé que estaba llorando. Pero no.

—Tal vez no deberíamos odiar tanto perder, ¿sabes, Sammy? Digo, es lo único para lo que somos buenos. —Rio y rio. ¡Cielos! Su risa me hacía sonreír. Pero entonces entendí que no había mucha diferencia entre las lágrimas de Gigi y la risa de mi papá.

Un sinónimo de exilio

—Sammy, ¿por qué todo el mundo quiere enamorarse?

—Porque todos están locos. Por eso.

—¿Mamá y papá estaban locos cuando se enamoraron?

—Probablemente, Elena. Así son las cosas.

Doce

Cuando era niño, era temerario. No tenía pesadillas. No le tenía miedo al diablo. Pifas Espinosa sí tenía pesadillas. Horribles. Solía contármelas en el receso. Decía que venía el diablo por él, disfrazado. El diablo siempre se disfrazaba de alguien conocido, como su padre, su madre, uno de sus hermanos, alguna maestra, el tipo detrás del mostrador de la farmacia Rexall. Y luego se abalanzaba sobre él.

—Me lleva con él. —Pifas tenía miedo. Me hacía sentir pena por él. Claro que en ese entonces no me caía bien.

Yo nunca tuve pesadillas de ésas. Tenía mi ángel de la guarda. Además, por seguridad, mi mamá había colgado un cuadro del sagrado corazón de Jesús en mi recámara. Su corazón ardía como sus ojos. Ardía por mí. Su corazón.

No tenía nada que temer.

Tampoco le temía a la escuela. Muchos niños en Hollywood le temen a la escuela. Hay rumores de lo que pasa ahí.

«Te hacen odiar a tu mamá y a tu papá. Te convierten en *gringo*», dijo un niño en el Pic Quick. Yo sabía que eso no era cierto. Si no nacías *gringo*, no podías volverte *gringo*. Eso era un hecho. No le temía a la escuela, aunque mi inglés no era muy bueno. Al menos no al principio. Mis papás lo hablaban, pero les gustaba más el español. A mí también me gustaba más el español. Y la escuela, pues era un sistema en inglés. Pero eso no me asustaba. Inglés. Español. Sólo eran idiomas. ¿Qué tenía eso de aterrador? *Uno, dos, tres, cuatro. One, two, three, four.* ¿Qué tenía eso de aterrador?

Ni siquiera los profesores más aterradores me asustaban. Creo que por eso no le agradaba a muchos de ellos. Cuando me veían, notaban la falta de miedo en mis ojos. Eso veían. Creo que malinterpretaban mi mirada temeraria como falta de respeto.

No, no me daban miedo las pesadillas ni los demonios ni el inglés ni la escuela ni los maestros. Y tampoco me daba miedo mi barrio. Cuando estaba en sexto, escuché a un hombre en Safeway decir que no se atrevería a caminar en Hollywood de noche.

«Es un vecindario muy peligroso».

Hasta la señora Apodaca le tenía miedo al *barrio*. Decía que no era decente. Que podía pasar cualquier cosa. ¿Como qué? Yo llevaba toda mi vida caminando por las calles de Hollywood. Caminaba y caminaba. Encontraba cosas. Veía cosas. Hablaba con la gente. Les hacía preguntas. ¿Por qué habría de tenerle miedo?

Mi mamá siempre me andaba persiguiendo. Yo siempre intentaba escapar. Calles, callejones, pasillos del supermercado. Cada vez que podía, me echaba a correr. Mi mamá siempre me encontraba. Me quería demasiado. Mi papá también. Se la pasaba abrazándome y besándome y cargándome. Durante mucho tiempo fui hijo único. Era el mundo entero de mi mamá y de mi papá. Era el paraíso. Era el Edén.

Y ellos eran dioses.

Tenía ocho años cuando nació Elena. Ya tenía edad suficiente para estar celoso. Pero nunca lo estuve. Los celos nunca se me dieron. Me encantaba la idea de tener una hermanita. Cuando mi mamá estaba embarazada, le dije que eso quería. Una hermana. Eso quería. Y eso obtuve. Pensé que mi mamá me la estaba dando de regalo. Que Elena era para mí. Cuando mi mamá se fue al hospital, René me preguntó si tenía miedo.

—¿Por qué? —dije.

—¿Y si no regresa?

No tenía miedo. Tal vez debí tenerlo. Pero no lo tuve. El miedo sería parte de mi futuro. Era algo que aprendería tarde o temprano. Aprendemos a escribir, a leer, a pensar, a pecar, a amar... y a temer. Es lo que se aprende en la vida. En mi caso, el miedo lo aprendí en el confesionario de la Iglesia del Inmaculado Corazón de María. Si yo era el cielo de mis padres, era el infierno del padre Fallon. Sammy Santos no era el Edén. Al menos no para Fallon. El jardín de cada quien era muy distinto.

No sé por qué. Desde el primer instante me desagradó ese cura en las clases de catecismo. Yo tenía siete años. Él era alto y blanco. No era realmente gordo. Pero no era delgado. Era grueso. Como el tronco de un árbol. Fue a nuestra clase a hablarnos del pecado. El tema era tan serio como su voz. Grave, como grava en una mezcladora de cemento. Fumaba mucho. Olía a cigarro. Tal vez por eso siempre hablaba como si necesitara aclararse la garganta. Como si estuviera a punto de escupir.

Pecado y arrepentimiento. Ése era su tema. Nos habló de lo sagrado que era Dios y de lo profanos que éramos nosotros. Yo tomé apuntes. Siempre hacía eso. Tomaba apuntes. «Dios quiere redimirme», escribí. Eso dijo él. Eso escribí yo. Y luego escribí: «El cielo es algo que tienes que querer». Eso dijo él. Eso anoté yo. Me pregunté cuánto realmente quería el cielo. Me pregunté si debía querer al padre Fallon para llegar ahí. Tal vez sí. Eso era un problema. Grave. No sé por qué, pero le dije a Larry Torres que no me agradaba el padre Fallon.

—A nadie le cae bien —dijo Larry—. No es más que un FBI.

No le pregunté qué significaba eso. No quería que Larry pensara que él sabía más que yo. Después le pregunté a Pifas qué significaba.

—Feo y Bobo Irlandés —dijo Pifas.

—Ah —dije yo. Ya lo sabía. Digo, todos sabían que el padre Fallon venía de Irlanda. Se suponía que eso era algo bueno. Era mejor ser de Irlanda que ser de México. Eso me quedaba claro.

Estudié mucho para mi primera comunión. Había alcanzado la edad de la razón, o eso me dijeron. Sonaba importante. Me aprendí el catecismo de Baltimore. No sabía dónde estaba Baltimore. No entendía por qué le habían puesto el nombre de una ciudad a un catecismo. Nunca nadie me lo explicó. Suponía que, si hubiera sido importante, me lo habrían explicado. A veces me distraían temas secundarios. Todavía me pasa. Pero lo principal... lo principal es que aprendí sobre Dios. Aprendí los siete sacramentos. Aprendí a rezar el rosario. Aprendí el Credo de los Apóstoles y el Acto de contrición. La hermana Joseph me enseñó a rezar en inglés. Mi mamá me enseñó las plegarias en español. Dos mujeres. Dos maestras. Dos idiomas. Dos de todo. Era un chico afortunado. O eso creía.

Durante muchísimo tiempo me confundió la teología del pecado. Pero esto es lo que me dijeron: hay pecados mortales y pecados veniales. Sonaba sencillo. Los pecados mortales eran los pecados grandes. Graves. Cosas como no ir a misa, jurar en el nombre de Dios en vano, robar, desear a la mujer de tu prójimo —que quién sabe qué significaba— y matar. Sabía qué era matar. Nunca entendí del todo por qué no ir a misa era tan serio como matar a alguien. Suponía que era una buena forma de lograr que la gente fuera a misa todos los domingos, de mantener el orden. El orden era importante. No se podía tener una iglesia en caos. No. La señora Apodaca no lo habría tolerado. Misa. Todos los domingos. Cosa seria. Mortal.

Y luego estaban los pecados veniales. Eran cosas menores, como enojarse y gritar y no obedecer a tus padres y decir groserías. Suponía que la mayoría de mis pecados caían en esta categoría. O tal vez me estaba engañando a mí mismo. Tal vez había pecados mortales que yo desconocía. Tal vez los había cometido. Todos. Sin saberlo.

Larry Torres me informó que el sexo era un pecado mortal. Yo no tenía idea.

—Si estás casado —dijo—, entonces está bien. —Le creí. Larry Torres parecía saber muchas cosas—. Que tengas una erección también es pecado mortal.

Yo no sabía qué era eso. Pero él tenía dos hermanos mayores. Seguro ellos le habían dicho esas cosas. ¿De qué otra forma lo sabría él? Asentí. «Erecciones», pensé. Cosa seria. Mortal.

Mi primera confesión fue bastante inofensiva. Éramos como 80 en la fila del confesionario. Nos sentamos en las bancas, nos arrodillamos y nos preparamos. Era el acto de contrición de nuestro corazón. Así nos lo explicó la hermana Joseph. Recuerdo haberme arrodillado en mi banca mientras escuchaba a Larry

Torres y a Reyes Espinoza discutir sin parar sobre lo que le iban a confesar al sacerdote.

—Le voy a decir que maté a alguien —susurró Reyes Espinoza. Aun de niño era un mentiroso y un imbécil. Aun entonces.

—¿Y lo hiciste? —susurró Larry.

—No.

—Entonces estarás mintiendo.

—Ése es el plan —dijo Reyes—. Le diré al padre Fallon que maté a alguien. Y luego le diré que mentí. —Reyes lo tenía todo descifrado.

Puse los ojos en blanco.

Reyes me cachó poniendo los ojos en blanco.

—Te voy a partir la cara —susurró. No tenía respeto por nada. Estábamos en la iglesia, pero igual él me amenazaba. Era un auténtico *cabrón*. No tenía el corazón arrepentido. Yo lo sabía. Y tenía razón.

Puse los ojos en blanco de nuevo. Reyes Espinoza nunca me dio miedo. Si los profesores aterradores no me asustaban, ¿por qué me asustaría Reyes Espinoza?

—Adelante —dije en voz muy baja—. Necesito tener algo que decirle al cura. Puedo decirle que te partí la cara. Aquí. Frente a Dios y a todos los ángeles. Tal vez eso valga como pecado mortal.

—Eres un *joto* —me dijo.

Odiaba que la gente me dijera así. Era el peor insulto.

—Te odio —le dije. Ahora sí tenía algo que contarle al cura. Me pregunté si odiar sería un pecado mortal o venial. Odiaba a Reyes lo suficiente para que contara como pecado mortal. Un mortal, pensé, y como ocho o nueve veniales. Ésa era mi lista.

Larry quería saber exactamente qué le diría al cura. Negué con la cabeza. Le dije que era pecado hablar de tus pecados.

—Claro que no —dijo él.

—Que sí —dije—. Sólo puedes decírselo al cura.

—Shh —nos reprendió la hermana Joseph. Y nos lanzó esa mirada. Esa mirada de monja. Hasta las monjas más amables podían mirarte así. Se los enseñaban en el monasterio. Tenían que pasar una prueba antes de tomar sus votos finales. Y esa mirada era parte de la evaluación final—. Shh —repitió y se quedó cerca de nosotros largo rato.

Yo no tenía miedo. No en ese entonces. Tenía mis pecados en orden, incluyendo el pecado recién adquirido, relacionado con Reyes Espinoza. Mi corazón estaba arrepentido. Estaba preparado. El confesionario no era tan oscuro como mucha gente decía. Eso lo recuerdo. Y recuerdo haber recitado el acto de contrición en inglés a la perfección. Estaba orgulloso. Pensé en recitarlo también en español. Así el padre Fallon sabría que yo podía hablarle a Dios en dos idiomas. Aunque en realidad no podía. Cuando salí de ahí, me sentí limpio. Muy limpio. Así debían ser las cosas. Me agradaba. Era mejor que darse una ducha. Limpio. Me agradaba.

Al principio, me confesaba casi cada semana. El padre Fallon no era agradable. No era malo. Pero no era amable. A veces murmuraba. Pero nunca me dio la impresión de que le importara demasiado. Supuse que era mi culpa. Mis pecados eran bastante tontos. Los pecados veniales eran tontos. Pero eso estaba bien.

Cuando entré a la preparatoria, las cosas empezaron a cambiar. Fue ahí cuando empecé a tener miedo. Tal vez no era miedo a la confesión. Sólo era miedo al padre Fallon.

Para cuaresma, dejé las barras de cacahuate Payday y renuncié a la Pepsi. Me encantaba esa bebida, más que cualquier otra cosa. Se suponía que el sacrificio debía doler. Si no dolía, ¿qué caso tenía? Extrañaba las Payday. También había prometido hacer algo bueno una vez al día. Tal vez haría el esfuerzo de hacer más que gruñirles a los maestros, aunque claro que nunca gruñía en realidad. Casi todo el gruñido era interno. Pero la señora Apodaca decía que Dios veía las palabras que decías, aun si sólo te las decías a ti mismo.

El primer sábado después del miércoles de ceniza, decidí ir a confesarme. De hecho, la señora Apodaca sentía que Dios la había elegido personalmente para supervisar mi salvación. Ella fue quien decidió que debía confesarme. Tocó a la puerta de la casa y me recordó que era cuaresma, y que la cuaresma es tiempo para ser humilde ante Dios. Qué mejor forma de ser humilde que participar del sacramento de la confesión.

—Sí, sí —le dije. Ya tenía planeado hacerlo. «Mil gracias, señora, por el recordatorio». «Gracias, gracias, gracias».

—Ah, y no olvides decirle al cura que no fuiste a misa el domingo pasado.

—Estaba enfermo.

—Sí, pero tienes que decírselo. Él decidirá si te dispensa.

Asentí. «*Mil gracias, señora. Mil, mil gracias*». Me dieron ganas de pasarle papel y lápiz. «¿No querría anotar mis pecados, señora?».

Cuando se fue, agité la cabeza y miré a mi papá.

—¿Cómo puedes llevarte bien con esa mujer? *Híjole*.

—*Tiene su gracia* —contestó él.

—¿Eso qué signfica?

—Significa que es una buena mujer.

Sonreí. Tenía razón. Siempre la tenía. Me quedaba claro. Pero eso no significaba que no fuera una mujer insistente. Sonreí. Que piensen que eres buen muchacho. Mierda. Debía confesarme. No era que objetara del sacramento de la confesión, sino que me daba pereza. Además, estaba leyendo una novela. Y era sábado. Y me había levantado a las cuatro de la mañana —de nuevo— para limpiar esos *pinches* bares para mi *pinche* jefe al que odiaba y con quien debía ser amable. Empecé a enojarme. Quería quedarme en casa. La pereza es un pecado. La ira también debía ser pecado. Está bien. Iría.

Como siempre, me fui caminando a la iglesia. Mi papá no me iba a prestar el auto. Volteó a verme.

—¿*Tienes polio*?

¿Acaso tengo *polio*? Ja, ja. Qué gracioso. No renuncies a tu buen humor, papá. En fin, caminé. En ese entonces, todo el mundo iba caminando a su destino.

Pasé caminando por Chiva Town. Había que pasar por Chiva Town para llegar a la Iglesia del Inmaculado Corazón de María.

Mientras pasaba por la casa de Larry y Mike Torres, escuché un chiflido. Larry. Él chiflaba por todo. Lo miré con la barbilla salida, el habitual saludo azteca. Él hizo lo mismo.

—¿Adónde vas, Sam?

No me gustaba que me dijera Sam. Yo no era ningún Sam.

—A confesarme —dije y le lancé una mirada fulminante. No empieces. Me las vas a pagar.

Larry sonrió. Conocía bien esa sonrisa. *Pendejo.* Que la suerte te acompañe. Te envidio como nunca. Ojalá yo también pudiera ir. Sí, ya conocía esa sonrisa.

Casualmente, su mamá nos escuchó.

—*Ándale, pues. Vete con él* —le dijo al llegar a la puerta. Larry puso cara de repulsión. La señora Torres me sonrió y volteó a ver a su hijo—. Él es de Hollywood y se va caminando a la iglesia. Tú también puedes ir. Vete. —Hizo esa seña con los brazos de «¡vete!, ¡vete!». Intenté no sentirme insultado por su comentario—. ¿Cómo estás, Sammy? —me preguntó—. ¿Cómo está tu papá?

—Bien —contesté.

—Supongo que no necesita arrastrarte a la iglesia como yo a mis hijos —dijo.

Quería decirle que vivía enfrente de la señora Apodaca, una de las centinelas de Dios. Siempre alerta, siempre atenta, siempre olisqueando el pecado como un perro a un viejo hueso. Sonreí.

—No, señora —dije y me sentí como el idiota de Eddie Haskel en *Leave it to the Beaver.*

—Espera —dijo Larry—. Voy por Mike. —Si lo iban a obligar a ir, arrastraría a su hermano menor también. Yo habría hecho lo mismo.

Esperé. Nadie me invitó a pasar. A fin de cuentas, venía de Hollywood. Entonces Larry y Mike salieron.

—*Puto* —me dijo—. «Por tu culpa tengo que ir a confesarme».

—Tú fuiste el que me chifló cuando pasé. —Le sonreí. Larry odiaba mi sonrisa. Siempre la había detestado, como yo detestaba su actitud. Si caminábamos juntos a la iglesia, llegaríamos con mucho que confesar. Recordé la discusión que tuvimos justo antes de nuestra primera confesión. Y las cosas no habían cambiado mucho. Larry seguía siendo un exhibicionista. Le gustaba traer los pecados a flor de piel.

—¿Qué le vas a decir al cura? *Órale, dime, ¿qué le vas a decir?*

No, las cosas no habían cambiado ni un poquito.

Negué con la cabeza.

—No lo he pensado.

—¿Vas a decirle que te masturbas?

—No todo el mundo se masturba, Larry. No todos estamos obsesionados con nuestro propio pito.

—¿Obsesionado? Ay, ay, ay. Ya te sientes muy psicólogo. No sabes una mierda. Si no te masturbas, ¿por qué sabes lo que es?

—¿Sabes qué, Lencho? —Odiaba que lo llamaran Lencho. ¿Y qué? Yo odiaba que me llamaran Sam—. No todo el mundo va por la vida anunciando que se masturba. No es simpático.

—Tú no sabes nada sobre ser simpático —contestó. Su hermano Mike no se metía. Él nada más te seguía la corriente—. Pues es pecado mortal masturbarse —dijo Larry después de un rato—. Porque es cometer un aborto.

—¿Qué? —dije. Larry era más *pendejo* de lo que yo creía—. ¿De qué hablas?

—Nosotros traemos los bebés dentro. Y, cuando hacemos el amor, depositamos los bebés en el vientre de la mujer. Y pues ella pone el lugar donde el bebé crece. —Hizo un gesto masturbatorio con la mano—. *Casqueta* —dijo—. *Puñeta.* Cada vez que lo hacemos, cometemos un aborto. Y es pecado mortal —dijo.

Larry tenía mentalidad medieval.

—Dices puras idioteces —dije.

—¿Y qué? ¿A ti qué te preocupa? Tú no te masturbas, ¿verdad, *cabrón*?

—¿Qué te importa? Los pecados son algo entre Dios, el cura y el pecador.

—A veces hablas como libro *gringo*, ¿sabías?

—Y tú hablas como un *bofo* descerebrado —contesté.

Mike se rio. Larry lo fulminó con la mirada. Esa mirada de «te voy a partir el hocico cuando lleguemos a casa». Esa mirada.

Yo me quedé callado. Después de un rato dije:

—Bueno, aunque te masturbes, debe ser un pecado pequeño. Al menos en tu caso, ¿sabes? Pito chico, pecado chico. ¿Me entiendes? —Le di justo donde le dolía.

Ahí fue cuando reaccionó y me lanzó un puñetazo. Me dio justo en el costado de la mejilla. No me dolió mucho, pues fue sólo un rozón. A mí no me gustaba pelear. Nunca. Lo juro. Pero debía defenderme. Así funcionaban las cosas en Hollywood. Y ahí, justo ahí, le di con todo. Nos partimos el hocico. De pronto estábamos tirados en el suelo, golpeándonos. Dando vueltas en el jardín frontal de alguien. Escuché la voz de un hombre.

—Si no se detienen de inmediato, llamaré a la policía. —No sé qué me hizo levantar la mirada. Tal vez fue su voz cansada. Larry también levantó la mirada. Un hombrezote. Muy muy grande. Ambos asentimos—. Ahora, dense la mano —dijo.

Larry y yo nos miramos a los ojos.

—Háganlo, pues. No les va a doler.

Nos encogimos de hombros. Nos dimos la mano. Seguimos andando por la calle.

—*Pinche* texano —dijo Larry.

—No parecía mal tipo —dije.

—Es un bastardo de mierda —dijo Larry—. El hijo de perra le pega a su esposa. Se casó con una mujer de Jalisco. La mujer ni siquiera habla inglés. Y el tipo le pega. Lo escuchamos. Todas las noches. —Miró a Mike—. Los oímos, ¿verdad, Mike?

Mike asintió.

—Se pone feo —dijo.

Miré a Larry.

—Se te va a poner morado el ojo.

Larry me miró.

—A ti también.

—Estúpido h. de p. —dije.

—Vete al diablo —dijo él.

Seguimos caminando hacia la iglesia. Cuando faltaban un par de cuadras, Larry empezó de nuevo.

—Entonces, ¿qué le vas a decir al cura?

—Ya basta, Lencho. No te voy a decir.

—Eso es bien *gringo*.

—¿De qué hablas?

—Ser tan privado con las cosas. Es algo bien *gringo*.

Negué con la cabeza.

—A lo mejor soy *gringo*.

—A lo mejor eres un *pinche Tío Taco*.

—Cállate —le dije—. Cállate, carajo. —Vi la iglesia muy cerca—. Cuando le digas al cura que te masturbas, dile que tienes el pito tan chico que en realidad sólo cometes un pecado venial.

Pensé que me iba a dar otro puñetazo. Y lo habría hecho, pero la hermana Joseph nos estaba saludando desde lejos.

—Hola, muchachos. Vienen a confesarse, ¿verdad?

Le sonreímos. Sí, hermana. Sí, hermana. Larry me miraba de reojo.

—Te odio, *cabrón* —susurró.

—Díselo al cura —dije—. Pide perdón por odiarme.

—No lo lamento.

No. Nada había cambiado. Larry seguía sin tener el corazón arrepentido.

Trece

—Perdóneme, padre, porque he pecado. —Hice una pausa y reflexioné—. Hace seis semanas que no me confieso. —Seis semanas. Seis semanas no era mucho. No sabía por dónde empezar, así que empecé por la caminata a la iglesia—. Me peleé cuando venía para acá.

—¿Qué? —preguntó el padre Fallon—. ¿Qué? —Se notaba que estaba de mal humor.

—Me metí en una pelea de camino al confesionario.

Intenté explicárselo, pero no pude decir una sola palabra. Lo lamentaba. Lamentaba haberlo mencionado.

—¿Qué? —dijo él.

—No fue una pelea fea —dije.

—Es lo que hacen todos ustedes, ¿verdad? Son una bola de animales.

Me quedé callado. No pude decir nada. Me quedé ahí, arrodillado. Tal vez esto también era una pelea. Sólo que aquí no podía defenderme.

—Sí, señor —dije—. Digo, no, señor. No, padre. Mi amigo me golpeó. Yo sólo me defendí.

—¿Tu amigo? ¿Amigo? Son animales. Los hombres ponen la otra mejilla. Tienen cerebro. Tienen corazón. Los animales como ustedes son puro instinto.

—No soy un animal, padre. —Se me aceleró el corazón. Sentía que la sangre me hervía. Así me sentía. Sentía que el cuerpo me apretaba, que no cabía en él—. Me peleé. Lo siento. No estoy orgulloso de lo que hice. Estuvo mal. Pero no soy un animal.

—¿Estás cuestionando a un sacerdote?

Me quedé callado.

—¿Eh?

Sentí que empezaba a abstraerme. Inhalé profundo, cerré los ojos y tomé la manija de la puerta. La giré. Me levanté para irme. Nada parecía real. Nada. Ni yo, ni la puerta del confesionario que estaba abriendo, ni la iglesia en la que estaba.

—¿Adónde crees que vas? No puedes…

Pero yo ya me estaba yendo. De pronto me encontré parado afuera de la iglesia. Nunca más volvería. Jamás. Caminé al Pic Quick de Solano. Me compré una cajetilla de cigarros. Salí a la calle. Me fumé un cigarro. Eso me ayudaría. O eso pensé. Luego volví a la tienda y me compré una barra Payday. Me la comí. Volví una vez más a la tienda y me compré una Pepsi. Salí y me la bebí. Se sintió bien. Encendí otro cigarro. Noté que Larry y Mike venían hacia la tienda. Los saludé. Ellos me contestaron el saludo. Nos miramos y sacamos la barbilla.

—Fellon me llamó animal —dijo Larry. Parecía triste. Odiaba eso… que se viera así.

A mí también. Eso quería decirle. Pero de mi boca no salió nada.

Larry se sentó junto a mí.

—¿Quieres un cigarro? —dije.

—Sí.

Me reí.

—No es pecado. Fumar.

Larry se llevó el cigarro a la boca.

—¿Tú también quieres uno? —le pregunté a Mike. Mike nunca decía nada. Volteó a ver a su hermano.

—Sí —dijo. Así que le di un cigarro.

Nos sentamos ahí, los tres, y fumamos.

—Lo odio —dijo Larry—. Lo odio. —Volteó a verme. Esperaba que yo dijera algo.

Y en ese momento supe qué decir.

—No eres un animal —dije. Y luego me reí—. Eres un *pende-jo*. Pero no un animal. —Le di un trago a mi botella de Pepsi—. Vamos a jugar básquet. —Él jugaba mejor que yo. Siempre me ganaba—. Vamos a jugar un partido de básquet —repetí.

Esa noche tuve un sueño. El padre Fallon estaba parado encima de mí. Yo no podía moverme. No podía huir. Estaba oscuro. No veía nada. Sólo lo veía a él. Y podía escuchar su acento irlandés recio. Al principio en voz baja. Y luego cada vez más y más alto.

—Te perdiste y perdiste el cielo. Te perdiste y lo perdiste —eso decía una y otra vez—. Te perdiste y perdiste el cielo.

Y luego sólo hubo flamas.

Me desperté temblando.

Al día siguiente fui a misa. Pero sólo porque mi papá me obligó. Le dije que no me sentía bien.

—*No me siento bien.* Vayan sin mí —dije. Él me puso la mano sobre la frente.

—Estás perfecto. —Me miró el ojo. No había quedado tan mal—. Quiero que laves el auto después de misa. ¿De acuerdo?

Asentí. Sería mi castigo por haber peleado con Larry.

—Estás bien.

—Que no —dije.

—Siempre te ha gustado ir a misa.

No era cierto. Cuando mi mamá vivía, me gustaba. Cuando murió, fue algo que seguí haciendo. Algo que hacía con mi papá y con Elena.

—Okey —dije. Pero mi papá sabía que no lo decía de verdad. Sólo significaba que no pelearía. No con él. No en domingo—. ¿Elena ya está lista? —Fui a su recámara. Traía puesto un vestido amarillo. Muy bonito.

—Si le pido a Jesús que le diga algo a mamá, ¿crees que lo haga?

—Sí —contesté.

—¿En serio?

—Sí —repetí—. Sí, claro. —¿Qué podía negarle Dios a Elena?

De camino a misa, mi papá no me permitió fumar.

—¿Quieres rezar con aliento a cigarro? *Es una falta de respeto.* Eso es lo que debiste sacrificar para cuaresma.

Tal vez tenía razón. Pero fumar era algo nuevo. Era demasiado nuevo para sacrificarlo. Sentado en el asiento trasero, se me ocurrió que había un sacerdote nuevo en el Inmaculado Corazón de María. Tal vez el nuevo sacerdote, el padre Francis, daría la misa de las 10:30. Tenía esperanzas. Eso me hizo sentir mejor. No mucho, pero un poco. Íbamos tarde. Se me estrujó el corazón. Ahí estaba, Fallon, parado en el altar. Empezó la misa. «En el nombre del padre, del hijo» y de pronto yo me fui. Me fui a otro lado. Sentí que el cuerpo me temblaba cuando llegó la hora de comulgar. Si no iba, mi papá querría saber por qué. Y no se me daban las mentiras. No es que nunca le hubiera mentido. Sí lo hacía. Pero él siempre me descubría. Aunque no dijera nada, sabía que le había mentido. Así que fui a comulgar.

Al llegar al altar, sentí que todo el cuerpo me temblaba. Miré al padre Fallon a los ojos.

—El cuerpo de Cristo.

—Amén —dije. Cerré los ojos y recibí la hostia en la boca. Como un auténtico penitente. No sabía que era yo el que se había salido del confesionario. No tenía idea. Yo no era más que otro muchacho, otro comulgante, otro rostro. Otro animal.

Evité confesarme durante el resto de la cuaresma. Le mentía a mi padre y le decía que iba. Pero no iba. Tampoco comí más barras Payday ni bebí más Pepsis. Paraba en la iglesia de camino a casa. Rezaba. Sobre todo, pasaba un rato sentado dentro. Mi corazón no se sentía más vivo que la banca en la que estaba sentado. Pensé que tal vez estaba perdiendo la fe o lo que me quedara de ella. Tal vez la perdí cuando mataron a Juliana. No sé. No lo sé. Había escuchado a la gente hablar de ello, sobre personas que habían perdido la fe. Pensé en mi sueño. Cuando perdías la fe, perdías el cielo. No quería perder el cielo. Mi mamá estaba ahí. Y Juliana también.

Pensé en todas las almas perdidas que conocía. Así lo decía la señora Apodaca. Y no se equivocaba.

—Andan vagando por ahí. *Almas perdidas. Es una tristeza.*

Detestaba darle la razón, pero la tenía. Había mucha gente vagando por el mundo, perdida. Y era triste. Y yo me estaba convirtiendo en uno de ellos. No quería eso, pero no sabía qué hacer conmigo. Si pensaba en lo que había dicho el padre Fallon, me enojaría. Debía fumar uno o dos cigarros para calmarme. Pero le había dado la espalda a un sacramento. Mi mamá me había dicho que un hombre nunca le da la espalda a los sacramentos. Tal vez me estaba observando. Tal vez lo sabía. O tal vez tenía mejores cosas que hacer que observarme.

Ese día, después de que intenté rezar en la iglesia, pasé a ver a Larry de camino a casa. Lo encontré viendo televisión. Su casa era ruidosa y estaban todos sus hermanos mayores. Siempre estaban peleando. En esa familia les gustaba pelear.

—Vamos por una Coca —me dijo.

—Pepsi —dije.

—Coca —repitió él.

Teníamos que pelear. Por todo.

Cuando veníamos de vuelta de la tienda, le pregunté:

—¿Has vuelto a confesarte? ¿Después de ese día?

—Ni loco —contestó—. Y no planeo volver nunca.

—¿No te da miedo?

—¿Qué cosa?

Asentí. Me di cuenta de que nunca antes había tenido miedo de nada. Pero ahora me daba miedo todo. Temía que algo le pasara a mi papá o que algo le pasara a mi hermana. ¿Acaso no le había pasado algo a Juliana? ¿Acaso no le pasaban cosas malas a la gente de Hollywood todo el tiempo? También le tenía miedo al padre Fallon. Temía que tuviera el poder de arrebatarme el cielo. Tal vez sí lo tenía. O tal vez no. No estaba muy seguro, pero sí asustado. Ya no era temerario.

—¿Qué cosa? —preguntó Larry de nuevo—. ¿Qué cosa me daría miedo?

—*Nada* —dije—. No importa.

—Eres demasiado serio, ¿*sabes?* Pifas dice que tienes que aprender a relajarte. ¿Entiendes, Méndez?

—Sí, sí. *Cómo chingan.*

—Además, a Dios no le importa un carajo la confesión. —Ésas fueron las palabras del teólogo que creía que la masturbación era lo mismo que un aborto.

—¿Y si sí?

—Entonces ya nos jodimos, ¿sabes?

—Sí, sí —dije. Hablar con Larry nunca me hacía sentir mejor.

Fue una cuaresma triste. Todo me ponía triste. El sábado de gloria, mi papá pensó que sería buena idea ir todos juntos a confesarnos. Él, Elena y yo. Mierda. ¡Mierda!

—Okey —dije.

Ese sábado había dos filas para confesarse. Una fila para el padre Francis y otra fila para el padre Fallon. La fila para confesarse con el padre Francis era la más larga. Mi papá se formó en la fila corta. No parecía importarle estar o no en la fila del padre Fallon. Además, ¿él qué pecados podía tener? Yo me formé en la fila del padre Francis. Tal vez todo saldría bien. ¿Por qué siempre tenemos esperanza? Fui viendo cómo la fila del padre Fallon se iba haciendo más y más corta. Cuando no quedó nadie de su lado de la iglesia, salió del confesionario. Caminó hacia la fila en donde yo estaba sentado.

—Aquí —susurró. Los que estábamos formados nos miramos mutuamente. El padre Fallon esperó. Asintió. Ya nos habíamos jodido. A pesar de nuestras esperanzas.

Sentía que se me salía el corazón. Me estaba latiendo demasiado rápido.

Inhalé profundo. Pasé antes que los demás. ¿Qué caso tenía quedarme sentado escuchando mi corazón?

—Perdóneme, padre, porque he pecado... —me detuve—. La última vez que vine a confesarme, me levanté y me fui. —Listo. Lo dije.

—¿Fuiste tú? —dijo—. Le diste la espalda a un sacramento.

—Sí —dije—. Lo lamento muchísimo, padre. —No lo lamentaba. ¿Por qué estaba mintiendo? Y mi tonto corazón seguía latiendo rapidísimo, como si mi cuerpo fuera una puerta cerrada y el corazón fuera un puño. Golpeaba y golpeaba. Pensé que quizás eran las alas que habían vuelto. Las alas iban y venían, cobraban vida y luego morían. No podía pensar. No recuerdo nada más. Sé que estuve ahí largo rato—. Sí, señor. Sí, padre. Lo siento. Lo siento —dije una y otra vez. A veces estás en medio de una tormenta y no sabes nada. Simplemente estás asustado y confundido, y todo a tu alrededor es caos y desastre, y no sabes qué hacer, así que no haces nada, sólo cierras los ojos, y cuando por fin los abres, no sabes por qué sigues parado ahí. La tormenta terminó, y tú sigues parado ahí. En medio de la calma. Me escuché recitar el acto de contrición—. «Señor mío Jesucristo, Dios y hombre verdadero. Me pesa de todo corazón haber pecado, porque me he merecido el infierno y he perdido el cielo. Sobre todo porque te ofendí a ti, que eres bondad infinita, a quien amo sobre todas las cosas...».

Fallon me dio una gran penitencia, un rosario entero. Me sermoneó. No le puse atención.

—Vete. Y no peques más. —Ésas fueron sus últimas palabras.

Cuando salí del confesionario, no me sentí limpio. No estaba limpio, sino más sucio que antes. Más sucio que nunca. No me sentí limpio después de rezar el rosario. No me sentí limpio después de cumplir mi penitencia. No estaba limpio.

Observé a Elena buscar huevos de pascua el domingo de resurrección. Mi papá le había comprado un vestido nuevo. Azul con rosa. Y zapatos nuevos. Blancos. Ella estaba limpia. Mi papá también me había comprado una camisa nueva. Pero no me sentía mejor, ni más limpio, ni más puro, por traer puesto algo nuevo.

Seguí mirando a Elena. Se reía cada vez que encontraba un huevo.

—¡Mira! —gritaba—. ¡Mira, Sammy!

Yo quería ser su voz. Quería ser su risa. Tenía ocho años, casi nueve, pero parecía más pequeña. Me pregunté si alguna vez había sido como ella. Supuse que no. Nunca fui así de puro.

No fui a confesarme durante mucho tiempo. Cuando pensaba en ir, recordaba que nunca había confesado haberme acostado con Juliana. ¿Qué caso tenía? ¿Cuál era el punto de decirle a un cura que te habías acostado con una chica que ya estaba muerta?

Una tarde, caminé a la tienda para ir por una Pepsi. Se estaba poniendo el sol, y la iluminación era hermosa, como si hubiera un halo alrededor de la tierra. Vi al padre Fallon caminando por la calle. Venía hacia mí. Tal vez era un sueño. Pero seguía andando. Era real. Estaba ahí. Caminando. Supuse que estaría disfrutando la tarde. ¿Quién sabe? Yo no tenía idea de qué hacían los curas cuando no estaban trabajando. Conforme se acercaba, mis latidos se hacían más fuertes. Respiré profundo. Y luego estuvimos a dos metros de distancia.

—Hola, padre —dije.

Él me miró. No contestó. Sólo siguió caminando. Me di media vuelta y lo observé.

—¡Oiga! —grité y corrí tras él—. ¡Padre! ¡Padre!

Se dio media vuelta. Lo alcancé.

—¿Sí? —dijo y me miró. Quería saber por qué lo estaba molestando. Yo no era nada para él. Una vil y vulgar mosca en su plato.

—Padre. —Lo miré—. ¿Por qué nos odia? —Se me salió la pregunta. Era como si la hubiera tenido en la punta de la lengua todo ese tiempo, esperando su oportunidad para escapar.

—¿Qué? —dijo él. Se le veía en los ojos. Nos odiaba.

—¿Por qué nos odia?

Iba a contestarme algo. Pero entonces vi algo en sus ojos. Mi corazón se calmó. Ya no tenía miedo. No sé por qué. Simplemente perdí el miedo. Creo que fue él… Él tenía miedo. De mí. De Sammy Santos. Se le notaba. Se dio media vuelta. Y empezó a irse.

—No los odio —susurró—. No los odio.

Pero no lo dijo con convicción. No guardaba la esperanza de que le creyera. Dio vuelta en una calle. Lo miré hasta que desapareció. Me quedé ahí un rato más.

Mientras volvía a casa, me puse a pensar. Y entonces supe a qué le había tenido miedo todos esos meses. No le tenía miedo a la confesión. No le tenía miedo al padre Fallon. Le tenía miedo a lo que traía dentro de mí. Tenía miedo de ser malo. Pero no lo era. Lo que había dentro de mí no era malo. Había bondad dentro de mí. Lo entendí en ese momento.

Parte de mí le creyó al padre Fallon cuando me llamó animal. Le creí. ¿Por qué le había creído? Y no podía parar de pensar y de pensar, y entonces se me ocurrió que debía correr tras él. Le dije algo que no debía. «¿Por qué nos odia?». No era eso. Debí haberle llamado por su nombre. «Es usted un maldito mentiroso». Pero agité la cabeza y pensé: «Al diablo, Sammy. Deja al pobre hombre en paz. Déjalo en paz».

Silbé durante todo el camino de regreso a casa. La cuaresma había terminado.

Catorce

No pensaba en el amor. Era lo último que me pasaba por la cabeza. Había aprendido que muchas cosas podían apuñalar el moretón en mi corazón que yo llamaba amor. El cáncer, sin duda. Una bala, también. Supongo que había otros venenos más sutiles que también podían acabar con él. Pero el mundo en el que vivía no tenía nada de sutil. El cáncer no tenía nada de sutil. Ni tampoco una bala saliendo disparada de un arma. Ni el barrio en que vivía.

Sin embargo, en la escuela todos estaban obsesionados con encontrar el amor. A finales de octubre —de 1968—, la gente andaba desesperada. Se pasaban notas. Investigaban quién podía estar interesada en salir con ellos el fin de semana. Era como si estar solo fuera una enfermedad. Como si nos anduviéramos contagiando la gripa. Había incontables conversaciones sobre quién salía con quién, quién las prestaba, quién era buena besando y quién te dejaría tocarla. A los chicos les gusta hablar sobre las chicas que desean… pero que nunca tendrán.

La gente iba por doquier mirando a los demás de lejos, observándola. ¿Serás la indicada? ¿Por qué la mayoría estábamos tan desesperados? Odiaba la desesperación. Y no quería tener nada que ver con el intercambio de notas y el asunto aquel de «mírame por favor». No, gracias. No era un buen momento. No para mí. Yo no estaba buscando el amor. René dijo que mi mala actitud era por Juliana. Yo le dije que se callara. Le dije que los chicos de preparatoria no sabían nada del amor y que se metiera el puño en el hocico. Me miró como si pensara que yo estaba teniendo un mal día. Odiaba que la gente me viera así. Y no iba a permitir que él tuviera la última palabra con esa mirada suya, así que le grité:

—René, ¿tú qué sabes, pedazo de mierda? El verano del amor ya se nos pasó, *pendejo*. ¿Sabías? Pasó de largo. Se acabó.

No sé por qué le grité. El pobre René sólo me pintó dedo y siguió andando.

Ese septiembre, conseguí trabajo los sábados en Dairy Queen. Un día a la semana, y a veces sustituía a alguien. Mi papá me dijo que ya no quería que trabajara entre semana. Ya tendría tiempo para trabajar cuando fuera mayor. Okey, dije. El acuerdo fue tomar el trabajo en Dairy Queen. Necesitaba trabajar. Pero no necesitaba amor. A veces coqueteaba. No mucho. Sólo un poco. Dependía de la chica, pero me detenía si ella hacía algo que me recordara a Juliana. Y odiaba eso, pensar en ella y verla en otras chicas aunque fuera imposible, porque ellas estaban vivas y Juliana estaba muerta. Pero aun así intentaba coquetear como si todo en mi interior estuviera normal. Dependía de mi estado de ánimo. Si tenía mucha tarea en mente, me refugiaba en mi cabeza. No me importaba pensar en mis tareas. Era mejor que pensar en Juliana.

Gigi pasaba a Dairy Queen los sábados en la tarde. Iba con sus amigas. Quería que coqueteara con ella frente al resto del mundo. Yo nunca lo hacía porque conocía su juego. Ella empezó a lanzarme otra vez esas miradas, esas que me decían «eres un *pinche*». Esas miradas… que me hacían querer huir de ellas.

Sí, sí. Gigi perdió la oportunidad de ser presidenta de la generación. Era cierto, pero dejé de sentir tanta lástima por ella después de un tiempo. Se había convertido en una especie de celebridad después de su discurso. Gigi Carmona se había vuelto popular en Las Cruces High. La reina de la libertad de expresión. Había logrado que el director se sonrojara frente a todos. Todo era Gigi esto y Gigi aquello. Me empezaba a sacar de quicio. Gigi, Gigi. Los mexicanos la amaban, sobre todo los de Hollywood y Chiva Town. Era la primera princesa chicana salida de Hollywood. Los *gringos* también la amaban. La chica radical. Gigi, Gigi. La invitaban a todas las fiestas, y ella quería que yo la acompañara. No, gracias. Nunca fui. Ella se enojaba conmigo. Yo la hacía poner los pies en la tierra al susurrarle su verdadero nombre. Ramona Carmona. Ramona Carmona.

—*Eres un cabrón* —me decía.

Incluso aceptó salir con un *gringo* llamado Adam. Sin comentarios.

—¿Qué tal estuvo tu cita?

—¿Cuál cita?

Odiaba su falsa modestia. Ya se lo había contado a medio Hollywood. Me quedé callado y miré a Ángel, quien estaba parada junto a ella.

—¿Hablas de Adam?

—¿Se la pasaron bien? —Le sonreí. A Ángel.

—Tiene los ojos azules.

—Y mi pluma tiene tinta azul.

Ángel se rio. Gigi la fulminó con la mirada. Con esa mirada.

—Tiene un Camaro.

—Se lo compró su papá.

—¿Eso qué tiene de malo?

—Nada. ¿Fue por ti a tu casa?

—Sí.

—¿Conoció a tu papá y a tu mamá?

—Sí. Es un buen muchacho.

—Sal de Hollywood y el mundo estará lleno de buenos muchachos. Qué bueno que él sea uno de ellos.

Gigi se me quedó viendo.

—No es tan distinto de los chicos de Hollywood. Intentó besarme.

—Debiste dejarlo —dije—. Tal vez habría sido divertido.

—No soy una *puta*, ¿sabes? Tú eres un *cabrón*.

—Nadie dijo que fueras una *puta*. Un besito en una cita, ¿qué tiene de malo? Sobre todo en una cita. —Le entregué el helado que había pedido. Le puse piña extra. Cortesía de la casa. A Gigi le encantaba la piña. Memoria genética. Algo muy mexicano.

Como el saludo azteca. Gigi tomó el helado y se alejó. Luego se dio media vuelta y dijo:

—No es alguien especial.

—Lo sé —dije. Todo Las Cruces lo sabía.

Eso la enfureció. En serio. Miré a Ángel y le di un cono de helado.

—Yo no pedí nada —dijo.

—Cortesía de la casa —dije.

—Uyyyy, qué caballeroso.

Me le quedé viendo. Nunca la había oído ser sarcástica.

—Pasas demasiado tiempo con Gigi.

—Gigi no habla por mí, ¿sabes? Siempre he tenido voz propia.

Tenía razón. Asentí.

—Quédate con tu helado —dijo y me lo devolvió.

—Tu amiga te está esperando —dije e hice el gesto azteca de la barbilla. No pude evitar seguirla con la mirada mientras se iba.

Pagué el cono de helado que le había servido a Ángel. Me lo comí. Sabía bien. Me gustaba el helado. Y en ese momento pensé que tenía más antojo de helado que de chicas.

Así eran los antojos. Iban y venían. Como brisa primaveral.

Después del trabajo, decidí volver a casa caminando. Llamé a mi papá y le dije que caminaría a casa. Se me antojaba.

—Igual que tu madre —me dijo—. Le encantaba caminar.

Cuando iba por Lohman, un auto pasó a mi lado. Se detuvo. Un buen auto. Mustang. Nuevecito. Precioso. Una belleza. Rojo cereza. Ay, ay, ay… ése sí era un auto de verdad. Y por la ventana se asomó Jaime Rede.

—¡Sammy! ¿Quieres aventón?

Venía muy sonriente. Actuaba como si fuera mi mejor amigo. Lo conocía desde que teníamos cuatro. Llevaba los trece años que teníamos de conocernos enojado. Pero ahora parecía todo alegría y amor, como esa tonta canción que ponía Elena una y otra vez en su tocadiscos. Yo odiaba esa canción. Ahora Jaime intentaba ser mi amigo. O tal vez andaba pacheco. Marihuano. Tal vez eso lo había puesto de buen humor y lo hacía actuar como esa canción que tanto le gustaba a Elena.

Le di el saludo azteca. Aquél de la barbilla.

—Claro —dije—. Acepto el aventón. —Me gustaba el auto. Cuando me acerqué, lo miré a los ojos para ver si los tenía rojos. No. Ni dilatados. Normales. No parecía haber estado fumando hierba. Había chicos de la escuela... se notaba. Simplemente se les notaba. Entonces vi quién venía al volante. No debió haberme sorprendido.

—*Ése* Sammy.

—¿Qué hay, Eric? ¿Qué hay? —A veces repetía las cosas. Como si decir algo dos veces lo hiciera sonar más real.

Eric asintió al ritmo de la música de la radio. René siempre decía eso, que había que mantener el ritmo. Llevarlo en la mente. Está bien, lo sé. Pero yo odiaba *The Who*. Me gustaba *Chicago*. Me encantaba *Blood, Sweat, and Tears*. Me encantaban los instrumentos de viento. Pero odiaba *The Who*, aunque eso era lo que sonaba en el radio. Y Eric asentía al ritmo de la música. Sin perder el ritmo.

—*Órale, Sammy. ¿Qué dices, Sammy?*

Odiaba que Eric Fry hiciera eso. Que hablara como mexicano. Fry. Eric Fry. Yo sabía inglés. Mejor que él incluso. Sé perfectamente que Eric Fry nunca leyó a Charles Dickens. ¡Cielos! Era el chico más blanco del mundo. No sólo era *gringo*. Me refiero a su piel. Era... blanquísima.

—Nada —dije—. Estoy saliendo del trabajo. —Quería preguntarle si él sabía lo que era trabajar. Sabía que ese Mustang no lo había pagado él. Igual que el tal Adam con el que había salido Gigi. También sabía dónde vivía Eric. En esas casas de Mesilla Park que el papá de Eddie había construido. Trabajo. ¿Podrías deletrearlo? Empieza con T y termina con O. Igual que tarado. Asentí y sonreí—. Voy saliendo del trabajo —repetí—. ¿Ustedes?

—*Nada, nada* —contestó—. *No hay nada que hacer.* —Su acento era perfecto. Hablaba como nativo de Chihuahua. Eso era lo que me enfurecía. Era un *pinche* niño rico, *gringo*, con buena pinta para algunos, que tenía todo, era amable con todo el mundo, el paquete completo... y todo el mundo creía que era lo máximo y que era genial porque hablaba español. Nadie creía que los mexicanos éramos lo máximo ni que éramos geniales por hablar inglés. Nadie. Así no funcionaban las cosas. No me gustaban los *gringos* que se las daban de más mexicanos que los mexicanos.

—No —dije—. No hay nada que hacer en este pueblo. —No planeaba seguirle el juego. Jamás. Sammy Santos no se iba a prestar a su juego de *gringo* buena onda.

—¿Y qué? —dice Jaime—. ¿Vas a salir hoy?

—Sí —dije.

—¿Vas a salir con Gigi?

—No —contesté. No tenía ganas de hablar con ellos. Con ninguno de los dos. Era como decirles lo que iba a decirle al cura en el confesionario.

—¿Y eso? La traes muerta, *ése*.

—No lo creo.

—¿*Qué pues, Sammy*? ¿Estás *ciego*? *¿Qué no ves?* Esa mujer se iría al infierno por ti.

—¿Crees? —Esa frase era de mi papá—. Gigi es una buena chica. ¿Qué podría querer conmigo?

—Deberías invitarla a salir.

—¿Por qué no la invitas tú?

—Porque no le gusto yo. Le gustas tú, Sammy.

Eric se metió al estacionamiento de un 7-Eleven. Me gustaba más el Pic Quick. Pero yo no venía manejando.

—*Órale, ¿quieren algo de tomar?* —Su falso mexicanismo me sacaba de quicio.

—Yo quiero una Coca —dijo Jaime.

Negué con la cabeza.

—¿*Seguro?*

—Seguro —dije. ¿Quién sabría mejor que yo si quería algo de tomar? Lo vi entrar a la tienda, y luego volteé a ver a Jaime—. ¿Vas a dejar que te compre una Coca?

—¿Qué tiene de malo?

—¿No puedes comprarte tu propia Coca? ¿Qué te pasa, Jaime?

—*Órale,* ¿qué traes, Sammy? Eric se ofreció. No es para tanto. *¿Qué te duele?*

—¿Ustedes dos se ponen mariguanos juntos, o qué? Todo mundo dice que se la pasan pachecos.

—¿Desde cuándo te importa lo que los demás digan, Sammy?

—Nunca me ha importado. Ni me importará.

—*¿Entonces?* Eric y yo somos amigos. ¿Qué tiene de malo?

—Es extraño.

—¿Por qué?

—Tú sabes por qué, Jaime.

—No. No sé. ¿Por qué no me lo explicas, *cabrón*?

—Él no te conoce.

—Ah, ¿y tú sí? ¿Tú sí? ¿Tú sí me conoces, Sammy?

—Desde que tenías cuatro años.

—¿Y qué tanto sabes de mí?

—Que eres de Hollywood.

—Es todo lo que sabes.

—Con eso basta.

—No. —Eso contestó. Casi me bajo del auto en ese momento. En ese instante. Pero entonces llegó Eric con dos Cocas en la mano. Una para él. Una para Jaime.

—¿Les importa si fumo? —dije. En realidad no quería fumar. Era una prueba.

—¿Te importa si te robo uno?

Mierda. Le pasé la cajetilla a Jaime. Ambos encendieron un cigarro. Jaime me lanzó la cajetilla. Yo ya no quise fumar. Para entonces, íbamos pasando por el Cork and Bottle.

—Pueden dejarme aquí —dije.

Eric se orilló.

—¿Estás seguro?

—Sí —contesté.

Jaime abrió la puerta del auto. Jaló el asiento para que yo pudiera salir. Eric me miró.

—¿Te sientes bien?

—Sí. Supongo que estoy cansado.

—No te caigo bien, ¿verdad?

Decidí que no iba a mentir. Probablemente no volvería a ofrecerme aventones en su auto.

—No. Creo que no. —Lo miré a los ojos—. Perdón. Gracias por el aventón.

Vi la expresión de Jaime. Había dejado de sonreír.

Me sentí mal conmigo mismo mientras caminé a casa. Bastante mal.

La casa estaba vacía. Mi papá no estaba. Había salido a hacer el bien. Había una nota en la mesa. «Tu hermana está con la señora Apodaca. Ve por ella. Llego tarde. Si tienes que salir, tienes que salir. Estoy seguro de que a la señora Apodaca no le importará cuidar a tu hermana. Ya le dije que tienes permiso, así que no te regañará». Mi papá sabía que la señora Apodaca siempre me estaba sermoneando. Negué con la cabeza. Mi papá era un tipo curioso. Siempre andaba metido en cosas: limpiar el vecindario, plantar árboles, ayudar a los Caballeros de Colón a reunir fondos para esto o aquello. Era su forma de amar al mundo. «Hay que amar al mundo, Sammy».

Los domingos nos llevaba a desayunar después de misa, y en las noches cocinaba. Los domingos eran mi día libre. Y mañana era domingo. Buen día. Podría leer. *Grandes esperanzas*, eso era lo que estaba leyendo. Ya lo había leído. Me gustaba Dickens, aunque fuera inglés. Los ingleses no eran tan malos. Me quedaba claro. Pensé en Eric Fry. Sí, eso haría el domingo. Leería. Y luego ayudaría a Elena con su tarea. Vería un partido de americano con mi papá. No importaba si no le prestaba mucha atención. Me sentaría a su lado, leería un poco, vería un poco el partido. En la tarde veríamos *El maravilloso mundo de Disney* con Elena. Luego veríamos *Ed Sullivan*. Sí, mañana sería domingo. Pero esta noche era sábado. Y quería salir. Quería sentir algo más, otra cosa que no fuera lo que estaba sintiendo. Quería salir. Tal vez llamaría a René. Tal vez él querría salir. Pasar el rato. Tomar unas cervezas. Eso pensé. Tomé el teléfono. Marqué. Él contestó.

—¿Qué hay, René?

—Hola, Sammy. *¿Qué dices?*

—*Nada, nada.* ¿Tienes planes en la noche?

—Tengo una cita, Sammy.

No me lo esperaba. Era uno de los tipos que siempre andaba al acecho. Siempre. Desesperado.

—¿La conozco? —pregunté.

—Sí, la conoces. Es Ángel. Ángel Rosas.

René iba a salir con Ángel. Mierda. Claro que yo nunca la habría invitado a salir. Pero… ¿Ángel? Intenté ser buen amigo.

—Qué bien —dije.

—Sí. ¿Quieres invitar a alguien? Podríamos salir los cuatro. —René estaba siendo cortés.

—Hm, no creo —dije.

—¿Por qué no le llamas a Gigi?

—Porque no quiero llamarle.

—Ándale. Invítala a salir.

—Usa demasiado maquillaje.

—Invítala.

—Ya casi son las seis. Sí, sí. Le llamo y ¿qué le digo? «¿Qué hay, Gigi? ¿Quieres salir? Paso por ti en hora y media». Va a decir que soy un *pendejo* y un *menso* y un *pinche* y un *cabrón*, y me va a colgar el teléfono. No le llamas a una niña media hora antes de pasar por ella, ¿sabes?

—*Cálmate, ése.* —Luego habló con su voz de *hippie*—. No seas aguafiestas. Aliviánate. Tranquilo. —René podía ser gracioso.

Me reí.

—No, creo que paso.

Se quedó muy callado. Supe que algo se traía entre manos.

—Justo te iba a llamar —dijo—. Digamos que Gigi va a venir con nosotros.

—¿Qué?

—Sólo así Ángel aceptaba salir conmigo. Dijo que no confiaba en mí. Dijo que saldría conmigo, pero sólo si Gigi venía. Entonces…

—¿Por eso quieres que la invite a salir? Al diablo. Olvídalo.

—*Ándale, ése.*

—Para ser la niñera de Gigi.

—No es así.

—Claro que sí, *pinche* René. Es justo así.

—Mira, me gusta mucho Ángel. *No seas culo.*

—No me gusta que me hagan *pendejo*. Mira, pasa por mí y ya. Carajo. —Colgué el teléfono. No me la iba a pasar bien. Para nada.

Me senté en el porche, encendí un cigarro y pensé en lo fastidiosa que era Gigi. Pensé en René. Iba a besar a Ángel esa noche. Detestaba pensarlo. Luego pensé en Eric y en Jaime, y en lo *pinche* que me había portado. Ellos intentaron ser amables. Y yo fui un completo *cabrón*. Pero entonces me vino a la mente que cada vez pensaba menos en Juliana. Eso me puso triste. Los vivos olvidan. Eso hacemos. Pero yo no quería olvidar. Claro que no importaba lo que yo quisiera. A diario olvidaba un poco más.

Me pregunté si mi papá habría olvidado a mi mamá. Si sí, ¿por qué nunca salía con otras mujeres? Quería preguntárselo. Digo, seguro llevaba a mi mamá en su corazón a diario, igual que yo a Juliana. Sólo que para él debía de ser peor. Pero sabía que mi papá nunca hablaría de esas cosas. Jamás. Supuse que quizá mi mamá y mi papá se habían amado tanto que no era apropiado hablar de ello. Cuando amas a alguien de verdad, quieres que los demás lo sepan. Pero también quieres mantener el secreto. Eso era el amor: un secreto. Eso era el amor en general.

Quince

Así que salimos los cuatro. René, Ángel, Gigi y yo. Paseamos en el auto. Luego fuimos por hamburguesas a Shirley's. Entramos al restaurante y todo. No sólo pasamos al autoservicio. Hablamos de cosas. No me gustaba la forma en la que René miraba a Ángel. Pero ella no lo veía de la misma forma. Eso era bueno.

—Hay fiesta en la casa de Charlie Gladstein —dijo Gigi—. Y estamos invitados. Le gustaría que fuéramos.

Sí. Ese Charlie le traía el ojo puesto a Gigi. Yo lo sabía. En serio.

—Le gustaría que tú fueras —dije.

—No seas así, Sammy. Es buen tipo. Le caes bien.

Asentí.

—A mí también me cae bien. Es buen tipo. Sí, sí, todos nos caemos bien. —Me reí al recordar lo que Charlie me había dicho—. Excepto los protestantes. Ésos no le caen bien.

—¿Qué?

—Un día estábamos en una fiesta, y eso me dijo. Dijo que los protestantes se creían los dueños del mundo. Los detesta. Eso me dijo.

Ángel se rio.

—Ah, pues entonces no le cae bien mucha gente.

—Supongo que no.

Pensé en ese instante que lo bueno de odiar a un grupo de gente es que no tienes que ser específico. Puedes generalizar sin problema. Ser vago. No sé por qué pensé eso justo en ese momento. A veces me pasaba eso, me abstraía de la conversación y pensaba cosas.

Pagué la hamburguesa de Gigi.

—No es una cita —dije—. Sólo estoy invitando a una amiga. Los amigos pueden hacer eso.

—La próxima invito yo —dijo—. Así quedamos a mano.

—De acuerdo —dije.

—De acuerdo —dijo ella. Pero se notaba que estaba furiosa. Gigi era bastante sensible.

Después de eso fuimos a la fiesta de Charlie. Había muchos protestantes, o esa impresión me dio. Un barril, cero padres, cero autoridades, cero futuros líderes de Future Farmers of America. Cuando ésos iban, siempre había pleito. Cero pleitos. Al menos esta noche. Casa bonita. Mejor que la de Hatty Garrison... quien también estaba ahí. A esa chica le gustaban las fiestas.

—Hola, Hatty —dije—. ¿Qué hay?

—¡Sammy! —dijo ella. Siempre era agradable. Aunque no me agradaba tanto su novio, Kent. Bueno, pero el tipo ayudó a Gigi con la campaña. No podía ser tan malo.

Todo el mundo estaba en el jardín trasero, el cual era más grande que tres baldíos de Hollywood. La gente bailaba. Los Rolling Stones. No me gustaba Mick Jagger. Tan pronto llegamos, Charlie se le pegó a Gigi y la invitó a bailar. Ya estaba medio ebrio, ese Charlie. Bailaron casi toda la noche. Igual René y Ángel. Yo me senté, bebí cerveza, los miré. Pensé en Juliana y me puse triste, pero no quería quedarme sentado y sentirme así.

Vi a Jaime y a Eric junto al barril, sirviéndose cerveza. Me pregunté si llevarían mucho tiempo en la fiesta. Decidí que debía acercarme a ellos y hacer las pases. ¿Por qué no? «Haz el amor, no la guerra». Qué idioteces. Había más gente yendo a la guerra que gente enamorada. Y el sexo no contaba. El sexo era sexo y ya. Eso todo el mundo lo sabe. El caso es que me acerco a Jaime y a Eric. Les ofrezco un cigarro.

—Vengo en son de paz —dije. Y luego me reí. No podía decir ese tipo de cosas con seriedad. Charlie. Ése sí se podía salir con la suya con cosas así. Pero yo no. Luego me sentí un *pendejo* por reírme—. Estaba de malas en la tarde. Lo siento.

—No soy un *pendejo* —dijo Eric.

—Nadie dijo que lo fueras.

—Siempre me miras como si lo pensaras.

—Lo lamento.

—¿En serio?

—Sí. Perdón.

Nos quedamos junto al barril y conversamos de cosas. Jaime dijo que quería ir a la universidad. No sabía eso de él.

—A UCLA —dijo—. Voy a largarme de este agujero.

Me pregunté si tendría buenas calificaciones. No tenía idea. No sabía nada de él, salvo que pasaba el rato con Pifas y Reyes. Y no eran buena compañía. Siempre se andaban peleando. Igual que René. O peor. Pero Pifas ya se había ido al ejército. Y la última vez que había visto a Reyes, estaba ahogado en heroína. Se veía fatal. Amenazó con partirme el hocico si no le daba mis cigarros. Así que ahora Jaime pasaba el rato con Eric. Tal vez era su forma de escapar de Hollywood sin irse en realidad. Tal vez lo entendía. Tal vez lo envidiaba.

—Dicen que tú también vas a la universidad —dijo Jaime.

—Sí —contesté. Claro que no a UCLA—. Tal vez me quede cerca. En la Estatal de Nuevo México. Chico local. Universidad local. —Fingí que no me molestaba. Pero no lo decía en serio. Aun así, sonreí.

—Deberías irte —dijo Jaime—. Todos saben que tienes buenas calificaciones —dijo. A veces me preguntaba por qué la gente sabía esas cosas de mí—. Podrías entrar casi a cualquier escuela.

Pensé en mi papá y en Elena. ¿Qué harían ellos si me fuera?

—Tal vez —dije—. Tal vez sí me vaya. ¿Quién sabe? —Pero claro que sí lo sabía—. ¿Y tú, Eric? —Lo estaba intentando. Podía ser amable si me lo proponía. Claro que podía.

—A Penn State —dijo—. Es mi hogar. Pensilvania. Nos mudamos aquí porque mi papá trabaja en el Centro Espacial Johnson. —La forma en la que dijo Penn State era como si ya supiera que la escuela era lo suyo. Asentí. Y seguí fumando. Volví a mirar a René y a Ángel bailar. El tiempo pasó muy lento esa noche.

Más tarde vi a Jaime bailar con Pauline, y Eric bailó con Susie Hernández. Ambos eran pésimos bailarines. Peores que yo. Pero Pauline y Susie sí que bailaban. ¡Cielos! Los vestidos de Susie eran cada vez más cortos. La señora Apodaca la habría sacado a rastras de la pista de baile para rociarle agua bendita. Claro que la señora Apodaca nos habría querido rociar agua bendita a todos. Nadie se salvaría. La imaginé rociándonos agua y rezando. Me hizo sonreír. Sí, tal vez eso nos hacía falta. Agua bendita.

No sé por qué decidimos ir al río después de que terminó la fiesta. Pero era lo que siempre hacíamos. Eso o pasear en el auto junto a Shirley's, asomados por la ventana, buscando bronca y gritando cosas como «¡Al carajo tú, tu perro y tu tortuga!». Cosas divertidas. O ibas a Shirley's o ibas al río. Volver a casa no era opción.

Eran las dos de la mañana. Estaba cansado. Ángel se quedaría en casa de Gigi, así que no le importaba a qué hora llegaran. Los papás de Gigi la dejaban hacer casi cualquier cosa. A veces eso le dolía, que sus papás no se preocuparan más. Se le notaba. Pero otras veces no le importaba un carajo. Fue idea suya que fuéramos al río. Escuchó que había una fiesta por ahí. Así que fuimos.

—Eres un aguafiestas, Sammy.

¿Qué esperaba que dijera? Había trabajado todo el día sirviendo helados y escuchando a los niños cambiar de opinión sobre todo. Había tolerado a muchas madres furiosas y sus idioteces, y las idioteces de todos. ¿Y todo para qué? Para tener unos centavos extra y no tener que tocar mis ahorros. Para la universidad. ¡Dios! A veces odiaba a los tipos como Adam o Eric Fry o Charlie Gladstein. Nunca tendrían que trabajar para Speed Sweep Janitors o para Dairy Queen por necesidad. No sabían lo que era. Nunca. *Jamás*.

—Sí, Gigi. Soy todo un aguafiestas. —Y me reí. No sé por qué. Tal vez quería divertirme un poco.

—Dame un cigarro —dijo Gigi. No me lo estaba pidiendo. Más bien asumía que lo mío era suyo.

—A mí también —dijo Ángel desde el asiento delantero.

Le sonreí a Ángel.

—Pídeselo a tu novio.

Gigi se rio. Linda sonrisa. Hermosa. Me pregunté por qué no tenía pareja estable. Porque era fastidiosa, por eso. Le di un cigarro. Cuando lo encendió, exhaló el humo por la nariz. Como una fumadora de verdad. Como profesional. Había estado practicando. Y eso la hacía ver un poco mayor. Como si ya fuera una mujer. Pifas no se veía así cuando se fue al ejército. Parecía pequeño. No parecía un hombre, sino un niño. Pero un niño con manos grandes. Ojalá sus manos lo ayudaran.

Gigi me miró fijamente.

—¿En qué piensas?

—Estaba pensando en Pifas. Me escribió una carta.

—A mí también —dijo ella.

—¿Cómo lo ves?

Gigi se quedó muy callada.

—Bueno, no sé. Mi carta era… bastante privada. —Se asomó por la ventana.

Asentí.

Luego volteó a verme de nuevo.

—¿La tuya qué decía?

—Sonaba cansado. «De película, Sammy», dice. «El ejército me está partiendo el hocico». Dice que no duerme suficiente y que la mayoría de la gente es agradable. Que se lleva bien con casi todos. Que algunos de los tipos son unos matones, pero que no se ha metido en broncas. Excepto una vez, pero estaba en un billar y uno de sus amigos, un tal Buddy, lo sacó de ahí. —Negué con la cabeza—. Es el mismo. Dice que se desvela pensando en nosotros, en los de Hollywood. Que se pregunta en qué andamos. —Me reí.

—¿Qué? ¿Qué es tan gracioso, Sammy?

—Pifas. Dice que guardó el botón de «¡*Viva* Gigi!» como amuleto para la buena suerte.

Gigi empezó a reír. Pero era una risa triste. Pude imaginar el trozo de papel azul con las palabras escritas con marcador indeleble. Imaginé a Gigi y a Ángel aquella noche que los hicieron. Me vi a Jaime y a mí repartiéndolos en el almuerzo. Imaginé a Pifas sosteniéndolo con sus manos grandes. Mirando las palabras. Tal vez se preguntó qué estaba haciendo en esas barracas en Georgia. Tal vez susurraba el nombre de Gigi una y otra vez.

En la radio sonaba algo de The Turtles, y Ángel se sentó más cerca de René en el asiento delantero, como si ninguno de los dos supiera que Gigi y yo existíamos. Así eran estas cosas.

No hablamos mucho más de camino al río. Gigi fumó su cigarro y dejó que el aire que entraba por la ventana le diera en el rostro. Yo me quedé quieto, intentando pensar en algo que decir.

Cuando llegamos al río, había autos estacionados en grupos en varias partes. Cada tanto había un auto solitario. No había ninguna fiesta. Nos estacionamos lejos de los otros autos. Tan pronto René apagó el auto, Gigi se bajó. Supuse que yo también debía bajarme y darles algo de privacidad a René y a Ángel. Sí, así eran las cosas. El amor era algo privado.

Gigi se sentó en la orilla del río. La miré y luego me senté a su lado. Se quitó los zapatos. Miró fijamente el agua.

—¿Te contaban la historia de *La Llorona* cuando eras niño?

—Sí. Mi mamá.

—¿Nunca te preguntaste si sería cierta?

—Yo creía que sí.

Gigi se rio.

—Cuéntamela.

Ambos la habíamos oído millones de veces. No sé por qué quería escucharla de nuevo. Pero era de noche y estábamos junto al río y teníamos que matar el tiempo, así que acepté. Se la conté.

—Había una vez una mujer. Tenía cabello negro. Muy bonita. Y era feliz y tenía un marido que era bueno con ella y con sus tres hijos. Vivían en una de las casitas de Hollywood. —Me di cuenta de que Gigi sonreía—. En fin, una familia feliz. Un día, el hombre no volvió. Simplemente no regresó. La mujer enloquece. Pierde la cabeza. Es pobre y va por las calles preguntando si alguien ha visto a su marido. Y no tiene dinero para alimentar a sus hijos. No tiene nada. No sabe qué hacer. Entonces, un día alguien le dice que su marido se fugó con otra mujer. Con la señora López. Se fugó con la señora López. —Gigi rio. A la señora López le gustaban los maridos de otras mujeres—. Así que se vuelve loca. ¿Qué va a hacer? Tres niños hambrientos y no tiene marido. Así que, para sentirse mejor, va al río todas las noches. Y llora. Para consolarse. Un día, no hay comida en la casa, y los niños están desesperados y lloran de hambre y porque extrañan a su papá, así que ella decide qué debe hacer. Lleva a los tres niños al río y los ahoga. Uno por uno, los ahoga. Ya no necesita preocuparse por ellos. Lo malo es que, después de ahogarlos, se vuelve bien loca. Loca, loca. Deschavetada. Como una de esas mujeres de las películas de Vincent Price. Así de loca. Y, desde entonces, recorre el río en busca de los cuerpos de sus hambrientos hijos ahogados. *Ay, mis hijos. Ay, mis hijos.* Ése fue su castigo, pasar la eternidad buscando en el río hasta que encuentre a los hijos que ahogó. Y llora. Y llora. *Ay, mis hijos. Aaaaay, mis hijos.*

Gigi estaba muy callada. Me miró y negó con la cabeza.

—La contaste demasiado rápido. Se supone que deberías tomarte tu tiempo. Y la contaste como si fuera una broma. No es una broma, Sammy. Se supone que no es graciosa.

—Perdón —dije.

Gigi negó con la cabeza. Podía ser muy alegre, pero luego dar media vuelta y ponerse seria.

—En mi versión —dijo—, el matrimonio no funciona porque él era rico y ella era pobre. Ella era indígena y él, blanco. Y luego él se cansó de ella. La desechó, como si no valiera nada. No le importó un carajo. Volvió con los suyos y la dejó con los de su clase. ¿Por qué a ella la castigan y a él no? ¿Cómo pudo ese *pinche, baboso, hijo de la chingada* salirse con la suya?

No se me ocurría una respuesta a esa pregunta. Me agradaba la ira de Gigi.

—No sé —dije—. La cosa es que la historia es sobre ella, no sobre él.

—No es justo.

—No es una historia real, Gigi. Es un cuento que nos cuentan nuestros papás para que no nos metamos a nadar al río. Para que no nos ahoguemos. Es todo. Nos dicen: «Si vas al río, *la Llorona* te llevará con ella». Nos dicen esa mierda para que nos portemos bien, Gigi. Supongo que en realidad no nos hace mucho bien.

—Te equivocas, Sammy. La historia es real. Así son las cosas. Es como todo lo que pasa en Hollywood. Es real, Sammy. Es la historia de amor más triste del mundo. Una mujer pierde a su marido, ahoga a sus hijos y los busca por toda la eternidad. La historia de amor más triste del mundo. —Me miró.

Prendí un cigarro.

Gigi no dejaba de mirarme, como si quisiera preguntarme algo.

—¿Alguien te ha amado, Sammy? —preguntó finalmente.

—Sí —dije—. Mi mamá me amaba. Y mi papá y mi hermana me aman. Y Juliana. Creo que ella también me amaba. Son cuatro personas. Supongo que son todas. Creo que es bastante.

—Cinco —dijo—. Yo también, Sammy. Te amo.

Me quedé callado durante largo rato.

—Supongo que ya lo sabía —dije y le di una fumada a mi cigarro.

—Pero tú no me amas, ¿verdad, Sammy?

Esperé un poco. No sé qué esperaba. La respuesta no iba a cambiar. Finalmente, contesté.

—No, Gigi. No te amo. —Fue doloroso decirlo—. No como quieres que te ame. —No como amaba a Juliana. Quería decirle eso, pero no lo hice. Creo que la habría hecho sentir peor saber que amaba más a una chica muerta que a ella. Me sentí mareado. Mal. Gigi empezaría a llorar. Lo sabía. Ahí, junto a mí. No había nada que hacer al respecto. Volteé a verla.

Pero no estaba llorando.

—Lo siento, Gigi.

Ella asintió.

—Está bien —susurró—. Supongo que ya lo sabía. —Siguió asintiendo—. Pifas. Pifas me escribió una carta. Dice que me ama.

Que quiere casarse conmigo cuando vuelva. Está loco, Sammy. Digo, sí lo adoro, pero no lo quiero de esa manera.

Asentí. Gigi era una chica muy lista. No lo sabía aún, pero era yo quien estaba llorando.

Gigi me miró.

—Ay, Sammy, estás llorando. ¿Por qué lloras, Sammy?

—No sé, Gigi. Eres una buena mujer. Eres genial. Pero no te amo. No amo a nadie. Tal vez no tengo corazón. Tal vez por eso estoy llorando.

—No seas *pendejo* —dijo—. La gente no llora si no tiene corazón. No seas bruto.

Eso me hizo reír. A ella también. Nos quedamos ahí, riendo. Y riendo. Quizá también estábamos llorando por distintas razones. O quizá llorábamos por las mismas razones. Cuando dejamos de reír, Gigi sacó la cajetilla de mi bolsillo y prendió un cigarro.

—No soy tan buena como piensas, Sammy.

—No digas eso.

—Estuve con Pifas la noche antes de que se fuera. ¿Sabes a qué me refiero, Sammy?

—Sí, lo sé.

—Crees que soy una *puta*, ¿verdad?

—Claro que no, Gigi. No lo creo. Creo que le diste algo. Creo que él necesitaba algo, y tú se lo diste. Lo hiciste sentir alguien importante, Gigi. ¿Qué tiene eso de malo?

Ella se quedó callada largo rato. Luego empezó a reír de nuevo.

—¿Qué? —dije—. ¿Qué es tan gracioso?

—Eres la única persona en este apestoso mundo que diría algo así, Sammy. —Y luego empezó a llorar. La abracé. Como un hermano. Y ella lloró y lloró. Cuando se detuvo, inhaló como diciendo «ya estuvo». Ya estuvo.

Fue ahí cuando escuchamos los ruidos. Gritos. Como si hubiera una pelea. René se baja del auto y dice:

—Súbete al auto, Gigi. ¡Súbete! ¿Ya oíste eso, Sammy? —Estaba ansioso de entrarle a la acción. Se le oía en la voz. ¡Cielos! René siempre sabía qué hacer a la primera señal de problemas. Era como si hubiera despertado, olisqueado el aire y descifrado exactamente qué hacer. Si había pleito, él quería ver si había forma de meterse. Así era él—. Vamos a ver qué pasa, Sammy.

Gigi se subió al auto. No sé por qué seguí a René. No sé. Carajo. Pero luego los dos escuchamos los gritos.

—¡Maricones de mierda! —Y el ruido de alguien o más de una persona siendo golpeada por los tipos que gritaban—. ¡Maricones de mierda!

René corría hacia la pelea. Yo iba atrás de él. Entonces juro haber oído una voz… una voz conocida. Sí. La voz rogaba y rogaba.

—Paren, por favor, paren. ¡Lo van a matar! ¡Lo van a matar! ¡Dios mío! ¡Paren!

—¡Es Jaime! —gritó René—. ¡Es Jaime! Juro por Dios que es Jaime. ¡*Órale*, Sammy, es Jaime! —Se echó a correr hacia las voces. Yo iba justo atrás de él. Iba corriendo en la oscuridad, confiando en René, siguiéndolo, con la certeza de que sus instintos eran los correctos. Como si me estuviera guiando en combate. O algo así. No tenía que preocuparme, sólo debía seguirlo, porque él me enseñaría qué hacer. Adelante, vimos a unos cuatro tipos golpeando a dos tipos tirados en el suelo. Se veía luz que venía del auto, con las dos puertas abiertas, y la luz salía. Eric. Era el auto de Eric—. ¡Mierda! —gritó René—. ¡Maldita sea! ¿Qué carajos está pasando?

Para entonces ya habíamos llegado. Los tipos no paraban de patearlos. No paraban. Actuaban como si no estuviéramos ahí.

—Cálmense. Estamos pateando a un par de maricas —dijo uno de ellos—. Encontramos a estos maricones besándose. Me dan asco. ¿A ustedes qué les import…?

René ni siquiera lo dejó terminar. Le dio un puñetazo en la cara. Sangre por doquier. La sentí en la cara, en la camisa. El tipo se fue de espaldas mientras gritaba:

—¡Maldito! ¡Me rompiste la nariz!

René ni siquiera lo escuchó. No tuvo compasión por el enemigo. Ninguna.

—¿Jaime? ¿Eres tú, Jaime? ¿Jaime? ¿Jaime? —Se arrodilló en el suelo—. Jaime.

—¿René?

—¿Estás bien, Jaime?

Definitivamente era Jaime. Lo vi, con la cara hinchada y llena de sangre. Y Eric tirado en el suelo, casi sin poder moverse.

Por un momento ninguno se movió, pero luego uno de los otros tipos pateó a René en el abdomen mientras estaba arrodillado junto a Jaime.

Ni siquiera lo pensé. Me le fui encima. Él no esperaba que yo le brincara encima. No recuerdo mucho. Cuando estás en medio de una pelea, es lo único que ves: la pelea. René no se quedó abajo mucho tiempo. Se levantó encabronado y listo para partir hocicos. Dos tipos se abalanzaron sobre mí, pero no sabían pelear. Seguro habían agarrado a Jaime y a Eric desprevenidos. En general Jaime era bueno para pelear. Lo había visto en acción. No, definitivamente no sabían pelear. Ninguno de los dos. Eran *gringos* del tipo de los líderes del futuro que intimidaban a la gente porque eran altos y se movían en manada. René habría podido con todos. René sabía pelear, le gustaba y lo entendía. Era un estratega en la pelea. Y yo, pues yo sabía tirar golpes y esquivarlos. Era bueno para esquivarlos. Supongo que ése era mi talento.

Esquivé un puñetazo, y luego pateé a uno de los tipos en las bolas. Se cayó. Y es lo último que recuerdo. Luego se fueron corriendo. Los cuatro. Me di cuenta de que tenía el labio partido. No era la primera vez. Sentí que tenía el rostro manchado de sangre. No era mía. Estaba cubierto de sangre ajena. Tenía la mejilla izquierda un poco hinchada. Vi un par de faros. Escuché la voz de Gigi.

—¿Están bien? —Ángel y ella se bajaron del auto. Gigi miró a Jaime y a Eric, quienes casi no se podían mover—. Todo está bien —susurró. Tomó la mano de Jaime y la apretó.

René era bueno para pelear, pero se perdía cuando se terminaba el pleito. Él y yo nos quedamos parados, aturdidos. No servíamos más que para respirar. Así que nos quedamos quietos y eso hicimos. Pero Gigi sí sabía qué hacer. Estaba de rodillas, inclinada sobre Eric.

—¡Dios mío! —dijo—. ¡Dios! No, no, tenemos que llevarlos al hospital. —Nosotros seguíamos parados, viendo a Gigi, quien estaba inclinada sobre Jaime y Eric—. ¡Carajo, *cabrones!* —gritó—. ¿Me están oyendo?

Estaban muy golpeados. Sentí náuseas sólo de verlos.

Me daba miedo lastimarlos más. Pero teníamos que moverlos. De algún modo, logramos acomodarlos en el asiento trasero del auto de René. No sé cómo lo hicimos. Estaban muy mal. Sentía que se romperían.

Gigi nos siguió hasta el hospital en el auto de Eric. Creo recordar ir rezando de camino al hospital. Recuerdo ver a René conducir. Recuerdo haber pensado que quizá todo era un sueño. Nada de eso estaba pasando. ¿Cómo podía pasar algo así? ¿Acaso estábamos en guerra?

Dieciséis

—¿Qué fue lo que pasó? —preguntó el médico—. ¿Qué les pasó?

—Unos tipos los atacaron —dije—. Junto al río.

—¿Qué hacían ustedes junto al río?

—Salvándolos —contestó René.

El médico negó con la cabeza.

—Muchachos locos.

—Sí —dije—. Muchachos locos y tontos. —Supuse que era la falta de sueño. Me sentía aturdido—. ¿Van a estar bien?

El doctor asintió, aunque no de forma muy convincente. Luego me miró.

—Creo que debería echarle un vistazo a ese labio. —Me llevó a un consultorio y me dijo que me sentara. Limpió la herida. Me dolió. Pero no lo demostré—. Creo que estarás bien —dijo—. Sólo no beses a nadie durante tres o cuatro días.

—No planeo hacerlo —dije.

Esperamos a los padres de Eric y Jaime. Los de Eric llegaron primero. Nos vieron sentados en la sala de espera de urgencias. Yo señalé hacia las puertas. Ellos se metieron corriendo, en busca de su hijo. Supe que les dolería verlo así. Si hubiera sido yo, le habría partido el corazón a mi papá.

La mamá de Jaime llegó un poco después. Su papá no venía. Supuse que a su papá no le importaba mucho.

—*¿Y mi Jaime? ¿Dónde está mi Jaime?*

165

Me levanté de la silla.

—*Lo golpearon* —dije.

—*¿Quién?* —Se soltó a llorar—. *Es sólo un niño.* —La abracé. Pensé en mi mamá. Sí, somos unos bebés, pensé. La solté. Le limpié las lágrimas—. Eres un buen muchachito. —Era una señora muy dulce. La llevé hacia la puerta. La enfermera y el médico no dijeron nada. La dejé ahí, llorando—. Jaime, Jaime, *hijo de mi vida*.

Llamé a mi papá y le conté lo que había sucedido. Dejé fuera la parte de por qué los habían golpeado. No necesitaba saberlo todo. Le dije que estaba bien. Sí, claro, bien. Le dije que no se preocupara. Estaba molesto, pero no demasiado. Aliviado, creo.

—Vente a la casa —dijo.

Le dije que después de saber cómo estaban ellos. Tal vez tendríamos que hablar con la policía. Quizá. ¿Quién sabe? Dijo que no tenía permiso de faltar a misa. Dije que estaba bien. Que volvería a casa cuando supiera cómo estaban.

Jaime tenía dos costillas rotas. Tenía la cara tan hinchada como una calabaza. Eric tenía rota la quijada. Cirugía, dijo su mamá. Llegó la policía. El doctor los llamó. Dijo que estaba obligado. Les dijimos lo que sabíamos. Lo que vimos. Todo.

—¿Qué les gritaban? —preguntaron de nuevo.

—Maricones. Los encontraron besándose. Eso dijeron. Eso oímos. —René era el encargado de contar la historia. Yo sólo asentí. El policía lo anotó en su formulario.

Los padres de Eric no dijeron nada. La mamá de Jaime no dijo nada.

Nos quedamos sentados un rato.

El padre de Eric nunca nos miró. La madre de Eric nos abrazó y nos agradeció una y otra vez. «Gracias, gracias, Dios los bendiga, gracias». La mamá de Jaime sólo lloró. Las madres me rompían el corazón. Gigi le dio las llaves del auto de Eric a su madre. La abrazó. «Dios te bendiga. Gracias».

Condujimos a la estación de policía. El detective nos separó. Cada uno de nosotros debía poner por escrito lo que había pasado, pero en cuartos separados. Era para asegurarse de que no estábamos mintiendo. Los cuatro. Escribimos. Les entregamos nuestros ensayos a los policías. Nos dejaron ir. Todo era un juego. Nunca harían nada. Lo sabíamos.

—No se acerquen al río —nos dijo uno de los policías. Ni siquiera nos preguntaron si reconoceríamos a los tipos. A los que hicieron esto. Ni nos preguntaron.

—Estoy en problemas —dijo Gigi y se rio—. Mis papás no me van a dejar salir el resto del año.

Ángel negó con la cabeza. Su mamá era de México. Costumbres americanas, hijos americanos… nada de eso significaba algo para ella. Ángel estaba desencajada.

—No importa —digo Gigi—. No es para tanto. —Se acarició el rostro. Supe que estaba pensando en Jaime y Eric. El rostro de ella seguía perfecto. Y lo sabía. Eso estaba pensando.

René se veía fatal. Empezaba a salir el sol y estábamos sentados en el estacionamiento de la estación de policías. René me miró y se rio.

—Estás hecho mierda —dijo. Se veía fatal—. Son maricas —dijo.

Nos quedamos ahí, como si algún demonio nos impidiera subirnos al auto. Nos quedamos parados. ¿Adónde ibas? ¿En qué dirección conducías cuando el mundo había cambiado?

—No me importa —digo Gigi—. Jaime es de los nuestros.

—Sí —dijo Ángel.

Yo no sabía mucho de esas cosas. Sólo había estado con Juliana. Eso era lo que sabía del amor. No tenía idea de cómo era el amor para los demás.

—No importa —dijo Gigi.

—Sí, cómo no —dijo René—. Espérate al lunes. Espérate a que lleguemos a la escuela. Todo el mundo se va a enterar. Toda la maldita escuela. Esos tipos se van a asegurar de que todo el mundo lo sepa. Y harán que Jaime y Eric se las paguen.

—¿Que les paguen qué? —dijo Gigi.

—Abre los ojos, Gigi. *No seas tan pendeja.* Lo que están haciendo está mal. Todos se van a enterar. ¿Qué les van a hacer a esos *jotos*? ¿Eh?

—No hables así de Jaime.

—Es un *pinche joto.*

—Es tu amigo.

—Ya no sé…

—Ah, claro, la gente va a pensar que tú también eres *un pinche joto* porque te juntas con él desde que tenían cinco, ¿verdad? Llévame a mi casa.

—Los salvamos… pero son *jotos*, Gigi.

—¿Y ahora te arrepientes, René?

René se quedó callado, con la mirada fija en el suelo.

Gigi me miró.

—¿Y tú? ¿Tú qué piensas, Sammy?

Me encogí de hombros.

—¡Carajo! ¡Di algo!

—No sé.

—¿Crees que debimos dejar que esos *pinches gringos* los mataran?

—No.

—¿No? ¿Es todo lo que vas a decir?

—¿Qué quieres que diga, Gigi?

—No sé. Averígualo. —Abrió la puerta del auto—. Llévennos a casa.

Nadie dijo nada de camino a Hollywood. Cuando dejamos a Gigi y a Ángel, Gigi se volteó y me miró a los ojos.

—Ambos piensan que no conocían a Jaime en realidad. Ambos creen que nunca lo conocieron de verdad. Pues váyanse a la mierda. Los dos. Siento que yo tampoco los conozco a ustedes.

Azotó la puerta del auto con tanta fuerza que pensé que sería imposible volver a abrirla.

Eric y Jaime no fueron a la escuela el lunes. No fueron a la escuela en toda la semana, pero se escucharon rumores. Toda clase de cosas horribles. Yo cerré el pico. El jueves, un tipo se me acerca en el almuerzo mientras fumo atrás de la cafetería —la zona de fumar—, se me acerca y me dice:

—He oído que eres bueno para salvar maricas. Algunos salvan vidas, otros salvan maricas.

Lo tomé del cuello de la camisa. Venía con otros cuatro tipos. No me importó un carajo.

—¿Ves este puño? Te estoy salvando de él. Si vuelves a acercarte a mí, te lo vas a tragar.

—Suéltame, maldito *frijolero*. —Eso me dijo. Era la primera vez que alguien me decía *frijolero*. En ese momento estuve a punto de partirle el hocico, cuando oí una voz.

—Basta. —Era la profesora Davis, la maestra de inglés. Reconocí su voz—. Suéltalo, Sammy.

Solté al bastardo.

—Adiós, Danny —dijo—. Tú y tus amigos tienen mejores cosas que hacer. —Los cinco se esfumaron. Danny volteó a verme para darme a entender que eso no se había terminado. Para nada.

Volteé a ver a la profesora Davis. Ella se quedó parada, mirándome.

—Después de clases —dijo—. Te quiero ver en mi salón, después de clases.

Al terminar clases, fui a su salón. La profesora estaba en su escritorio. Me sonrió al verme en la puerta.

—Adelante —dijo. Su voz era amable. Pude reconocer su amabilidad. No era difícil. Era como cuando la señora Apodaca decía que mi mamá era un alma de Dios. Como la mamá de Eric cuando te decía que dios te bendiga. Me hizo un gesto para que entrara al salón y dejó de calificar—. ¿Quieres tomar asiento? —dijo.

—Estoy bien así —dije—. ¿Me enviará a la dirección?

—No —contestó—. De hecho, a quienes envié a la dirección fue a Danny y a sus amigos.

—No hicieron nada malo —dije—. Estas cosas pasan todo el tiempo.

—Yo creo que sí estuvo mal, Sammy —dijo y mordió la tapa de su bolígrafo—. Si pasa todo el tiempo, entonces no estamos progresando, ¿no crees?

¿Qué esperaba que dijera?

—Mandarlos con el director no va a cambiar nada —dije.

La profesora no titubeó. No era su estilo.

—Quizá no. Pero dejarlos andar por el mundo como si fueran los dueños tampoco cambiaría nada. —Se encogió de hombros—. ¿Cómo está Jaime? —preguntó como si le importara. La miré a los ojos. Era joven. Me dieron ganas de preguntarle su edad—. ¿Cómo está Jaime?

—No lo sé. No he ido a verlo.

—¿Por qué no?

—No sé.

Me miró fijamente.

—Pensé que eran amigos.

—Vivimos en el mismo barrio —dije.

Ella asintió.

—Jaime es buen estudiante —dijo—. Me agrada. —Ambos andábamos por las ramas. Ambos lo sabíamos, excepto que ella me había pedido que fuera a verla. Quería preguntarle para qué quería verme. Pero no lo hice.

Finalmente, me miró a los ojos.

—La gente puede ser muy cruel, Sammy —dijo.

—Lo sé —contesté. Claro que lo sabía.

Nos miramos mutuamente.

—Supongo que todos saben lo de Jaime y Eric... y lo que pasó. —La miré a los ojos. No sabía qué esperaba que dijera.

Ella asintió.

—¿Es verdad lo que dicen que hicieron René y tú? ¿Que los ayudaron?

Asentí. Pero no lo hice con orgullo. René y yo simplemente estábamos ahí. Yo lo seguí. No sabíamos... Pero asentí.

—Eso dicen.

—Los rumores se esparcen como pólvora.

—Sí —dije. Creo que sonreí—. Usted siempre dice eso.

—Porque es cierto. Los rumores se esparcen como pólvora y queman.

—Lo sé.

—Hicieron lo correcto —dijo—. Podrían haberlos matado. —No dejaba de agitar la cabeza. Como si la situación la entristeciera. Luego me miró. Me gustó lo que vi en su rostro.

—No todos lo creen —dije.

—¿Y qué? —dijo.

—Sí —dije—. Bueno, no me dé mucho crédito.

—No seas tan duro contigo mismo, Sammy. Hiciste algo bueno. —Miró los ensayos sobre su escritorio—. Deberías ir a visitarlo.

Asentí.

No lo hice.

Jamás fui a verlo.

Dos semanas después, Jaime volvió a la escuela. Seguía teniendo el rostro un poco amoratado. No mucho. Traía un cabestrillo en el brazo. Caminaba con algo de dificultad. Tenía el torso vendado. Se notaba. Parecía triste. Algunas personas medio lo saludaban de lejos. Otras sólo se le quedaban viendo.

La profesora Scott —nuestra maestra titular de español— odiaba a Jaime. Adoraba a Eric. Pero odiaba a Jaime. Sin embargo, esa mañana fue amable. Con Jaime. Habló con él antes de empezar la clase. Pero Eric no estaba. Eric, el chico que siempre levantaba la mano. Eric, el que mejor hablaba español. Eric, el *gringo* que quería ser mexicano. Él no estaba ahí.

A la hora del almuerzo, Jaime se sentó solo. En realidad no comió. René y yo nos miramos mutuamente. Tal vez debíamos ir y sentarnos con él. Pero entonces Gigi y Ángel —quienes no nos hablaban— fueron y se sentaron con él. Nos salvaron de tener que hacer algo. Eso pensamos los dos. Nos salvaron.

René y yo no dijimos nada.

Nos quedamos sentados en la cafetería, mirando. Un tipo pasó junto a la mesa de Jaime y le dijo «Marica» en voz muy alta.

Gigi se levanta y lo mira a los ojos, y luego le da de bofetadas.

—Repítelo —dijo—. No te oí. —Lo miró hasta que él desvió la mirada. Ojos. Balas. No te metas con Gigi Carmona.

René y yo nos quedamos sentados, mirando, igual que los demás.

Después de clases, René y yo caminamos a casa. No traíamos auto ese día. Vimos a Jaime caminando delante de nosotros. Solo.

Los autos pasaban a su lado. La gente le gritaba cosas. No nos acercamos demasiado. Él no pareció darse cuenta. Ni de nosotros ni de nada. Era como si estuviera muerto.

Un auto pasó junto a él muy despacio. Y le lanzaron un globo con agua. Se rompió al chocar con él. Jaime bajó la cabeza.

Creo que hay ocasiones en las que conoces la vergüenza. Y entonces la vergüenza se vuelve parte de tu conocimiento del mundo. René y yo habíamos ayudado a Jaime y a Eric, pero fue por instinto. Si habíamos hecho algo bueno, no había sido a propósito. Lo sabíamos. Pero ahora sí teníamos una opción. René y yo éramos mejores con los puños y con el cuerpo que con el corazón. Esta pelea era más dura. Nos sentíamos perdidos, atemorizados por el mundo y sus juicios. El mundo era cruel, pero era más cruel con Jaime que con nosotros. Teníamos opción. Jaime no. También eso lo sabíamos. Él estaba solo, recibiendo todos los golpes como si la pelea fuera sólo suya. Pero Jaime era de los nuestros. Eso fue lo que René supo cuando reconoció la voz de Jaime aquella noche, que estaba en problemas, que necesitaba ayuda. No necesitó hacer preguntas. No necesitó saber por qué. Pero ahora el mundo nos decía algo distinto: que Jaime no nos pertenecía después de todo. Era un extraño. Un fuereño. Recordé cuando el padre Fallon dijo que éramos animales. Tal vez nosotros pensábamos eso de Jaime. Un animal, distinto a nosotros, que no nos pertenecía. Pero sabíamos que no era cierto. Y por eso estábamos avergonzados.

Vi a Jaime caminar con la cabeza baja. Dejó caer sus libros. Se tambaleó. Estaba llorando. Se estaba dejando caer. Era como si no le importara que lo golpearan hasta que desapareciera. Pero no estaba desapareciendo, y eso empeoraba las cosas. Miré a René y vi que también de sus ojos salían lágrimas.

—No sé qué hacer —dijo—. Dime qué hacer, Sammy.

Nunca había pensado que René podía traer lágrimas dentro. Nunca imaginé eso de él. Esa noche, en el río, había actuado como el guerrero ideal. Implacable y ágil. Temerario. Pero ahora estaba paralizado, sin saber qué hacer, esperando que yo dijera algo. Hice el gesto azteca de la barbilla, señalando a Jaime. René asintió.

Nos acercamos despacio a nuestro amigo. Eso era.

—Hola —dije y lo ayudé a ponerse en pie. René levantó sus libros—. Vamos al Pic Quick por una Pepsi. Yo invito.

Jaime intentó dejar de llorar. Inhaló profundo. Luego una vez más.

—Okey —dijo—. Pero yo tomo Coca.

—Okey. Coca. —Caminamos despacio. Muy despacio. No teníamos prisa.

—Estoy todo mojado —dijo Jaime—. Odio los globos de agua. Los detesto.

—¿Recuerdas esa vez que le dimos con uno a Pifas cuando éramos niños?

Jaime asintió. Casi logré que sonriera.

Seguimos andando.

Cuando llegamos al Pic Quick, cada quien tomó su refresco. Los bebimos y prendimos cigarros.

—Gigi estuvo genial en el almuerzo —dije.

—Sí —dijo Jaime—. Gigi es la mejor. —Supe que iba a llorar de nuevo.

—¿Sabes? A veces creo que las niñas son más valientes que nosotros. ¿No crees?

Jaime asintió. Nos miró a René y a mí. Nos miró fijamente. Tenía ojos muy negros.

—Gracias —dijo—. Les debo una.

—Para nada. —Eso fue lo que dije—. ¿Cómo está Eric? —Tal vez no era la mejor pregunta.

Creí que Jaime no contestaría la pregunta. Noté que le temblaban las manos.

—Le van a arreglar la quijada. Va a ser tardado. Sus papás lo enviaron a Pennsylvania, a casa de su tía. Ahí hay mejores doctores. Eso dijo su mamá. No me dejó hablar con él. —Asintió. ¡Cielos! Las manos le temblaban como ramas en una tormenta—. Se va a quedar en Pennsylvania. Donde nadie sabe. —Le dio un trago a su Coca—. Yo también —dijo—. Mi papá me va a enviar con mi tío a California. —Luego sonrió, como niño chiquito.

—A lo mejor está bien —dijo René—. California está bien. Ahí no te van a lastimar.

Yo no lo creía. Yo pensaba que la gente te lastimaba donde fuera que estuvieras. Sin importar adónde fueras. Te encuentran. Y luego te lastiman.

Jaime y René pasaron todas las tardes de esa semana en el porche de mi casa. Era un lugar seguro. Nunca más dijimos nada de aquella noche. Tal vez no sabíamos cómo hablar al respecto. Tal vez no necesitábamos hacerlo. Una noche se quedaron a cenar. Yo cociné, porque eso era lo que hacía. Yo era el cocinero en nuestra casa. Así pasa cuando no tienes mamá. Mi papá y Jaime y René y Elena y yo conversamos y reímos.

—Está bueno —dijo René.

—Sí —dijo Jaime.

Me sentí a salvo. Todos nos sentimos a salvo.

La noche del viernes antes de que Jaime se fuera, salimos todos juntos: René, Ángel, Gigi, Jaime y yo. Gigi y Ángel ya nos hablaban de nuevo. Estábamos todos del mismo lado.

Condujimos. Conversamos. Reímos. Todos contamos historias de Pifas. Todos teníamos buenas historias sobre Pifas. Gigi nos mostró una foto de él con uniforme militar. Traía el cabello corto. Se veía bien. Era una buena foto. El uniforme casi lograba hacerlo ver como un hombre. Estaba esperando órdenes, dijo Gigi. Tal vez lo enviarían a Alemania en lugar de a Vietnam. Eso pensé.

Todos sabíamos que Jaime no volvería. No podíamos enfrentarlo. Sabíamos cómo eran las cosas. Entendíamos. Pero no queríamos. No queríamos enfrentarlo. Así que pasamos la noche entera hablando de Pifas. Tomamos unas cuantas cervezas. No muchas. Fumamos demasiado. Vimos salir el sol.

—Me encanta el desierto —dijo Jaime. Nunca había oído a nadie decir eso.

A la mañana siguiente, fuimos a la estación de autobuses. Nos despedimos de Jaime. Ángel y Gigi lo llenaron de besos. Lloraron, como era de esperarse. «Te adoramos. Te amamos. Siempre serás uno de los nuestros». Cuando Pifas se fue, no lo abracé. Así que esta vez abracé a Jaime. En realidad nunca antes me había agradado. Nunca nos habíamos llevado bien. Pero creo que ahora éramos amigos. Amigos de mundos distintos. Eso éramos. Pero René y él... René y él siempre habían sido amigos. Desde niños. René miró fijamente a Jaime.

—¿Lo amabas? —Se le quebró la voz. Gigi se recargó en mí y la escuché sollozar. Nunca imaginé que René pudiera hacer una pregunta así.

—Sí —susurró Jaime—. Pero ya no importa.

—Claro que importa —dijo René—. Siempre importa. Cuando amas a alguien.

Se miraron y asintieron. Los ojos de Gigi eran como regaderas. También los de Ángel. Pero René y Jaime no lloraron.

Jaime se subió al autobús. Y se despidió de lejos.

Nos quedamos ahí hasta que el autobús se fue.

—Nunca voy a volver a amar a nadie —dijo Gigi. Todos nos carcajeamos. Y luego empezamos a cantar aquella tonta canción de Dionne Warwick sobre no volverse a enamorar. Gigi llevó el ritmo. Eso hicimos, cantar y reír el día que Jaime nos dejó.

Esa noche me quedé despierto. No podía dormir. Estaba escuchando K-O-M-A, aquella estación de radio que sólo podíamos sintonizar de noche. Como si fuera un sueño. Desde Oklahoma City, hasta mi cama. Esperaba escuchar una canción, una canción que me dijera todo lo que necesitaba saber. Sobre el amor. Si tan sólo empezaba la canción precisa, entonces podría dormir.

Pensé en mi padre, en cómo decía que había que amar al mundo, que había que encontrar la forma de amarlo. Como si fuera fácil. ¿Cómo amar a un mundo que no te corresponde? ¿Cómo lo haces?

Pensé en cómo todos en la escuela estaban desesperados por encontrar una mano que tomar. Como si todos fuéramos a morir. No podíamos esperar más. Ya habíamos esperado demasiado.

Y nos decían que llegaría en cualquier momento. Que en el momento más inesperado la encontraríamos. Nos daríamos media vuelta y miraríamos a un chico o chica a los ojos, y encontraríamos lo que siempre habíamos estado buscando.

El amor estaba ahí, esperándonos, esperándome. Amor para Sammy. Para Gigi. Para René. Para Jaime. Todos encontraríamos nuestra tierra. Todos volveríamos a ella. Todos seríamos libres. ¿Y luego qué? ¿Y luego…?

Pensé en Gigi y Pifas. Y en Eric y Jaime. Pensé en Juliana y en mí.

El amor era muy público. En 1968, el amor estaba en el aire. En canciones, en carteles, en las flores que crecían en mi jardín delantero y que esperaban ser cortadas. Tal vez se suponía que el amor debía ser algo público. Pero para mí siempre sería algo privado. El amor era algo entre Juliana y yo, aunque ella estuviera muerta. El amor era algo entre Jaime y Eric. Y si lo que teníamos era amor, entonces no teníamos por que anunciarlo en una calcomanía para el auto.

Es curioso que siempre nos habían dicho que el amor era sinónimo de pertenencia.

Nadie, nadie nunca nos dijo que el amor era sinónimo de exilio.

Los ciudadanos de Hollywood se rebelan contra el sistema

—A veces los sueños se hacen realidad, ¿verdad, Sammy? Quería decirle a Elena que las pesadillas son las que se hacen realidad. Pero no pude.

—Sí, a veces los sueños se hacen realidad.

Diecisiete

—¡Oye! ¡Tú! ¿Dónde está tu cinturón?

Prácticamente iba corriendo por el pasillo. Se me había hecho tarde para la segunda hora de clase. Detestaba que se me hiciera tarde y tener que esperar a que me pusieran ausencia injustificada, mientras el prefecto Romero me miraba como si yo estuviera a dos pasos de caer en prisión. Hacían un escándalo por los retardos injustificados. Los retardos provocan caos, o eso decían nuestros profesores. Como si no hubiera caos dentro del salón. Malditos retardos, pero las niñas siempre se salían con la suya. Los chicos no. Bastaba con que las chicas dijeran que era por motivos «personales». Eso significaba que estaban en sus días. Mentían. Las chicas eran mentirosas. Los motivos «personales» siempre les justificaban los retardos. ¿Qué motivos personales podíamos tener los chicos? A veces, mientras miraba el trozo de papel que decía MOTIVO DEL RETARDO, me daban ganas de escribir: me estaba subiendo el cierre en el mingitorio y accidentalmente me volví a circuncidar. Una tragedia, una tragedia personal. Motivos «personales». Perdonado.

—Te pregunté que por qué no traes cinturón.

Me detuve en seco. Miré a mi alrededor y vi al Coronel Wright. Todos odiaban al Coronel Wright. No era necesario ser su alumno para odiarlo. Me estaba mirando fijamente. Me señalé. Como un tarado. Como un *menso* absoluto.

—¿Quién? ¿Yo?

—Sí, tú. ¿Dónde está tu cinturón?

Bajé la mirada. ¡Mierda! No traía cinturón. ¿Cómo pude haber olvidado el cinturón?

Me encogí de hombros. Debo haberlo dejado en el baño. Eso pensaba decir. Sí, sí, como si el Coronel fuera a creerme.

—¿Quién es tu profesor titular? —dijo como si lo fuera a mandar a la corte marcial.

—La profesora Scott.

—¿Ella no hizo nada con esta situación?

Era una situación. La guerra de Vietnam no era una guerra. Era un conflicto armado. El que yo no trajera cinturón... era una situación. Y querían que aprendiéramos las diferencias. Sí, sí.

—Creo que no —dije. Era difícil saber a quién culpaba más: a mí o a la profesora Scott. Pero era obvio con quién se iba a desquitar.

—¿Cómo te llamas?

—Sammy.

—¿Tienes apellido, hijo?

—Santos.

—Santos. A la oficina del prefecto. Explícale tu situación al maestro Romero.

—Pero tengo examen —dije.

—Pues qué lástima.

Sonó la campana. ¡Mierda! Es sólo un cinturón, una estúpida tira de cuero. Un simple cinturón. Supe que el Coronel vio la expresión de desprecio en mi cara.

—¿Qué tienes en la cara?

—Mostaza —dije.

—¿Qué?

—Nada.

—No me agradan los respondones, Santos.

Odiaba la forma en la que pronunciaba mi apellido. Asentí.

Señaló la oficina del director. Caminé por el pasillo vacío para enfrentar mi «situación».

El prefecto Romero estaba en su oficina. Me sonrió, pero su sonrisa no era agradable. Romero tenía sonrisa fea. Dientes chuecos. Cerebro chueco también. No, no era agradable.

—Señor Santos —dijo—. ¿El señor Montoya y usted volvieron a patrullar el río?

Bastardo.

—Sí, señor —dije—. Anoche le partimos el hocico a *la Llorona*. Eso le pasa por ahogar a sus hijos.

—Veo que te crees comediante.

—Así es, señor.

—Nunca me has agradado, Santos.

—Y siempre me he sentido mal por eso, señor. —No era la primera vez que teníamos este tipo de conversaciones. Él siempre me miraba de la misma manera. Me pregunté qué me estaba pasando. Me estaba cambiando la actitud. Tal vez siempre había sido así, pero lo ocultaba. Sólo que esta vez creo que no estaba de humor para ocultarla. Era como si alguien hubiera encendido un fusible dentro de mí.

El prefecto Santos me miró.

—¿Dónde está tu cinturón?

—Eso es justo lo que el Coronel Wright quería saber.

—¿Y qué le dijiste?

—Que se desgastó y desapareció. Que soy demasiado pobre para comprarme uno nuevo. Que soy de Hollywood.

—No me simpatizan los listillos, señor Santos.

—Sí, señor.

—¿Cuántos días de castigo crees que deba darte?

—¿Tengo que elegir un número entre uno y diez?

—Eso es. Eso es. Ocho días. Ocho días de castigo después de clase. —Cuando se enojaba repetía lo que decía. Si decía las cosas más de una vez, entonces tal vez lograba comunicarlas de forma más efectiva. Ya lo conocía. Ocho días. Me dio el máximo. Arrancó un papel de retardo, le puso sello de injustificado y me lo entregó—. Qué bien me siento —dijo.

—Yo también —dije—. Me siento de maravilla.

El prefecto me miró fijamente.

—Vete de aquí antes de que haga que te expulsen de la escuela. —No me quitó la mirada de encima. Pero no me importó. El prefecto conocía a mi papá. Y hasta mi papá sabía que el tipo era un cobardón. Hasta mi padre lo sabía.

Además, no me importaba un carajo lo que pensara. A veces, cuando no me importaba un carajo, se me soltaba la lengua. Últimamente no me importaba lo que nadie pensara. ¡Cielos! ¿Quién prendió el fusible? Estaba explotando, y eso no me ayudaba en nada. Ocho días de castigo. Eso obtuve por mi buena actitud. Por haber olvidado el cinturón. Por haber abierto la bocota. Tendría que decírselo a mi papá. «A veces hay que quedarse callado, Sammy. Tú te quedas callado cuando deberías hablar, y hablas cuando deberías cerrar el pico». Eso me diría. Sí, sí.

El estúpido cinturón. Era enero de 1969. Estados Unidos se estaba cayendo a pedazos. Las Panteras Negras, las Boinas Cafés, los agricultores; todos se estaban organizando. Todas las universidades del país estaban al borde de la revolución. Pero ¿qué nos inquietaba en Las Cruces High? Los cinturones de los chicos. Los códigos de vestimenta. Las camisas fajadas. El cabello corto. ¡El cabello corto! No era que yo me lo quisiera dejar largo. No me gustaba el cabello largo ni los pantalones acampanados. Yo y diez más en el mundo jamás los usaríamos. ¿Y qué? Los chicos querían traer el cabello largo. ¿Y qué? Las chicas querían usar vestidos cortos. ¿Y qué?

Retardo. Odiaba esa palabra. Le entregué al profesor Barnes la nota. Él la miró. Injustificado. Negó con la cabeza. Me entregó mi examen. Tomé asiento, lo miré, opción múltiple. No me preocupaba. Eran cosas que no valía la pena saber. Fechas. ¿Eso era la historia? Fechas. ¿Acaso las recordaría después del examen? Sí, sí. Esto no era aprendizaje. Eso me quedaba claro. Clarísimo. Odiaba la historia y odiaba a Barnes, quien en cada oportunidad citaba a Robert E. Lee o a cualquier otro general que hubiera puesto pie en la tierra. Odiaba a Barnes, odiaba a Romero, odiaba al Coronel Wright. Odiaba a Birdwail, aunque al menos ya no tenía que pasar más tiempo en su maldito salón. Odiaba a la profesora Jackson, la maestra de Civismo, quien no era mucho mejor que el Coronel Wright. Tomaba el micrófono y nos decía cosas como que la Liga de Estudiantes por una Sociedad Democrática eran rojillos. Rojillos. Ni siquiera sabía lo que significaba. Ella hacía que cualquiera deseara ser rojillo. Nos decía que incontables personas estaban derrumbando lo que con tanto esfuerzo habíamos construido. Tirarían todo y abrirían paso a los chinos o a los rusos. Nos dijo que nuestros padres no pelearon guerras para dejar el país en manos de hippies y toda clase de pacifistas y cobardes y parásitos irrespetuosos. Nos hablaba del efecto dominó. Decía que seríamos los siguientes en caer si no cumplíamos nuestra misión en Vietnam. Eso nos decía. Era clase de Civismo y eso era lo que necesitábamos saber. Luego decía que los negros eran unos ingratos.

«Después de todo lo que hemos hecho por ellos. ¡Por ellos!».

Estoy seguro de que creía que también los ciudadanos de Hollywood debíamos estar agradecidos. No le simpatizaba mucho César Chávez. Esa gente buscaba empleo y nadie los contrataba. ¿En dónde creían que conseguirían empleo? Sacó fotos del día D y nos las mostró. Sus padres lucharon por lo que tenemos. ¿Qué carajos sabía ella de por qué habían luchado nuestros padres? Ella no conocía al mío. Ni muerta se habría atrevido a hablar con él. Eso me quedaba claro.

—Mi tío murió en Corea —dije un día. Estaba enojado. Furioso—. Fue un patriota —dije—. Muy valiente. —Tal vez lo fue. Tal vez no. ¿Ella qué demonios sabía? Ya estaba muerto. Y yo seguía sin entender por qué tuvo que morir. Y a mi papá, el veterano, se le rompió el corazón. Odiaba esa maldita escuela estúpida y sin sentido. En ese momento sólo sentía ira. Cinco meses más. No me importaba un carajo cómo sería la vida después de esto. Sólo quería terminar. ¡Salir! Eso deseaba.

Entregué el examen. Barnes me sonrió. Fui el último en empezar. El primero en terminar.

Al día siguiente me lo devolvería y me diría:

—A. Buen trabajo, Sammy. —Eso siempre decían mis trabajos.

Me odiaba a mí mismo. A veces me pasaba. Me odiaba por aguantar la mierda que me daban y que fingían que era comida. Yo la aceptaba y me la comía. Pero sabía lo que era: pura mierda. Todo lo que sabía sobre Estados Unidos lo había aprendido de mi padre. Y de la vida en Hollywood. Y de las noticias. Y de los libros. Eso me quedaba claro. Y no planeaba hacer nada más al respecto.

¡Oye! ¡Tú! ¿Dónde está tu cinturón?

El quinto día de castigo fue un lunes. Empezó a nevar. Me senté al final del salón, junto a René. Él había olvidado fajarse la camisa después de ir al baño. A muchos nos agarraban por eso. El Coronel Wright lo había alcanzado en el pasillo. El Coronel era capaz de identificar que alguien no se había fajado la camisa a 50 metros de distancia.

Me asomé a ver qué estaba haciendo René. Le estaba escribiendo una carta a Pifas. Ya lo habían mandado a Vietnam. No tuvo suerte de que fuera a Alemania. Me asomé por la ventana y vi la nieve caer. Era hermoso. Muy hermoso. Se me ocurrió que sería agradable volver a casa caminando. Eso estaba pensando.

El monitor de ese día era el Coronel Wright.

—Prohibido asomarse por la ventana —dijo. Todos levantaron la mirada.

—Está nevando —dije.

—¿Nunca antes habías visto nieve, Santos?

—No en un rato —dije.

—No me simpatizas, Santos.

—Sí, señor. No puedo culparlo por ello, señor.

Eso lo hizo enojar. Estaba a punto de decir algo más cuando entró Gigi. Gigi siempre me andaba salvando el culo. La miré.

—Miren nada más. La señorita Libertad de Expresión —dijo y nos miró a todos—. Nos visitan las estrellas. ¿Viene a darnos otro discurso? El anterior fue muy grato.

¡Caray! Gigi sí que sabía fulminar con la mirada. Lo odiaba, incluso más que yo.

—Además llega tarde. ¿Qué les parece? Y quería ser presidenta de la generación. ¿Creen que debamos preguntarle sus motivos?

—Son personales —dijo.

El Coronel la miró fijamente. Se quedaron así un rato. Luego Gigi abrió su bolso y le mostró sus productos de higiene femenina. Después buscó dónde sentarse.

—No le dije que podía sentarse, señorita.

—Esto no es el ejército, señor.

—¿Qué?

—Que mañana hay misa para los sordos.

Todos nos reímos. No pudimos evitarlo. Era un viejo dicho mexicano: *mañana hay misa pa' los sordos*. Nunca había oído que se lo dijeran a un *gringo*. Supongo que por eso todos nos reímos, porque era raro que se lo dijeran a un *gringo*. Gigi era lo máximo.

El Coronel enfureció con nuestras risas.

—Todos. Todos tienen un día más de castigo. —Miró a Gigi—. ¿Quieres hacerles más favores a tus compañeros?

Gigi negó con la cabeza. Tenía una mirada calcinante. Reconocí esa mirada.

René y Gigi se lanzaron bolas de nieve después de la hora de castigo. Ya había oscurecido, pero el frío de la nieve era agradable y suave. Por un instante, el mundo en el que vivíamos era perfecto. Por un segundo. Después, fuimos por chocolate caliente a Shirley's.

—Odio los castigos de mierda —dijo René—. Y odio al Coronel. Es un *pinche*.

—Pero luchó por tu libertad —dijo Gigi con una sonrisa—. Pregúntale. Te contará toda la historia. —Todos nos reímos. Nos estábamos burlando del coronel. Era la única forma de combatirlo—. Deberíamos hacer algo.

—¿Algo? —pregunté—. Un objeto indeterminado o no especificado.

—Tenía que ser el Bibliotecario —dijo Gigi.

—Sólo quiero saber a qué te refieres con algo.

—Un paro estudiantil.

—Olvídalo.

A René sí le interesaba. ¡Pelea! ¡Sí! ¡Pelea! Cualquier clase de pelea. Su mirada. A veces era como la de Gigi. Calcinante.

—No voy a organizar un *pinche* paro estudiantil —dije.

—En todas partes los están haciendo.

—En las universidades. Nosotros no estamos en la universidad.

—Hoy es el primer día del resto de tu perra vida —dijo René con una sonrisa.

—No. Yo no le entro.

—Ay, eres demasiado bien portado, ¿sabes, Sammy?

—*Culo* —dije.

—Tú eres el *culo* —dijo Gigi.

—No tengo idea de cómo organizar un paro estudiantil. No le entro. Ni muerto.

—¿A qué le temes, *gallina*?

—Voy a ir a la universidad —dije—. René y tú se pueden ir al diablo. En cinco meses me largo de Las Cruces High. Y entonces entraré a la universidad. Ahí va a empezar mi vida. Y no voy a arruinarlo sólo porque ustedes están enojados. ¿Creen que son los únicos que se enojan por cómo se manejan las cosas en el *pinche* mercado que llaman Las Cruces High? ¿Por qué no hacen que todos esos *gringos* los ayuden? A ver si ellos quieren organizar un paro estudiantil. Veamos cuántos de ellos se atreven a ponerse en primera fila.

Gigi no dijo nada. Se veía molesta. Me había convencido de hacer cientos de cosas desde que la conocía, desde que estábamos en segundo grado y me hizo darle el último centavo que tenía a un niño al que le debía dinero. Siempre se salía con la suya. No. Esta vez no.

—No podemos lograrlo sin ti, Sammy —dijo.

—Olvídalo, Gigi. NO LO VOY A HACER, RAMONA. —Odiaba que la llamara por su nombre real.

—De acuerdo —dijo—. Pero si vuelves a llamarme Ramona, te voy a coser la boca con hilo de acero, ¿sabes? —Sonrió—. Okey. Entonces no le entras. Okey.

Cuando yo decía Okey, era Okey. Cuando ella lo decía, significaba que volvería con todo cuando me viera bajar la guardia.

—Eres un *vendido* —dijo René—. *Un vendido.*

—Síp —dije. No iba a ceder. Había sido su *pinche* yo-yo demasiadas veces. Pero esta vez no. Si querían armar la revolución, podían armarla sin mí.

René y Gigi no me hablaron una semana. No me importó. Concluí mis castigos. Todos los días, antes de ir a la escuela, me aseguraba de haberme puesto el cinturón. Me estaba creciendo el cabello. Me lo corté. Pensé en Pifas, en su corte militar, en la foto que le había enviado a Gigi. Muy americanos. De Hollywood.

Dieciocho

Dos días después, me fui a casa saliendo de la escuela. Era el último día de castigo. Recogí a Elena de casa de la señora Apodaca. Papá estaba en una junta de los Caballeros de Colón. Los Caballeros de Colón. ¿Qué diablos era eso? Hombres católicos que se reunían sin sus esposas. ¿Por qué iba mi papá? No tenía esposa, al menos ya no, y se unió después de que murió mi mamá. Tal vez lo hacía por nosotros.

Cuando entramos por la puerta, Elena me miró.

—¿Sammy?

—¿Qué pasó? —dije. Tenía esa cara que ponen los niños de nueve años cuando quieren hacerte una pregunta que no querrás contestar.

—¿Qué es la heroína?

—Las niñas pequeñas no necesitan saber qué es la heroína. —No le gustó mi respuesta. A los niños de nueve años no les gustan muchas respuestas—. ¿Quieres ayudarme con la cena?

Elena asintió. Nos lavamos bien las manos. Era la regla. Ya no estaba mamá, pero seguíamos acatando sus reglas. Cada vez que me lavaba las manos, pensaba en ella. En cómo me daba un beso después de lavármelas. En la forma en la que me miraba.

—¿Qué vas a hacer, Sammy?

—¿Se te antoja pastel de carne? —El pastel de carne era fácil de hacer. Teníamos carne molida. Tardaba un rato en hornearse, pero era fácil. No era muy mexicano, pero era fácil.

—¿Con papas a la francesa?

—Okey —dije—. Pastel de carne y papas a la francesa. Te toca pelar las papas.

Elena asintió. Se paró junto al fregadero y empezó a pelar las papas. Luego me miró triturar galletas saladas sobre la carne molida.

—Quiero saber qué es la heroína.

Era un tema para padres. Yo era el hermano, no el papá. Siempre me decía eso cuando Elena me arrinconaba.

—Es una droga —dije—. Y es mala.

—¿Qué hace? ¿Por qué es mala?

En realidad no sabía lo que hacía.

—Te hace sentir bien, supongo. Pero sólo un rato. Luego te vuelve loco. —Hice una mueca—. Cucú. Loco, loco.

Se rio. Siempre hacía reír a mi hermana.

—¿Y qué es adicto?

—¿Por qué me haces esas preguntas, Elena?

Mi hermana podía pelar papas y hablar al mismo tiempo. Era una niña buena. Le di un beso. Tal vez, si le daba un beso, dejaría de hacer preguntas raras. No funcionó. Nunca funcionaba. Los besos no silencian a las niñas. Para nada.

—La señora Apodaca le dijo a la señora García que había visto a Reyes, y que era adicto a la heroína, y que parecía la muerte.

—Ay —dije.

—¿Cómo se ve la muerte, Sammy?

—Como Halloween —dije.

—No quieres hablar de esto, ¿verdad?

Esa niña me conocía bien.

—Creo que no tienes que preocuparte por la heroína —dije.

—Papá me dirá —dijo, como pensando que yo daba igual.

—Tal vez —contesté.

—Se te olvidó la cebolla —dijo, mientras yo revolvía la carne molida.

Ya me había puesto a pensar en Reyes. Había abandonado la escuela. No lo culpaba. Pero ¿por la heroína? Era verdad. Lo había visto por ahí. ¡Dios! Estaba en los huesos. Y su aliento apestaba horrible. Le di dos dólares. «Cómprate un cepillo de dientes», le dije. A veces podía ser así de grosero.

Esa noche, mientras mi papá cenaba su porción de pastel de carne y veía el noticiero de la noche, la señora Espinoza tocó a la puerta.

—¿Han visto a Reyes? ¿Han visto a mi Reyes? —Y luego se derrumbó—. *No sé qué voy a hacer. Me estoy volviendo loca. No ha vuelto a la casa en cinco días.* —Cinco días sin ver a su hijo. Una locura. Supuse que así se vería *la Llorona.* Los ojos rojos de tanto llorar. Un rostro envejecido, pero no por el tiempo, sino por la angustia. La angustia te hacía ver como si nunca hubieras sido joven. ¡Cielos! Se veía fatal. Y no paraba de temblar y llorar. Por su hijo… como *la Llorona.*

Mi padre la invitó a sentarse y le preparó un té. Ella lloró y lloró, sin dejar de preguntarme si había visto a Reyes. Se frotaba las manos sobre su delgado vestido de algodón. Se las frotaba una y otra vez, hasta que me hizo pensar que se estaba limando la piel de las manos. Pensé que quizá necesitaba algo para tranquilizarse. Yo no paraba de negar con la cabeza, hasta que volvió a preguntármelo y no pude más. No podía seguirla viendo así.

—René y yo… lo vamos a encontrar —dije.

¿Dónde diablos lo encontraríamos? Ya casi eran las 11 de la noche. ¿Dónde diablos lo buscaríamos? ¿Dónde?

Mi papá asintió.

—Sí, sí —dijo—. *Ahorita van los muchachos a buscarlo. Va a ver, señora. Ahorita se lo traen.*

Sí. Lo encontraríamos. *Ahorita.* Lo encontraríamos. Mi papá tomó el teléfono, le llamó a René, habló con él y con el señor Montoya. Colgó. Me hizo un gesto. Me puse mi abrigo. Esperé a René para sumergirnos en la noche y buscar a Reyes. Tal vez René sabría dónde. Él sabía cosas y conocía gente. Tal vez él sabría. Antes de salir de la casa, volteé a ver a la señora Espinoza.

—Nosotros lo encontraremos. —En realidad lo decía sin convicción—. ¿Dónde diablos lo buscamos? —Miré a René. Estaba enojado. No sabía qué estábamos haciendo. Me enojaba cuando no sabía qué hacer.

—Conozco a un tipo —dijo René—. Se llama Mark. Es *dealer*.

No dije nada. No quería saber por qué René sabía eso. Asentí.

Fuimos a su casa, a un apartamento cerca de la universidad. René salió del auto y habló y habló con él durante largo rato. Se notaba que se conocían por la forma en la que conversaban bajo la luz de la puerta. Yo lo esperé en auto. Y fumé.

Cuando volvió René, encendió un cigarro.

—Ya has estado aquí —le dije.

—*¿Y qué? ¿Qué cabrones te importa?*

—¿Le haces a esa mierda?

—A veces la vendo, si quieres saber la *pinche* verdad. —Me miró a los ojos. Su mirada era desafiante—. Tú eres un señor *santito*. Señor limpio —dijo—. No todos somos santos como tú, Bibliotecario. No todos tenemos la cabeza metida en el culo.

Odiaba que me dijera eso y que me mirara así. No dije nada. Nada.

—Vamos a buscar a Reyes —dije—. Y ya.

René arrancó el auto.

—Si le dices a alguien que estuvimos aquí, Sammy, te juro que te corto los huevos. *¿Entiendes, Méndez?*

René vendía esa mierda. ¿Cómo pude ignorarlo? ¿Por qué yo no lo hacía? Porque no. Porque no quería. No quería decir nada.

—Busquemos a Reyes —susurré—. Para poder irnos a casa.

Condujimos hasta un remolque en Mesilla Park. René sabía adónde iba. Se estacionó, bajó del auto y tocó la puerta del remolque. Salió una chica. Cabello largo y lacio. *Gringa*. René se metió. Al poco rato salió y volvió al auto.

—No sabía que tenías tantos amigos.

—Vete al carajo. ¿Quieres encontrar a Reyes o no?

Prendí un cigarro. René condujo hasta otro apartamento en Locust. Eran apartamentos de hormigón. Humildes. Cuatro en fila. René estacionó el auto en la calle.

—¿Quieres venir?

—¿Ahí está Reyes?

René asintió.

—Sí —dije—. Voy. —Me bajé del auto. Caminamos a la puerta—. ¿Ya has estado aquí?

René negó con la cabeza y tocó a la puerta. Nadie contestó. Tocó de nuevo.

—¡Abre! —dijo—. Soy René. —Nadie contestó. Tocó más fuerte, me miró, y volvió a golpear la puerta—. Soy yo. René. ¡Abre la maldita puerta!

Vi su rostro bajo la luz del faro de la esquina. Parecía más viejo que yo. Era como si nunca antes lo hubiera visto, como si lo estuviera viendo por primera vez. Y no era algo agradable. Finalmente, alguien abrió la puerta. Frente a nosotros había un *gringo* de cabello largo, despeinado y sucio, que estaba hasta el culo de droga.

—René, hermano. ¿Qué transa? René.

Jodido. Muy jodido. Se notaba. René lo sacó del camino y entró a la casa. Yo me quedé quieto, mirando al tipo a los ojos. Él me devolvió la mirada. Sus ojos casi no tenían color. Era como si los hubiera lavado. Me miró fijamente, como si no entendiera. Su cerebro estaba ausente, como si no estuviera vivo.

René reapareció. Se me quedó viendo.

—Sammy —dijo, pero luego se detuvo—. Sammy —repitió. Estaba pálido. ¡Dios! Parecía que se iba a desmayar.

—¿Qué?

—¡Sammy!

—¡¿Qué?!

—Reyes.

—¿Qué?

—Reyes...

Lo entendí. Fue la cara de René. Pero supongo que tenía que verlo con mis propios ojos. Tenía que verlo. Entré a la recámara de atrás, me asomé y ahí estaba Reyes. Tirado en el suelo. No sentí nada. Lo miré como si estuviera viendo algo desconocido. Como si fuera algo de fuera. No una persona de fuera, sino algo de fuera. E intentaba descifrar qué era. La iluminación era pésima, pero pude verlo todo. Una cama sin sábanas. Una jeringa en la cama. Reyes en el suelo. Era como si mis ojos fueran una cámara. Tomaban fotos. Eso era yo, una cámara. Y las cámaras no sienten.

No sé cuánto tiempo me quedé mirando a Reyes. Sabía que pasaría mucho tiempo volviendo a este recuerdo. Cerré los ojos. Volví a abrirlos. Salí de la recámara.

René estaba apoyado contra la puerta abierta. Caminé hacia él. Me estaba dando la espalda.

—Tenemos que llamar a la policía —dije. René no contestó. No dijo ni una sola palabra—. Tenemos que llamar a la policía, René. ¡Tenemos que llamar a la policía!

Recuerdo haber buscado un teléfono. No había. No tenían teléfono. No tenían nada en esa maldita casa más que un sofá en la sala. Nada. René se me quedó viendo. Era como si estuviera dormido.

—Quédate aquí —le dije y tomé sus llaves. Conduje al Pic Quick que estaba doblando la esquina. Ahí había una cabina telefónica. Cuando me estacioné, vi una patrulla. Había un policía adentro, comprando café. Miré su auto. El corazón me iba a explotar. Se me iba a salir del pecho. Y las alas dentro de mí empezaron a agitarse de nuevo, como desesperadas, con más fuerza que nunca. Ya no sólo eran alas. Eran un ave completa, una maldita ave batía sus alas con una furia que me exigía a gritos ser liberada. Supe que era una paloma, que son las aves más comunes y despreciables. Una paloma. Y también supe que, cada vez que algo malo pasara, la maldita paloma se despertaría de nuevo y comenzaría a agitarse dentro de mí. No volvería a estar en paz.

Cerré los ojos. Inhalé profundo. Cuando el policía salió, bajé del auto de René.

—Necesito que venga —dije.

—¿Qué? —Se me quedó viendo.

—Tiene que venir. Por favor. Por favor. —Creo que empecé a llorar. Sí, estaba llorando. Maldición. ¿De qué servía llorar? Era culpa de la paloma.

—¿Qué pasa, hijo?

—Por favor. —Señalé hacia el departamento—. A la vuelta de la esquina. ¿Vendría conmigo? ¿Por favor? Tiene que venir. Por favor.

—Hijo, tienes que decirme cuál es el problema.

—Reyes. Reyes. Está muerto. ¡Está muerto! —Para entonces estaba llorando en serio. ¿Por qué lloraba? Era la estúpida paloma. Me estaba lastimando. La odiaba.

—Muéstrame dónde, hijo.

El policía me siguió. Tardamos un minuto en llegar en auto al apartamento. René seguía en la puerta, esperando. El policía entró. René y yo lo esperamos en la puerta. Cuando salió, nos miró a ambos.

—¿Cómo se llama? —Parecía triste, el policía. Y enojado. Furioso.

—Reyes —dije—. Reyes Espinoza

—Esperen aquí —dijo. Y luego vio al tipo que nos había abierto la puerta. Se había desmayado en el sofá—. ¿Quién es él?

—No lo sé. —Yo contestaba todas las preguntas. René no decía nada, como si se hubiera quedado sin voz—. La señora Espinoza fue a mi casa. Me pidió que la ayudáramos a encontrar a Reyes, que no había vuelto en cinco días. Mi papá me dijo que saliera a buscarlo. Ese tipo… él nos abrió la puerta. —Ya había dejado de llorar. Pero sentía que volvería a hacerlo en cualquier momento. Dios. La maldita paloma.

El policía entendía. Asintió.

—¿Hay un teléfono en esta casa?

—Yo no encontré ninguno —dije.

—Debo pedir una ambulancia —dijo—. Esperen aquí. —Fue a la patrulla y sacó su radio. Luego volvió. Intentó despertar al *gringo* greñudo que nos había abierto la puerta. El tipo no reaccionaba. El policía volteó a vernos—. Quiero que vayan a la patrulla y me esperen ahí.

Eso hicimos. Prendí un cigarro y le di uno a René.

—Está muerto —susurró René.

Yo no contesté. Finalmente, dije:

—Nos van a preguntar cómo supimos que estaba aquí. Yo diré que vimos a un tipo que sabíamos que era amigo de Reyes. Le diremos que le preguntamos… que le pregunté si había visto a Reyes. Y él nos dijo que se la pasaba todo el rato en este departamento. Así que vinimos aquí. Si nos preguntan quién era, diré que era un tipo que se la pasaba con Reyes, pero que no sé su nombre. Si nos preguntan dónde lo vimos, le diremos que iba caminando por la calle Española. ¿Me estás oyendo?

René asintió.

—Sí —dijo—. Te estoy oyendo.

La paloma seguía volando dentro de mí. Intentaba encontrar una salida. Tal vez la única forma de escapar era matándome. Prendí otro cigarro.

Y entonces llegó la ambulancia. Y más patrullas. Todos los vecinos se asomaron.

Se llevaron a Reyes. Su cuerpo. Reyes ya no estaba ahí. Y el otro tipo, el *gringo* cuyo nombre no conocía, seguía vivo, o al menos eso creo.

Nos llevaron a la estación de policía. Nos pusieron en cuartos separados. Me pidieron que escribiera lo que había pasado. Ya lo había hecho antes. Esa noche en la que casi mataron a Jaime y a Eric. Anoté lo que había pasado. Tal y como se lo dije a René.

Cuando terminé, me quedé esperando.

No sé cuánto tiempo estuve ahí.

Y luego nos dejaron ir. No fueron amables con nosotros. Pero tampoco fueron groseros. El detective nos regañó.

—¿Ven lo que puede pasar? ¿Lo ven? Ustedes creen que nunca les va a pasar nada porque son jóvenes. ¿Ven lo que le pasó a su amigo? ¿Lo ven?

Supongo que era padre de familia. O algo así. René y yo sólo asentimos. Pero no fue muy duro con nosotros. Tal vez se dio cuenta de lo que reprimían nuestros ojos.

El policía, el primero en llegar, nos acompañó al auto de René.

—¿Ya le avisaron a la señora Espinoza?

El policía asintió.

—Sí, hijo. Ya le llamaron. —Me pregunté de dónde habían sacado su teléfono hasta que recordé que les había dicho que llamaran a mi papá, y que él sabría dónde localizarla. Lo había olvidado. Había olvidado casi todo lo que había pasado esa noche, excepto el cuerpo de Reyes. Eso nunca lo olvidaría. Jamás.

Y luego el poli nos dijo—: Lamento mucho lo de su amigo, muchachos.

Ninguno de los dos dijo nada.

Cuando nos dejó enfrente de aquel apartamento, René y yo no dijimos nada. René me llevó a casa. Abrí la puerta del auto. Me bajé.

—Lo encontramos —dije. Azoté la puerta del auto. No quería ver lo que reprimían los ojos de René.

René y yo montamos guardia en el velorio. René, sus cuatro hermanos y yo. Mi paloma seguía viva. Pero las palabras... ésas se escaparon volando. Todos en Hollywood tenían muchos hermanos. Excepto yo. La mayoría de la gente de Hollywood estaba ahí: la señora Apodaca, mi papá, Gigi, Ángel, Susie, Frances y algunos conocidos de la escuela. La señora Davis, la profesora de inglés, también estaba ahí. Me pregunté por qué. Tal vez había conocido a Reyes en la escuela. Y era católica. Eso lo sabía. La había visto en misa.

En el cementerio, la señora Espinoza aulló como *coyote*. Sentí que no podría soportarlo. Pensé que tal vez Gigi tenía razón cuando dijo que la historia de *la Llorona* era verdad. La señora Espinoza era *la Llorona*. Vagaría por el mundo buscando a su hijo por toda la eternidad, gritando su nombre, esperando encontrarlo, pero él se había perdido. Nunca volvería a abrazarlo. Y se culparía toda la vida. Ahora ella era *la Llorona*. Cuando bajaron el féretro, lo único que alcancé a escuchar fueron los aullidos de la señora Espinoza. Tuve que alejarme. No podía soportarlo.

De pronto llegué a la tumba de Juliana. Miré fijamente su nombre y las fechas, y empecé a contarle todo lo que había pasado en Hollywood desde su muerte, y le conté de mi paloma, y hasta le dije que la amaba... a pesar de que me había dicho que nunca se lo volviera a decir.

Esa tarde salí al porche y me senté. Estaba soleado. No hacía frío. En el desierto, febrero puede ser un mes caluroso. Era un día así y era difícil imaginar que alguien había muerto.

René fue a visitarme. Estacionó su auto frente a la casa. Me saludó desde lejos.

Asentí.

Bajó del auto y se sentó a mi lado en las escaleras del porche.

—Hola, Sammy —dijo. No habíamos hablado. No desde esa noche—. Nunca volveré a vender de nuevo —dijo.

Asentí.

—Lo juro.

—Te creo —dije.

—No, no me crees.

—¿Y qué tiene que te crea o no te crea, René?

Él bajó la mirada.

—No... —Empezó a llorar. Todo el cuerpo le temblaba. Él también tenía una paloma dentro. Tal vez todos en Hollywood teníamos una maldita paloma—. Sammy, Sammy... —No podía parar de llorar. Pensé que lloraría para siempre—. No me odies. No me odies... Sammy, Sammy...

No podía hacer otra cosa que dejarlo llorar. No lo soportaba. Pero tampoco podía decir nada. No podía. Cuando estiré el brazo para reconfortarlo, era demasiado tarde. Se levantó y se fue. Yo me quedé sentado, mirando el lugar en donde había estado su auto. Y entonces vi a Reyes tirado ahí. Muerto. En la calle.

Diecinueve

El día después del funeral de Reyes, volví a la escuela. Entregué mi justificante a una de las profesoras en la fila de inasistencias. Ese día había tres filas largas. Le entregué el justificante escrito por mi padre. Para mi mala suerte, la profesora Jackson era una de las encargadas.

—Nos hiciste falta ayer, Sammy.

—Lo lamento —dije.

La profesora leyó la nota.

—Ah, sí —dijo. Odié que lo dijera de esa manera—. No creo que debamos fomentar que vayan a esa clase de funerales, ¿no crees? —Me quedé callado—. No sé si deba justificar esta inasistencia. ¿Tú qué opinas?

—Mi padre estuvo en el ejército. Mi tío murió en la guerra de Corea. ¡Mi papá me llevó a ese funeral! ¿Le gustaría discutirlo con mi padre, el veterano de guerra?

—Mucho cuidado, jovencito. No me gusta ese tono de voz.

—Sí, profesora. —Le dejé ver que la odiaba. Siempre lo ocultaba. Pero no se me antojó seguir haciéndolo. No esta vez. Ella sabía que la odiaba. Me quedé viéndola fijamente. Vi el temor en sus ojos. Era la primera vez que lo veía. Casi me hace sonreír. Me entregó mi talón de inasistencia. JUSTIFICADA. Bien, pensé. Me fui caminando con orgullo a mi primera clase. No escuché la mitad de lo que dijo la profesora Scott. A veces, cuando me enojaba, dejaba de escuchar. O tal vez lo único que podía oír era la conversación que estaba teniendo conmigo mismo. Había sido un alumno ejemplar durante 12 años. Un buen muchacho. Buen estudiante. Excelente promedio. Bibliotecario. Sacaba puras A. ¿Y qué? ¿Dónde estudiaría la universidad? ¿En Harvard? ¿En Yale? ¿En Berkeley? No. No. No. Iría a la universidad local. Chico local, escuela local. Sí, sí. Me odiaba por eso. De verdad. No lo superaba. No podía. Era adicto a ser el chico bueno. Adicto. Y esa adicción me estaba matando. Igual que la heroína a Reyes.

Detestaba que esperaran que nos comportáramos, que nos tragáramos toda su mierda, que dijéramos «sí, señor», «sí, señora», sí, sí, sí, sí. Bueno, ya no era tan calladito, sobre todo últimamente. ¿Pero qué implicaba abrir la boca? ¿Abrir la boca? ¿Qué era eso? Hablar, hablar, hablar.

Ese mismo día, el director convocó a una asamblea especial. Nos reunieron a todos en el gimnasio.

—¿Por qué no mejor nos matan? —dijo Charlie Gladstein. En voz alta. Para que todos lo escucharan. Estábamos todos ahí, en el gimnasio. Hicimos el juramento a la bandera. Sí, sí.

—Las cosas se están saliendo de control —dijo Fitz. ¡Cielos! Era tan blanco y tan plástico y tan soso. Barbie tenía más vida que él—. Las cosas se están saliendo de control —dijo de nuevo—. Tenemos un código de vestimenta y un código de conducta. Los estamos educando para que sean los ciudadanos del futuro. —Sí, claro. Todos sabíamos por qué estábamos ahí. Cuatro grupos completos castigados. El caos reinaba. Montones de estudiantes sin cinturón, que no se fajaban las camisas, y chicas que usaban faldas muy cortas—. Un muchacho llegó a la escuela con barba —dijo. Sonreí para mis adentros. A mí jamás me saldría barba con tanta sangre mestiza que tenía. ¡Dios! ¡Una barba! ¡Como Jesús!—. Y algunos de ustedes creen que está bien usar parches en los pantalones con la bandera norteamericana. ¿Qué derecho creen que tienen? ¡Y en los lugares más inapropiados e irrespetuosos…! —No mencionó a Ginger Ford, quien había llegado a la escuela con unos aretes en forma de DIU. La suspendieron dos días. No mencionó las mil maravillas que vagabundeaban por los pasillos con los ojos rojos como zombis porque acababan de descubrir a Mary Juana, la hierba. O la heroína. O el LSD. No es que yo supiera de eso. Pero sabía lo suficiente. Se les notaba. Y, ¿quién no querría estar todo el día en las nubes? ¿Quién no preferiría vivir así?—. Estamos intentando guiarlos, ayudarlos a encontrar su camino en esta buena tierra…

No podía seguir escuchando. Así que me abstraje. Saqué mi cuaderno y empecé a escribirle una carta a Pifas. Le conté que Reyes había muerto. Sobredosis de heroína. Tal vez no debía decírselo. Él estaba en Vietnam. No necesitaba oír hablar de la muerte. Ya la conocía de cerca. La muerte. Pifas. El profesor Barnes se asomó a ver qué estaba escribiendo. Me miró. Yo seguí escribiendo.

Cuando Fitz terminó su discursito, nadie le aplaudió. Ni un solo estudiante le siguió la corriente.

—Gracias por sus aplausos —dijo. Alguien lo abucheó. Luego la gente aplaudió. Para celebrar el abucheo—. Basta —dijo. De salida, a todos nos dieron copia del código de vestimenta y del código de conducta, para que no los olvidáramos.

—¿Nos van a hacer examen? —pregunté al tomar el mío.

La profesora Davis me guiñó el ojo. Me agradaba. Ella sabía cómo eran las cosas.

Todos volvimos marchando a nuestros salones. Con nuestra respectiva copia del código de vestimenta.

Vi a René a diario en la escuela. No nos decíamos mucho. Cada quien se iba por su lado. Gigi también. Un día me topé a Ángel. Ella me agradaba. Mucho.

—¿Qué hay? —dije. Ella sonrió—. Hace rato que no te veo. ¿Has visto a René?

—A mi mamá no le agrada. Dice que no puedo salir con él. —Se encogió de hombros—. Le dije que sólo somos amigos.

—¿Y a Gigi?

Ángel puso los ojos en blanco.

—Está saliendo con un tipo. Es en lo único en lo que piensa. Sólo está con él y habla de él.

Asentí. Así era Gigi. A veces conocía a un tipo, se enamoraba, pasaba todo su tiempo con él. Y luego, un buen día, volvía. Como de la muerte. Regresaba como si nada.

—Sí —dije—. Así es Gigi.

—Te ves triste, Sammy. —Eso me dijo.

—Neh —dije—. Sólo estoy cansado. —La miré a los ojos. Me dieron ganas de besarla. Porque lo notó. Notó mi tristeza. Le sonreí y me fui.

Supongo que durante un par de semanas no hice más que ir a la escuela y trabajar en Dairy Queen los sábados. Sentía que algo había muerto. Odiaba todo, la escuela, el mundo en el que vivía. Y mis amigos habían desaparecido en el campo de batalla.

Un día me sentí muy solo. Fue un sábado después de trabajar. No había visto a René en dos semanas. Pasé por su casa de regreso del trabajo. Venía en el auto de mi papá. Toqué a su puerta. La señora Montoya me abrió, con una sonrisa. Era una señora muy sonriente. René era más como su papá.

—Sammy —dijo. Le agradaba. Me dio un abrazo—. *Ya pareces hombre, muchachito.*

Yo no me sentía como un hombre. Eso era un hecho.

—¿Está René? —dijo.

Me miró y los ojos se le llenaron de lágrimas. Odiaba eso; verla llorar.

—Algo no anda bien —dijo—. Se me hace que anda metido en drogas.

La abracé.

—No, no —dije—. René no anda metido en eso. Se lo juro, señora Montoya.

Ella sonrió. Se metió a la cocina y trajo un montón de tortillas recién hechas.

—Para ti —dijo—. *Y para tu papá y Elena.*

Le di un beso. «*Gracias. Gracias, señora*». Las mamás me rompían el corazón.

Esa noche le pregunté a mi papá si me prestaba el auto. Sabía que debía buscarlo. A René. ¡Mierda! ¡Carajo! Estaba enojado. Ahora sí estaba furioso. ¿Qué diablos iba a hacer con tanta ira?

Juro que me estaba volviendo loco. Era el tipo de locura que hace que te encierren en un lugar donde no puedas lastimar a nadie. Creo que mi paloma me estaba enloqueciendo, tanto que me podía hacer lastimar a alguien en serio.

Así que esa noche tomé prestado el auto de mi papá y salí a buscar a René. Un paseo de sábado por la noche. Anduve de ida y vuelta por El Paseo. Pasé por Shirley's. Escuché que había una fiesta en casa de un tipo. Fui ahí, había un barril de cerveza, varios conocidos... pero no estaba René. Les pregunté a todos.

—Anda pacheco —dijo Charlie Gladstein—. Ha estado fumando más hierba que Janis Joplin. —Como si supiera algo sobre Janis Joplin. Sí, sí. Ese Charlie.

Lo busqué por todas partes. Incluso fui al remolque aquél en Mesilla Park. Toqué a la puerta. La misma *gringa* de cabello largo me abrió y se me quedó viendo. Le pregunté si había visto a René. Me dijo que había ido más temprano, se había llevado un porro. Que no sabía adónde había ido. No sabía. Pero me dijo que yo le parecía lindo y que podía pasar un rato a divertirme. Sí, sí. No tenía ganas de divertirme. No esa noche. Casi ninguna noche, en realidad.

Ya no sabía dónde más buscar. Se me ocurrió un último lugar: el río. ¿Por qué no ir al río? A René la agradaba ir. Así que conduje hacia el río. Llevaba la radio encendida. Judy Collins cantaba una canción triste sobre no saber nada del amor. Me gustaba su voz. Me agradaba la canción. Pensé que tal vez Gigi tenía mejor voz. Y más espíritu. Pero Gigi nunca estaría en la radio como Judy Collins o Melanie o cualquiera de esas cantantes. Quizás era que Gigi había nacido en el barrio equivocado. Y era muy obstinada. Me pregunté con quién estaría saliendo. Me entristecía que anduviera tras ciertos tipos. Siempre la botaban. Aunque ella también botaba a varios. Actuaba desesperada. Como que se desesperaba por que la quisieran. Tal vez yo también. No sé. No quería pensar en eso. Pensé en Ángel. Tal vez la invitaría a salir. Pero no había dicho que no le agradara René. Sólo que su mamá no la dejaba salir con él. Y René era mi amigo. O lo había sido. Y me enloquecía pensar esas cosas. Loco. Loco. ¡Carajo! ¿Y si René sí estaba bien pacheco? ¿Y si lo encontraba? ¿Qué era exactamente lo que planeaba hacer al respecto?

Había una fiesta en el río. Una fogata alrededor del barril. Me asomé. Muchos autos. La gente se reía. Me quedé en la orilla, observando. No eran conocidos. Un tipo estaba contando chistes estúpidos.

«¿Qué es moreno y un símbolo sexual? Marilyn Montoya. ¿Qué es moreno y brinca por el bosque? Bugs Benavidez. ¿Qué es moreno, anda en caballo blanco y tiene un amigo Toro? El Llanero Solís».

Todos se reían. Ja. ja. Qué gracioso. Me fui de ahí.

Había autos dispersados por ahí. Supuse que serían parejas besuqueándose. Pensé en Eric y en Jaime. En que los habían descubierto. Juntos. Dos chicos. Me sentí mal. Ya no estaban. Los habían enviado lejos. Que alguien más se hiciera cargo de ellos. ¡Carajo! Estaba muy cansado. No encontraría a René. No lo iba a encontrar. Conduje de un lado al otro. Luego vi un auto. Solo. Quizá. Quizás era René. Conduje por el sendero que llevaba al río. Era un sendero estrecho. Un árbol. Un auto. El auto de René. ¡Sí! ¡Cielos! ¡Encontré a René! Recordé el día que encontramos a Reyes. La paloma se movió de nuevo. Apagué el auto y me bajé.

—¿René? ¿René? —Lo vi. Tenía que ser él. Sentado en el cofre. Fumando un cigarro—. ¿René?

—¿Qué *chingados* quieres?

—Hola. ¿Qué hay?

—*¿Qué chingados quieres?*

—¿Qué traes?

—No quiero hablar contigo.

Me acerqué al auto.

—Por favor, vamos a hablar —dije.

—¿Para qué?

—Para hablar.

—Lárgate. *Vete a la fregada.*

—Escúchame. Hay gente preocupada por ti.

—¿Qué gente?

—Tu mamá.

—¿Y a ti qué te importa?

—Mira, René…

—No, tú mira, Sammy. Súbete a tu auto y lárgate de aquí. Vete a L.A. o a San Antonio o a El Paso o a Juárez. No me importa un carajo adónde vayas. Sólo lárgate de aquí.

—No está bien que estés comprando porros.

—¿Quién te crees que eres? ¿La señora Apodaca?

—Hablemos, por favor.

—Si no te largas en este *pinche* instante, te juro que te voy a partir… te lo juro.

—Ándale —dije—. Ya vas.

—Te lo juro, Sammy.

—Ándale. Vas. A ver, *cabrón*. Vente. Déjate venir. Ándale, *cabrón*. Párteme el hocico. Ándale.

Se bajó del cofre de un brinco. Me tumbó. Dimos vueltas en el suelo, intentando golpearnos. Me liberé y me puse de pie. Lo esperé. Me lanzó un puñetazo. Lo esquivé y le di un puñetazo en un costado de la cabeza. Me dolió mucho. Tenía la cabeza muy dura. Y luego sentí un golpe. Justo en el labio. Me caí. Juro que vi estrellas. Giraban alrededor de mi cabeza. Me quedé ahí tirado. Supe que me estaba sangrando el labio. Siempre me golpeaban ahí. Quizá así aprendería a cerrar la boca. Me quedé tumbado. No me importaba volver a estar de pie.

Después de un rato oí la voz de René.

—¿Sammy?

—¿Qué? —dije.

—¿Estás bien?

—Te odio. —Eso le dije—. Eres un *pinche* y un *pendejo*. Y me estás volviendo loco.

—Lárgate, Sammy. Vete de aquí.

Me puse de pie. Caminé al auto. Me limpié el labio, me punzaba. Arranqué el auto de mi papá. Pero luego me quedé sentado, con el motor encendido. No podía irme. No podía. No podía porque ya no lo soportaba más. No podía más. Porque había perdido a mi mamá por culpa del cáncer. Porque había perdido a Juliana por culpa de una bala, y la llevaba conmigo siempre y cada vez me pesaba más y me hacía sentir más triste y cansado, pero sobre todo triste. Ya no lo soportaba porque había perdido a Jaime a manos de un exilio que yo no terminaba de entender. Porque había perdido a Pifas por culpa del ejército. Porque se me estaba acabando la gente que perder. Porque me rehusaba a perder una sola cosa más. Como si no fuera lo suficientemente pobre.

Me bajé del auto. Me acerqué a René. Caminé hacia él y le puse la mano en el hombro y lo agité.

—Escúchame. Por favor. No mataste a nadie. —Me puse a llorar. ¡Carajo! Odiaba a la maldita paloma—. No mataste a nadie. Tienes que creerme. Si no me crees, entonces eres hombre muerto. Y, si tú eres hombre muerto, yo también soy hombre muerto. No mataste a nadie. —No lo solté. No lo iba a soltar. Me rehusaba—. Dime que me crees. —La maldita paloma me estaba matando.

—Te creo —susurró.

—Repítelo. —No lo iba a soltar.

—Te creo. —Entonces se derrumbó. Escuché sus sollozos. ¡Diablos! Hasta las estrellas escuchaban sus sollozos.

—¡Repítelo! —le grité.

—¡Te creo! —gritó. Estaba llorando a mares. Yo también. Yo también estaba llorando.

Y entonces, finalmente, lo solté.

A los 17 años, me convertí en un adolescente furioso. Reyes había muerto. Y murió por nada. Pifas estaba luchando en una guerra a la que ni siquiera le llamábamos guerra. Y esas cosas me estaban cambiando. Algo se rompió en mí. Pero era algo que necesitaba romperse. Así era. A veces tienes que romper algo para construir algo nuevo. Es como, si sabes que tu casa necesita reparación, entonces querrás arreglarla para vivir en ella, y tal vez tengas que tirar un muro. ¿La escuela? Ésa estaba peor que nunca. Como si fuera a explotar. Era como si toda la escuela estuviera teniendo una crisis nerviosa. Y no sé por qué, pero de pronto se me ocurrió que era mi trabajo arreglarla. Tal vez era porque Reyes había muerto. Tal vez pensé que tenía que arreglar la casa en la que vivía porque también parte de mí había muerto. Así me sentí. Tal vez eso estaba pensando cuando llamé a Gigi el siguiente lunes después de haber encontrado a René en el río. Había encontrado a René, y estaba decidido a encontrar a Gigi también. Ya no lo soportaba. La paloma dentro de mí se agitaba demasiado. Y tenía que calmarla. O liberarla.

Así que llamé a Gigi.

—Hola, Gigi —dije—. ¿Qué hay?

—¿Qué quieres?

—¡Qué bonitos modales al teléfono!

—No planeo ser secretaria.

Seguía molesta conmigo. Gigi era bastante rencorosa, sin duda alguna. Te castigaba. En sexto grado, dejó de hablarme un mes porque la vencí en un juego de spiribol en clase de deportes. Ella era la campeona. Hasta ese momento. Y no me perdonó hasta que volvimos a jugar y la dejé ganar. Ahí fue cuando volvió a dirigirme la palabra. Era obstinada. Así era Gigi.

—Oí que estás saliendo con alguien.

—*¿Y qué?* ¿A ti qué te importa?

—Sólo preguntaba.

—¿Estás celoso?

—No soy un hombre celoso, Gigi.

—Te odio.

—Claro que no.

—Odio a los hombres. Los detesto.

—Supongo que ya lo botaste.

—A la basura.

—Bueno, hay hombres que merecen estar ahí.

Se rio. Me gustaba que riera. Tenía una risa agradable. Esa Gigi. Tal vez no la había perdido. Tal vez tampoco había perdido a René. Tal vez seguíamos vivos.

—Oye, ¿por qué no reunimos gente, armamos una junta, pasamos volantes? Podemos hacer una huelga estudiantil o algo. Ya sabes, para cambiar el código de vestimenta, explotar la escuela, colgar a los maestros.

—¿En serio?

—Por supuesto, Gigi.

—No juegues conmigo, Sammy. No seas así.

—No es juego. —Gigi me conocía. Sabía que hablaba en serio. Casi pude ver su sonrisa del otro lado del teléfono—. Okey —dijo. Había aceptado—. ¿Quién te contó que estaba saliendo con alguien?

—Ángel.

—Me las va a pagar. Ya verá.

Me reí. Ay, Gigi. Había vuelto. La extrañaba.

Veinte

No fue difícil armar un comité. Gigi, Ángel, René y yo. Los primeros cuatro. Luego Charlie Gladstein dijo que si no se podía dejar crecer el cabello, iba a explotar, e hizo un sonido de explosión con la boca. Susie Hernández le entró también. Esas reglas sobre el largo de la falda eran una prisión para ella. Hatty Garrison también se sumó. Dijo que era nuestro deber cívico. Esa Hatty era genial. Siempre le daba un giro positivo a las cosas. Y Larry Torres, el imbécil. No dejaba de ser un imbécil, pero Reyes también lo era. Me sentí mal de ser tan duro con él, así que me prometí ser mejor persona e intenté ser paciente con él. Dijo que se nos uniría, pero que todos estábamos muy jodidos. «Tooooooooodos jodidos». Dijo que se nos uniría, pero sólo porque odiaba la maldita escuela y estaba tan aburrido que creía que moriría, y que quería meterse en problemas. Y que éste sería el barco al que se subiría. Pero, caray, estábamos tan jodidos que era un milagro que no nos hubiéramos metido en otra pelea a puño limpio.

Odiaba al tipo. Pero al menos estaría de nuestro lado. Así que acepté y guardé los puños en los bolsillos.

Teníamos un plan. Nos reunimos en Pioneer Park. Después de clases. Éramos 20, más o menos. Charlie. Ese Charlie Gladstein era un tipo furioso. A veces se comportaba como si hubiera nacido en Hollywood. Había recolectado muchas copias del código de vestimenta. Tenía cientos de ellas.

—Las vamos a quemar —dijo—. Como cuando queman las tarjetas de reclutamiento de la guerra. —Hablaba en serio. Muy en serio. Los demás asentimos.

—Okey —dije—. Y huelga silenciosa durante el almuerzo. Haremos volantes y los pasaremos. Algunas personas los pasarán. Otros se sentarán en el jardín frente a la cafetería. No haremos nada. No diremos nada. Paz, hermanos. —Me reí. Todos nos reímos—. Y ya. Pasaremos volantes. Y nos sentaremos. Se trata de enviar un mensaje. No pueden corrernos si sólo estamos expresando nuestra opinión.

—¿Eso es todo? ¿Qué diablos es eso? —Larry. Larry Torres. Gigi lo fulminó con la mirada.

—¿Tienes una mejor sugerencia?

—Asaltemos la oficina del director.

René negó con la cabeza.

—No seas idiota. Nos expulsarán a todos. ¿Y luego qué? Perderemos el año. ¿Y luego qué?

Gigi asintió.

—Miren. Los profesores creen que somos estúpidos. Creen que somos incapaces de pensar. Sammy tiene razón. Esto es sensato. Pasamos volantes. Nos sentamos. Nos comportamos. No les va a agradar. Pero, si nos comportamos, y les demostramos que sólo estamos expresando nuestra opinión, ¿qué nos pueden hacer?

—Pero los códigos hay que quemarlos —dijo Charlie—. Yo participo en lo que quieran, siempre y cuando los quememos.

—Sí —dijo Larry—. Al menos hay que quemar el estúpido código de vestimenta.

No me agradaba la idea.

—Okey —dije. Acepté. Maldición.

Había tres periodos de almuerzo. A Gigi, René, Ángel, Charlie y yo nos tocaba en el primer turno. Nos dividimos en grupos. Cada uno tenía al menos cuatro personas distribuyendo volantes. Teníamos una tarea. Encontrar 20 personas que aceptaran pasar cada periodo de almuerzo sentados. Sentarnos en círculo. Eso era todo.

—¡Diablos! —dijo Charlie—. Toda la escuela le va a entrar.

Dos días después, teníamos todo listo. Gigi, René y Charlie habían reunido a 43 personas que se sentarían afuera durante el primer almuerzo. Para el segundo, Hatty, Frances y Pauline reunieron 37. Para el tercer periodo sólo habían juntado 12 personas. Pero Sandra y su novio Ricardo prometieron que llegarían más. Okey. Okey. Estábamos listos. Pero no habíamos tomado en cuenta algunas cosas. No sabíamos cómo organizarnos. Creíamos saberlo, pero estábamos perdidos. No sabíamos nada. Aun así, estábamos muy emocionados. Íbamos a tomar Las Cruces High por sorpresa y asfixiarla hasta que rogara clemencia.

La noche antes de la huelga, Gigi y Ángel fueron a mi casa a pasar el rato. René llegó un poco después. Luego apareció Charlie Gladstein.

—No sabía que sabías dónde vivía —dije. Yo había ido a su casa. Supuse que me avergonzaba pensar que mi casa era algo muy distinto a lo que Charlie acostumbraba. Pero él no pareció notarlo, o tal vez no le importaba. Eso me agradó, que se bajara de su auto y saludara de lejos como si hubiera venido a visitarme mil veces.

Teníamos miedo. Pero no nos echaríamos para atrás. Ni muertos. Aunque eso no nos quitaba el temor. Palomas. Definitivamente todos traíamos una paloma dentro. Excepto Gigi, que quizá tenía un *quetzal*. Gigi no podía tener una paloma común. Para nada. Gigi debía tener un *quetzal*. Los mayas adoraban esa ave porque sus plumas parecían fuego… Sí, Gigi tenía un *quetzal*.

Mi papá salió a saludar a todos. Era un hombre amistoso y le agradaban mis amigos. En realidad le agradaba todo el mundo. Le conté lo que planeábamos hacer.

—Supongo que es tu forma de amar al mundo. —Eso fue lo que me dijo, y luego me dio un beso. Mi papá siempre hacía eso. Luego miró a mis amigos y asintió. Estaba sonriente. Temí que fuera a darles besos a todos.

Luego salió Elena. No pudo evitarlo.

—Ya es tarde —le dije—. Mejor vete a dormir.

—Ay, Sammy.

—Ándale —dije.

Elena me dio un beso de buenas noches.

—No me vas a leer hoy, ¿verdad?

—Yo te leo —dijo papá.

Elena parecía decepcionada. Le di un beso en la frente.

—Mañana —le dije—. Mañana te leo.

Cuando se metieron a la casa, Gigi me sonrió.

—Eres un buen hermano —dijo—. Esa niña está loca por ti.

—Y yo por ella. —Me reí—. Y cuando tenga edad para ir a Las Cruces High, habrá un código de vestimenta distinto.

Todos aplaudimos. Aplaudimos. Cielos. Estábamos aterrados.

Esa noche soñé con Juliana. En el sueño, ella se postulaba para presidenta de la generación, y recuerdo que fulminaba con la mirada al idiota de Birdwail. Cuando desperté, pensé que quizá Juliana seguía viva. Tenía la ligera esperanza de verla en la escuela. Pero en el fondo sabía que ella no estaría ahí.

La paloma se estuvo agitando toda la mañana en la escuela. Sentía que nunca llegaría la hora del almuerzo. No escuché un carajo de lo que dijeron los profesores en clase. Finalmente, llegó el primer turno de almuerzo. Nos reunimos en la entrada de la cafetería. Charlie había impreso los volantes, y Gigi traía los que nos tocaba distribuir. René, Gigi y yo empezamos a pasarlos.

—¡Cambien el código de vestimenta! —gritó René como si estuviera vendiendo hot dogs en un partido de beisbol. Le dio un volante a alguien en la mano. Nos separamos—. ¡Cambien el código de vestimenta!

Los volantes se distribuyeron como pan caliente. Nadie entraba a la cafetería. Charlie se sentó con un grupo como de 40 personas. Tal y como lo habíamos planeado. Se sentaron en círculo. Y sostenían hojas de papel que decían «¡CAMBIEN EL CÓDI-

GO DE VESTIMENTA!». Pero no dijeron una palabra. Tal como lo habíamos planeado.

Entonces noté a un grupo de futuros líderes de la FFA, con sus chaquetas azules de pana y sus insignias amarillas y azules de la Future Farmers of America. No estaban muy lejos de los huelguistas. Conversaban entre ellos. No me daban buena espina. Siempre nos metían en problemas. Luego vi un grupo de pachucos de Chiva Town. También conversaban entre ellos. ¡Mierda!, pensé. Estamos en problemas. Volteé a ver a René y saqué la barbilla. Él vio lo mismo que yo. Ambos teníamos un mal presentimiento. Le di a Gigi mis volantes.

—Sigue repartiéndolos —dije. Justo en ese momento, Fitz y su patiño, el prefecto Romero, se nos acercaron a Gigi y a mí.

—¿Qué está pasando aquí?

—Estamos repartiendo volantes —dijo Gigi con una sonrisa, y le entregó uno.

—No tienen permiso para hacerlo.

—Estamos en un país libre, señor Fitz.

—Deténganse. ¡De inmediato! ¡Deténganse!

René nos estaba viendo.

—¡Cambien el código de vestimenta! —gritó y siguió repartiendo volantes. Se notaba que estaba atento a los dos grupos, a los de la *FFA* y a los pachucos de Chiva Town. Para entonces, parecía que toda la escuela se había unido. No lo sabíamos todavía, pero Charlie les había dicho a todos que se volaran las clases y fueran al primer almuerzo. Y lo hicieron. ¡Lo hicieron! Pero en ese momento no lo sabíamos. ¡Cielos! Había gente por todos lados. De la nada. Toda la escuela. ¿De dónde habían salido? Fitz le quería arrebatar los volantes a Gigi. Ella era muy lista, así que los dejó caer al suelo y sonrió.

Entonces levanté la mirada y vi que los idiotas de la FFA le estaban vertiendo leche al grupo de gente que estaba sentada. Les vertieron leche a todos. Fitz también los vio.

—¿Va a permitirles que hagan eso? —dije.

—Ustedes se lo buscaron…

En ese instante, ardió Troya. Charlie Gladstein no tenía un pelo de pacifista. Se puso de pie y empezó a agarrarse a golpes con uno de los *gringos* que le estaba vertiendo leche a Jeannete Franco.

—Hijodeperra. —Ésa fue la señal para que los *pachucos* de Chiva Town entraran en acción.

Los pachucos se fueron sobre los *gringos* de la FFA. Los empezaron a moler a palos. A ninguno de los dos les importaba un carajo el código de vestimenta. Lo único que sabían era que se odiaban entre sí y que era una buena oportunidad para partirse el hocico mutuamente. Ahí fue cuando explotó toda la escuela. Todos se movieron. Golpes por todas partes. Por primera vez, René y yo no estábamos lanzando golpes. Sólo observábamos. Gigi y yo volteamos a vernos. Fitz y Romero se habían esfumado.

Seguí mirando los ríos de estudiantes que salían del edificio. La gente gritaba y aullaba. Pero ¿dónde estaban los maestros? ¿Dónde estaba el director Fitz? ¿Dónde estaba el prefecto Romero? En ese momento se me acercó la profesora Davis y me dijo:

—¡Cielos, Sammy! ¡Detenlos! ¡Míralos! Haz que se detengan.

Era una revuelta. Caos. Lo que todos temíamos. Mares de ira arrasando con todo, sin rumbo alguno.

—¡Cambien el código de vestimenta! —empecé a gritar—. ¡Cambien el código de vestimenta!

La profesora Davis se unió. También René. Y Gigi.

—¡Cambien el código de vestimenta! ¡Cambien el código de vestimenta! ¡Cambien el código de vestimenta!

Y luego, más voces. Y luego más. Nuestras voces eran como el golpeteo rítmico de un tambor.

—¡Cambien el código de vestimenta! ¡Cambien el código de vestimenta!

René corrió hacia los *pachucos* de Chiva Town y los hizo parar. Ninguno de ellos quería meterse con René. Para nada. Y los cobardes de la FFA ansiaban que se detuviera la pelea. Iban perdiendo. ¡Cielos! Todo estaba pasando demasiado rápido. Y todos coreaban lo mismo:

—¡CAMBIEN EL CÓDIGO DE VESTIMENTA! ¡CAMBIEN EL CÓDIGO DE VESTIMENTA!

La profesora Davis me miró y sonrió.

—Genialísimo, Sammy —susurró.

Apenas podía oír su voz por encima de los gritos.

—Esa palabra no existe —dije y le guiñé el ojo.

Entonces llegó la policía. Todos los policías de la ciudad estaban ahí.

Formaron una fila a unos seis metros de nosotros. Éramos muchos más que ellos. Pero no importaba. Nos intimidaban. Lo único que teníamos de nuestro lado eran nuestras estúpidas palomas.

—Vuelvan a sus salones. —Escuchamos la voz por los altavoces—. Vuelvan a sus salones o serán arrestados.

Los gritos pararon.

—¡Vuelvan a sus salones! ¡O serán arrestados!

Gigi se abrió paso al frente. Yo la seguí. No podía dejarla sola. René me siguió. Nos paramos los tres entre la policía y la escuela entera. De pronto, ¡cielos!, todo se quedó en silencio. El mundo se quedó callado. Gigi se dio media vuelta y encaró a los estudiantes.

—¡Siéntense todos! —exclamó—. ¡Siéntense todos!

Eso hicieron. Obedecieron a Gigi.

Entonces Fitz y Romero y el resto de los profesores salieron del edificio y se refugiaron atrás de la fila de policías. Los alumnos los abuchearon.

—¡BUUUUU! ¡BUUUUU!

En ese momento sentí desprecio por todos. Nos temían. Tenían miedo. De nosotros. Eso me hacía enojar, que creyeran que éramos capaces de lastimarlos. Y que se ocultaran atrás de la policía. Los odié más que a nadie en el mundo. Pero luego me di cuenta de que la profesora Davis estaba a mi lado.

—¡Vuelvan a sus salones! ¡O serán arrestados!

—¡Oblíguennos! —Reconocí esa voz. Era Charlie. Y luego se dirigió al frente con una pila de papeles: el código de vestimenta. Lo alzó al aire—. Éste es el código de vestimenta —dijo. Y luego lo prendió en llamas. Unas cuantas páginas por vez. ¡Cielos! Era un fuego tan apacible. Duró apenas unos segundos. Y nadie dijo nada. Nadie se movió.

—¡Se los advertimos! ¡Serán arrestados!

—Vengan por nosotros —contestó Charlie. Y eso hicieron.

La mayoría no opusimos resistencia. Unos cuantos vociferamos quejas. Era nuestra gran oportunidad. Anotaron nuestros nombres. Técnicamente no nos arrestaron, o al menos no a toda la escuela. Anotaron nuestros nombres y teléfonos, y nos mandaron a nuestros salones. Sólo a Gigi, René, Charlie, Ángel y a mí nos llevaron a la estación. Ya me estaba cansando de ir a ese lugar.

Fitz dijo que levantaría cargos. Instigación al desorden público. Había más personas involucradas. Se haría una investigación detallada. Ahí nos tenían, en la estación de policías. Supuse que tal vez esto me impediría graduarme. Pero no me arrepentía. Para nada. Gigi lloraba. René parecía triste, como si estuviera cansado de perder. Charlie no dejaba de despotricar.

—¡No fue nuestra culpa! ¿Por qué no arrestan a los idiotas que pusieron el desorden? ¡Fueron esos bastardos de la FFA! ¿Por qué a ellos no los arrestan?

Después de un rato le dije que se calmara y se sentara. Creíamos que lo teníamos todo planeado. ¡Mierda! No habríamos podido ni siquiera planear un campamento en el patio trasero de nuestras casas. Me sentía anestesiado. Así me sentía. O al menos la paloma estaba tomando una siesta.

No sabíamos por qué nos hacían esperar tanto. Nos tenían en un cuarto. Ya nos habían tomado las declaraciones. ¿Ahora qué?

—A la cárcel —dijo René—. Nos van a meter a la *pinche* cárcel.

Ángel no decía nada.

—Mi mamá me va a matar.

Al parecer le tenía más miedo a su mamá que a la cárcel.

—¿Y tu papá? —René miró fijamente a Charlie. Supe hacia dónde iba su pregunta. Nuestros padres no conocían médicos ni abogados ni contadores ni profesores. Nuestros padres no conocían a nadie. Pero el papá de Charlie tenía contactos. Conocía gente. Tal vez…

—Cuando mi papá se entere de esto, me va a patear de aquí a Jerusalén.

Todos nos reímos. Charlie había hecho un chiste sobre su propia gente. Y eso hacíamos todos. Era nuestro mecanismo de supervivencia. Así que reímos.

Y luego despertó la paloma. Ahí supe que en realidad no era tan mala. No se agitó, sino que se quedó quieta, esperando conmigo.

Caminamos de un lado al otro. No nos dejaban fumar. Era un cuarto muy pequeño. Una sala de espera, o algo así. No sé cuánto tiempo estuvimos ahí. Yo no paraba de mirar la puerta. Cuando se abriera… No quería pensar en lo que vendría después.

—Mi papá siempre dijo que terminaría en *la pinta* —dijo René—. Tal vez tenía razón.

Nos miramos entre todos.

—¿Qué es *la pinta*? —preguntó Charlie.

—La cárcel —contestó Gigi.

Entonces se abrió la puerta. Y nos miramos mutuamente. Vi que Gigi y Ángel se tomaron de las manos con fuerza. Y luego entró un tipo de traje, un hombre joven. Tenía menos de 30. Venía muy sonriente.

—Pueden irse —dijo.

Charlie se quedó boquiabierto.

—¿Y tú quién diablos eres?

—Su abogado.

—¿Qué? —Miré en todas direcciones—. No tenemos abogado. Somos de Hollywood. No sabemos un carajo de abogados.

—Claro que tienen abogado —dijo. Y sonrió. Luego sacó la mano y me la tendió—. Tú debes ser Sammy. Mi esposa habla mucho de ti. Dice que eres un muchacho muy especial. Me llamo Paul. Paul Davis.

Asentí. Todos le dieron la mano. Era un tipo educado.

—¿La profesora Davis está casada con un abogado? —dije.

Él sonrió.

—Síp. Así es.

—¿Qué nos van a hacer?

—Nada. Bueno, creo que el director quiere expulsarlos de la escuela, pero no creo que pase. El consejo estudiantil se reunirá el lunes. He logrado que tú y tus amigos hablen en nombre de todos los estudiantes. Ya les dije que, si no consideran cambiar el código de vestimenta, los demandaré en nombre de ustedes. Es en serio. Si fuera ustedes, me aparecería mañana en la escuela como si nada hubiera pasado. Y tal vez, para el lunes en la tarde que hablen con el consejo estudiantil, deberían llevar una petición. Firmada por los demás. Tal vez también quieran que otros alumnos los acompañen. —Sonrió. Todos nos miramos mutuamente. Paul rio—. Mi esposa me contó que armaron un buen escándalo en la escuela hoy. —Examinó nuestros rostros. No sé si encontró lo que buscaba.

Todos volvimos a la escuela al día siguiente… y no pasó nada. Nuestros profesores no dijeron una sola palabra. Ni una. Todo seguía igual. Excepto por el Coronel Wright, quien me gruñó algo cuando me vio pasar por el pasillo. Y por la profesora Jackson, quien dijo que era doloroso intentar educar a muchachos como nosotros. Muy doloroso.

Armamos una petición. La gente se formó para firmarla. 90 por ciento de la escuela la firmó.

—¡90 por ciento! —dijo Charlie. Él hizo las cuentas. Charlie era bueno para los números.

René dijo que odiaba que fuera un *gringo* el que nos hubiera salvado. Le dije que se alivianaaaaara.

—Mira —dije—. ¿Cuántos abogados mexicanos crees que haya en este pueblo? Aliviáááánate. No todos son malos. —Pensé en la profesora Davis, que se quedó a nuestro lado.

Leí una declaración frente al consejo escolar. Me puse corbata. Mi papá me obligó. Le dije que no tenía sentido usar corbata si queríamos que relajaran las normas.

—No me importa —dijo él—. Vas a hablar frente al consejo estudiantil, así que te pondrás corbata. —Y eso hice.

Quinientos alumnos asistieron a la junta. También había padres de familia. Hice mi presentación. Empecé por presentarme.

—Me llamo Sammy Santos —dije—. Éste es mi padre.

Él se puso de pie. Estaba orgulloso de mí. No vayas a llorar, papá. Por favor. A veces hacía eso. Les entregué las peticiones. Les dije que los ciudadanos de Las Cruces High habían alzado la voz. Les dije que no nos sentíamos respetados. Les dije que, cuando no respetas a alguien, no debe sorprenderte descubrir que te odian. Eso les dije. En algún lado lo había leído. O algo así. Temblaba de nervios. Y bueno, el señor Davis estuvo a mi lado todo el tiempo.

Los miembros del consejo asintieron. Les pregunté si tenían dudas. Un tipo, un tal señor Stafford, que tenía cejas que parecían bigotes, me preguntó por los disturbios.

—Unos chicos de la FFA le echaron leche a los huelguistas —dije—. El director Fitz fue testigo de todo. Pregúntenle. Los huelguistas no hicieron nada. Pregúntenle al director Fitz.

El director Fitz tuvo que admitir que los huelguistas no habían sido violentos. Excepto Charlie, pero también reconoció que él lo hizo para defenderse.

—Pero sentaron las bases para los disturbios. Crearon el entorno para que floreciera el caos. Amenazaron la seguridad de todo el cuerpo estudiantil. —Según él, lo hicimos solos. Sí, sí. Defendió el código de vestimenta de los cambios. Cuando le preguntaron si sus profesores apoyaban o no los cambios, él dijo que sus maestros habían cerrado filas en contra de la medida—. Cerramos filas.

El señor Davis llevó una petición propia. 64 por ciento de los profesores habían firmado una petición que apoyaba la solicitud estudiantil de cambiar el código de vestimenta. 64 por ciento, resaltó el señor Davis. Le entregó la petición al presidente del consejo escolar. Al parecer, la profesora Davis había trabajado horas extra en ella.

Los miembros discutieron entre ellos. ¿Era legal que votaran en privado? Deliberaron. No, no. Votarían en público. ¿Por qué no?

La medida se aprobó de manera unánime. No fue porque estuvieran de nuestro lado. Eso me quedó claro. Fue porque tenían miedo. De nosotros. De sus hijos. Lo entendí. Pero en ese momento no me importó. Habíamos logrado algo.

Después del voto, el auditorio se volvió loco. Loco, loco. ¡Cielos!

Éramos un incendio y ardíamos en vida. Por un momento, sentimos que éramos el corazón de América.

Si me preguntaran qué es lo que más recuerdo de esa huelga, diría que fue la expresión de René cuando el consejo votó a favor de cambiar el código de vestimenta. Cuando todos dijeron «Sí» al unísono, con una sola voz. La expresión de René. Cuando enterraron a Reyes, parecía abatido y cansado. Y viejo. Era demasiado joven para verse tan viejo. Pero así se veía. A veces, cuando la gente se ve así, nunca vuelve a parecer joven, sin importar la edad que tenga. Lo he visto suceder varias veces.

Sin embargo, después del voto, René adoptó cierta mirada, como si ser René Montoya de verdad significara algo. Nos miramos mutuamente. Entre tanta conmoción, nuestras miradas se buscaron. Creo que a veces la gente adquiere un halo. Así se veía René. Me saludó desde donde estaba. Yo le devolví el saludo. Hola, René. Hola, Sammy. Recuerdo la noche que lo vi bajo la luz del faro afuera del departamento en donde encontramos a Reyes. Esa noche creí que René era un extraño, que no lo conocía. Pero aquí estaba, René Montoya. Juro que lo rodeaba un halo divino. Tal vez la paloma que traía dentro había encontrado la salida. Y se había ido volando. Lejos. Tal vez.

Otra cosa que recuerdo es el abrazo de Gigi. No paraba de darme besos en la mejilla.

—¡Ganamos! ¡Ganamos, Sammy, ganamos! ¡Cielos, Sammy! ¿Puedes creerlo?

Sí, Gigi. Puedo creerlo. Ganamos. Ganamos.

Cuando volví a casa esa noche, me senté un rato en el porche. La señora Apodaca salió y me regañó por fumar tanto. Asentí. Ella agitó la cabeza y dijo que no le parecía bien lo que habíamos hecho.

—¿Creen que lograron algo? ¿Vestirse de forma irrespetuosa? ¿Creen que es algo bueno? —Empezó a alejarse, pero luego se dio media vuelta. Tenía una gran sonrisa en el rostro—. Se siente bien ganar, ¿verdad?

Antes de que pudiera contestar algo, desapareció del otro lado de la calle.

De la nada me puse a hablar con Juliana. «Debiste verlo, Juliana. Fue algo hermoso».

Veintiuno

Tuve un sueño claro, limpio, como el rocío de la mañana. En ese sueño, estaba sentado en el porche, y toda la gente que conocía pasaba frente a mí. Todos. No había distinción entre los vivos y los muertos. Es lo bueno de los sueños. Todos pasaban por ahí y me saludaban. Hola, Sammy. Hola. El sol era suave y yo estaba contento de estar ahí, viéndolos pasar. ¡Dios! ¡Qué felicidad! Pero no había sonidos. Era como si estuviera sordo. Tal vez estaba muerto. Tal vez cuando mueres eres realmente feliz. Y la gente que pasaba frente a mí era la que estaba viva. Mi mamá pasó y me saludó. Caminaba hacia mi papá, quien estaba a unos metros, sobre la calle. Se veía hermosa mi mamá, igual que como se veía antes de enfermarse. También pasó la señora Apodaca, y traía puesto un sombrero como el que usaba para ir a la iglesia. Juliana también pasó. Y estaba contenta, y cuando me saludó de lejos fue como si ya no hubiera tristeza en su interior. Pensé que era lo más puro que había visto jamás, pero justo cuando me estiré para tomarla de la mano, se esfumó. Y luego pasaron Elena y Gabriela, las dos niñitas, tomadas de la mano, y cuando me vieron me saludaron. Hola, Sammy. Veía que sus labios se movían.

El último en pasar fue Pifas. Se veía igual que antes, con el cabello negro y delgado cubriéndole los ojos, como siempre. No traía puesto el uniforme, sino un par de *jeans* y una camiseta blanca. ¡Cielos! ¡Qué blanca era su camiseta! Blanquísima. Cuando me saludó, su sonrisa desapareció, y puso una cara terrible, terrible, y se miró las manos.

Pifas se miró las manos… pero no tenía manos. Había sangre por todas partes. Sangre.

Me desperté sudando, mirándome las manos, en medio de la oscuridad.

A la mañana siguiente, cuando desperté, olvidé el sueño por completo.

Nunca había estado lejos de casa. Jamás. Pasar el día fuera de casa no contaba. Ver el sol salir detrás de la Sierra de los Órganos desde el río después de haber estado fuera toda la noche… eso no contaba como estar lejos de casa. No contaba. Me quedaba claro. Recuerdo esa tarde con la claridad de una botella de Pepsi vacía. Con la claridad de la voz de la señora Apodaca rezando un novenario. Con la claridad del rostro de mi padre cuando me miró.

Me quedé sentado, pensando en casa. Hollywood era mi casa. Las Cruces, la casa en la que había pasado toda mi vida. Mi recámara, que no era más grande que la de un monje. Mi hogar era todo lo que cabía en mi recámara. Una cama, un escritorio, nada más. Era más bien como un armario grande. Pero era lo único que yo conocía. Parte de mí quería más. Pero parte de mí podría haberse quedado en esa casa para siempre. Seguía sintiendo el perfume de mi mamá en esa casa. En serio. Mi papá había guardado ropa de ella en su armario. Tal vez por eso su esencia seguía en la casa. Mi papá no sabía… que yo sabía lo de la ropa de mamá.

Éste era mi hogar.

Me preguntaba qué se sentiría irme, qué se sentiría extrañar. Tal vez estaba pensando en casa y en irme porque traía en la mano una carta de aceptación. Una carta de una universidad, de una universidad real. Aunque no importaba. No iría. Eso lo tenía claro, pero se sentía muy bien haber sido aceptado. Aunque también me sentía mal. No sabía por qué había hecho solicitud. Una pérdida de tiempo. Quizás a veces tenía esos demonios de optimismo que se apoderaban de mi cuerpo. Pero digamos que la vida me exorcizaba esos demonios. Y me hacía retomar mi actitud seria y poner los pies en la tierra de Hollywood. Es lo que se necesitaba para sobrevivir. De otro modo te quebrabas. Como Reyes. Tal vez por eso se metía heroína, porque sus sueños eran demasiado grandes. Y la única forma de aplacarlos era inyectándose algo en las venas.

Guardé la carta de aceptación. Antes de que mi padre la viera. Lo haría enojar. Se enojaría consigo mismo por no poder ganar más dinero. No quería que pasara eso. Ya tenía suficientes preocupaciones. Y no se había sentido bien últimamente. Claro que no decía nada, pero yo lo conocía. Como él a mí. Lo conocía bien.

Ese día recibí otras dos cartas en el correo.

Me senté a examinar las otras dos cartas. Correo para Sammy. Sammy Santos. Eso decía en los dos sobres. Una carta de Jaime y una de Pifas. Ellos sí sabían lo que era estar lejos de casa. Claro que no los envidiaba. No realmente. Digo, no quería estar en Vietnam ni en los zapatos de Jaime. Los dos tenían más problemas que yo. Digo, a Jaime lo habían enviado lejos por lo que traía dentro. «Para protegerlo», dijo mi padre. Yo creía que más bien era al revés. Tal vez eran los demás los que querían protección. De gente como él. O al menos actuaban como si así fuera. Y Pifas se había ido a la guerra. Estaba en la línea de fuego. ¡Dios! Pensaba en él todos los días. Mi papá y yo veíamos las noticias diario, y la guerra no pintaba bien. Me hacía querer llorar. ¿Quién demonios querría estar ahí? ¿Quién podía culpar a todos los jóvenes que quemaban sus tarjetas de reclutamiento? ¿Y yo? Al menos yo no cumpliría 18 hasta septiembre. Y para entonces estaría en la universidad. En una universidad local. Sí, pobre Sammy, decepcionado porque no tenía dinero para ir a Princeton o a Stanford. «*B. F. D. Big Fucking Deal*». No, yo no tenía bronca. Para nada. Pero no por eso dejaba de sentir lástima por mi situación.

Mi único problema real: ¿qué carta abrir primero? ¿Cuál de las dos? Al final daba lo mismo. Supongo que sólo quería disfrutar el momento. Nunca recibía cartas. Jamás. Me serví una Pepsi con hielo. Prendí un cigarro. Miré las dos cartas asentadas sobre la mesa del comedor. Dos cartas. Ambas para Sammy Santos. Cerré los ojos. Los abrí. Finalmente decidí leer primero la de Jaime. Porque venía de California. Porque su letra era más legible. Porque… no sé por qué carajos.

Querido Sammy:

Perdón por no haberte escrito. No soy un gran escritor. Eso es lo tuyo. Como sea, mi mamá me dio tu dirección y pensé en mandarte unas palabras para que sepas que estoy bien. No genial, pero bien. Vivo con mi tío. Tiene una casa pequeña al este de L.A. Y tengo que compartir recámara con mis dos primos. Me llevo bien con ellos. Son más chicos que yo. No dejan de preguntar por qué me vine a vivir con ellos. Mi tío les dice que porque me metí en problemas. Les hace creer que estoy huyendo de la justicia o algo así. Me hace ver como un tipo rudo. Claro que también me he metido en algunas peleas. Y mi tío sólo está intentando ayudarme. Supongo que está bien. Es buen tipo, mi tío. Me dijo que no diga nada. Que me quede callado sobre todo. Dice que nadie puede adivinar cómo soy por cómo actúo. Dice que eso es bueno. Además, es muy bueno conmigo. Y con sus hijos también. Es mejor que mi pinche papá, por mucho.

Pero extraño a mi mamá. Es una buena mujer, y creo que, bueno, no sé qué demonios creo. La extraño. Eso es todo. Voy a la escuela y tengo un trabajo de medio tiempo en un local de burritos y tacos. No te rías. Es un trabajo y sirve para ahorrar dinero. Y la escuela no está mal. No está tan difícil. Tendré que tomar clases de verano y todo el siguiente año, al menos hasta el semestre de otoño, si quiero graduarme. Eso está bien. En realidad me da igual. Sólo quiero acabar. Ahorrar dinero. Tener mi propia casa. Digo, ¿qué otra cosa puedo hacer? Mi tío dice que puedo quedarme con ellos hasta que me gradúe. Se lo prometió a mi mamá. Pero después de eso, tengo que rascarme con mis propias uñas. Un hijo más. Y marica. Sí, pues es la verdad. Probablemente no quieras escucharlo. Y está bien. Tal vez mi tío no quiera que me quede aquí después de que me gradúe. Supongo que lo hace por mi mamá. Eso lo sé. Pero igual es bueno conmigo. En serio.

Aquí es muy distinto de Las Cruces y de Hollywood. Creo que nunca me había dado cuenta de lo pequeño que es Las Cruces, y Hollywood es tan diminuto que aquí ni siquiera lo considerarían un barrio. Pero lo extraño, Sammy. Era mi hogar. Y ya no puedo regresar. Lo sé. Nunca. Supongo que después de que me gradúe, después de diciembre o algo así, supongo que me mudaré de aquí, y tal vez vaya a la universidad. Tengo buenas calificaciones y siempre quise estudiar en UCLA. ¿Quién sabe? El mundo es enorme. Sólo debemos encontrar nuestro lugar en él. Eso decía mi mamá.

¿Cómo va todo en Hollywood? Cuando le digo a la gente que el barrio en el que crecí se llama Hollywood, se mueren de la risa. Supongo que para mí no es tan gracioso. Pero para ellos sí. En fin, supongo que no tengo mucho que contar. Le he escrito a René, pero no me ha contestado. Le escribí dos veces. Gigi me escribió. Ella es genial, ¿verdad? Si sabes algo de Pifas, dile hola de mi parte. Dile que me mudé a California, pero no le cuentes por qué. No necesita saberlo. Nadie necesita saberlo.

No he sabido nada de Eric. Le he escrito montones de veces. Tal vez su tía le intercepta el correo. No sé. Tal vez nunca vuelva a saber de él. Supongo que debería olvidarlo. Creo que sería lo más sensato.

Cuídate, Sammy. Ya sé que no soy quién para decírtelo. Si alguien la va a armar en grande, eres tú. Todos lo hemos sabido siempre.

Tu amigo,

Jaime

Dos páginas. No muy largas, pero sí muy tristes. O eso pensé. Leí la carta tres o cuatro veces. Sí, era triste. Pero me hacía pensar que quizás al final todo saldría bien. Digo, claro que Jaime tenía algunos problemas, e irse de Hollywood no los solucionaba del todo. La parte de que yo la armaría en grande era graciosa. Una gran broma.

Me terminé mi Pepsi y me serví otra. Cómo me gustaba tomar Pepsi. Todos en Hollywood tomaban Coca, excepto yo. Yo bebía Pepsi. Prendí un cigarro. Luego abrí la carta de Pifas. Su letra no era tan cuidada como la de Jaime, pero tenía cierto estilo. Me agradaba. Hasta arriba había dibujado un puño levantado. Y debajo escribió «De película, Sammy». Qué loco. El tipo era un chiflado. ¿Qué hacía peleando una guerra?

Ese Sammy...

Hoy estuve todo agüitado. Ya sabes, bajón. Bien, bien bajoneado. Apachurrado. Como un pinche bicho. A lo mejor es porque mi líder de patrulla es bien gacho. Es un gabacho gacho. En serio bien gacho, Sammy. Es un tipo de Maine. Al carajo Maine. Deberías oírlo hablar. No sé qué carajos habla, pero seguro no es inglés. ¡Es un imbécil! ¡Híjole! Si me matan aquí, a él le va a valer cacahuate. No va a llorar. Seré un soldado raso menos por el cual preocuparse. Claro que no le preocupo, sólo me pinche grita que Charlie nos va a matar porque alguien como yo no pone atención. Luego se ríe como un idiota. Le parece chistoso que un mexicano como yo venga de un barrio llamado Hollywood. Que se vaya a la mierda. ¿Ves lo que digo? Por eso hoy estoy encabronado. En serio, Sammy. O más bien estoy bien cansado. Carajo, estoy bien cansado.

Hoy dejó de llover. Aquí llueve todo el pinche tiempo, Sammy. La gente de Nuevo México no sabe lo que es el calor de verdad. No lo sabes hasta que estás en Vietnam. Hoy no llueve y tengo dos días de descanso, a menos de que pase algo. Siempre pasa algo. Y volverá a llover. Cielos, Sammy. Sólo quiero dormir. Eso voy a ha-

cer. Dormiré. Me voy a poner borracho y me voy a dormir. Mira, no voy a hablar de lo que está pasando aquí. Supongo que sabes tanto como yo. Aquí no hay tele, Sammy. Lo único que sé es lo que me dicen que haga. ¡Y yo lo hago, carajo! Sólo una cosa, Sammy. Ve a la universidad y quédate ahí. No quiero que sueñes sangre como yo. Tal vez algún día pienses: «Dios, podría matar a ese bastardo de mierda». Matarlo no hará más que causarte pesadillas. Aquí hay tipos que tienen pesadillas terribles. ¿Has visto a un perro soñar? Gimotean y gimotean y tiemblan como si fueran a morirse. Así les pasa a muchos aquí. Sueñan así.

Gigi me escribe, Sammy. La amo. De verdad. Le pregunté si se casaría conmigo. Si vuelvo a casa. Dijo que lo pensará. Que de verdad lo pensará. Creo que es buena señal. Digo, si Gigi quisiera mandarme al diablo, me lo diría. Así que supongo que, si lo está pensando, es buena señal.

¿No lo crees, Sammy?

A veces me convenzo de que volveré y podré besar el suelo de Hollywood. Y podré besar a Gigi y casarme con ella. Adoro Hollywood, Sammy. Amo mi barrio. Nunca pensé que podría amar un lugar de esta manera.

Si sales con René o con Reyes o con Jaime, bébanse unas cervezas a mi salud. Y si te topas con los *chucos* de Chiva Town, párteles el hocico de mi parte.

Dale gas. Dale mucho gas, baby.

Pifas

Apagué el cigarro. Pifas no sabía lo de Reyes. No sabía que estaba muerto. Tampoco sabía lo de Jaime. Y yo no iba a decírselo. Al diablo. Que pensara que todo seguía igual que cuando se fue. Eso necesitaba creer. ¿Por qué demonios no? En tu memoria, los lugares se mantienen tal como los dejaste. Sí.

Me terminé el vaso de Pepsi.

Intenté imaginar a Pifas en Vietnam. Intenté imaginar cómo se vería. Sólo podía ver a un chico que parecía de 15 años, subiéndose a un autobús. Con manos grandes. Pifas en la estación de autobuses. Pero no podía imaginarlo con uniforme militar. Digo, había visto la foto que le envió a Gigi, pero era como si fuera broma. Era sólo un juego. Aunque no lo era. Yo miraba el noticiero de la noche con mi papá. Eso hacíamos mi papá y yo, ver el noticiero de la noche. Y Walter Cronkite, con su voz dulce, nos contaba cuántos soldados habían muerto. Pero nunca decía por qué. Como sea, para mí no eran soldados. Eran chicos, como Pifas. No eran tan distintos a mí. O tal vez sólo era una forma de engañarme a mí mismo. ¿Qué sabía alguien que nunca había salido de Las Cruces, Nuevo México? No sabía un carajo de la vida. Miré fijamente la carta de Pifas. Era como si no pudiera dejar de mirar sus palabras. Era como si estuviera enamorado de sus palabras. Las amaba. Y luego vi a mi hermanita parada junto a mí.

—¿Qué haces, Sammy?

Amaba su voz. Era otra de las cosas que amaba.

—Leía una carta de Pifas.

Elena asintió.

—Él me cae bien —dijo. A ella le agradaba todo el mundo. Era como mi papá.

—Sí —dije—. Es un buen tipo, ese Pifas.

—¿Cuándo vendrá a casa?

Me quedé callado.

—Cuéntame un cuento —dije. Era nuestra nueva actividad. Yo ya no le leía. Ahora ella me leía a mí.

—Okey —contestó—. Te leeré un cuento. —Elena notó mi tristeza.

Después de la revuelta, el consejo escolar cambió el código de vestimenta. Después de todo eso, las cosas parecían estar más tranquilas en Las Cruces High. Pero más tranquilas no significaba tranquilas, sino que ya no parecía que todo iba a explotar. Ya no estábamos obligados a usar cinturón, y yo a diario me ponía una camiseta porque ya había cambiado el clima, y ahora podía usar camisetas en la escuela. Por fin. Aun así, me las fajaba y usaba cinturón. Pero casi todos los demás se volvieron locos. Los vestidos se hicieron más cortos. ¡Cielos! Muy muy cortos. Si eran demasiado cortos, seguían regresando a las chicas a sus casas. Pero igual ahora eran más cortos. Gigi me había regalado una camiseta teñida para celebrar el nuevo código de vestimenta. Yo no le di nada. No era mi novia. Pero tal vez debí darle algo. Sólo que no lo hice. Me ponía la camiseta teñida una vez a la semana. Un día incluso usé tenis sin calcetas. Pero, cuando llegué a casa, mi papá enloqueció. Me dijo que la gente pensaría que éramos demasiado pobres para comprar zapatos. Dijo que sólo los *gringos* hacían ese tipo de cosas.

—Los mexicanos —dijo— usamos calcetas.

Sí, sí, papá. Está bien. No volví a hacerlo. Pero no se imaginan las cosas que los demás usaban. Sandalias —que yo nunca podría usar— y collares de cuentas —en el cuello, las muñecas, los tobillos y en todas partes—. Por fin Las Cruces High se veía exactamente igual que cualquier otra escuela americana. Por eso habíamos luchado por cambiar el código de vestimenta, para tener la libertad de vernos igual a los demás.

El Coronel Wright sí se volvió loco. Muy loco, sobre todo porque todos los chicos empezaron a dejarse largo el cabello. Excepto yo. Bueno, yo me lo dejé crecer un poco, pero no demasiado. Era un experimento.

—Se te está metiendo a los ojos —dijo mi papá. Entonces me lo hacía para atrás, pero volvía a caerme sobre los ojos—. Tal vez deberías cortártelo —dijo.

—Tal vez deberías cortarte el cabello —dijo la señora Apodaca.

—Tal vez deberías cortarte el cabello —dijo mi jefe en Dairy Queen.

¡Carajo! Sólo trabajaba ahí una vez por semana. ¡Cielos! Tal vez sí me lo estaba dejando un poco largo. Tal vez sí. Aunque no me agradaba mucho, en realidad no se me veía mal. Gigi decía que me quedaba bien. Si se me hubiera visto mal, Gigi me lo habría dicho. Ella no se andaba con rodeos. Gigi te decía las cosas duro y al hocico. El Coronel Wright sólo agitaba la cabeza. Ahora me odiaba de verdad. Me echaba la culpa de todo.

«El Cabecilla», así me llamaba. Me culpaba por todo lo que había pasado. «Tú y la señorita Libertad de Expresión», ésa era Gigi.

Sí, decidió que nos odiaba. La decadencia de la cultura occidental. Eso decía en sus clases. Chicos con cabello largo, muchachas con pantalones. ¡En la escuela! ¡Jesús! Sí, sí. Él y la profesora Jackson decían esa clase de estupideces. Como si ellos no fueran ejemplos perfectos de la decadencia de la cultura occidental. Odiaban nuestra ropa. Odiaban nuestra música. Odiaban nuestra forma de hablar. Tampoco les agradaba cómo hablaban los jóvenes *gringos*. Odiaban todo lo que tuviera que ver con nosotros. Y nosotros lo sabíamos. ¿Por qué se preguntaban de dónde venía nuestro odio hacia ellos? Ellos y su ropa. Y su música. Sí, pensé en dejarme crecer el cabello. Aunque no demasiado. Sólo un poco.

Veintidós

Un día, después de recibir aquellas cartas de Pifas y Jaime, o tal vez varios días después, Charlie Gladstein se me acercó y me dijo:

—Oye, Sammy. Te deberías dejar crecer una de éstas. —Sonríe y me presume la barba que se está dejando. Él podía hacerlo. Dejarse la barba. No tenía sangre *mestiza*. Nada. Era un tipo peludo. Velludo. Muy velludo. Y se estaba aprovechando de las nuevas reglas. Se veía muy contento. Siempre parecía estar medio pacheco, aunque no lo estaba. Pero siempre se veía así—. Tienes que empezar a usar uno de éstos. —Uno de éstos era una cinta negra atada al brazo como protesta en contra de la guerra. Me pregunté qué haría el Coronel Wright cuando viera el brazo de Charlie Gladstein. Estábamos parados en la sección de fumadores, detrás de la cafetería. Charlie prende un cigarro, y yo también, y luego empieza a decirme que tenemos que organizarnos contra la guerra—. Tenemos que hacerlo, Sammy. Es nuestro deber moral.

Tal vez tenía razón. Luego pensé para mis adentros, «me está sermoneando Charlie Gladstein. Un *gringo*». En realidad no me quedaba claro si los judíos calificaban como *gringos*. Tal vez los judíos no eran *gringos*. No lo sabía. En serio. Y entonces Gigi apareció y se paró junto a Charlie. Y se toman de las manos.

—¿Están saliendo? —pregunté.

—Sí —contestó Gigi.

Está prohibido tomarse de las manos. Eso quise decirles. Esa regla no había cambiado. No, ésa no. Él no es de Hollywood, quise decirle a Gigi. Mira lo que le pasó a Jaime, quise decirle. Pero sabía que lo que le había pasado a Jaime era algo muy distinto. Como fuera, Eric no era de Hollywood. Era de fuera. Mis ideas no tenían sentido. ¿Gigi y Charlie? A él siempre le había gustado Gigi. Eso me quedaba muy claro. Ella lo lastimaría. Sin duda. Y luego lo botaría. Así funcionaban las cosas.

Pero hoy, estaban frente a mí, tomados de las manos. Charlie y Gigi.

—Y bueno —dije—. ¿Desde hace cuánto están así? —¡Mierda! Sonaba como la señora Apodaca.

—Un par de semanas —dijo Charlie.

Gigi sonrió. Esa sonrisa matadora.

Contesté con una sonrisa.

—Qué bien. —Eso les dije. Entonces vi a René acercarse a nosotros haciendo el saludo azteca. Le contesté con la misma moneda. Nuestras barbillas estaban muy activas últimamente. René traía una cinta negra en el brazo y una sonrisa. Últimamente sonreía mucho y se peleaba menos. No me quedaba claro por qué. Por qué estaba cambiando. No es que los cambios fueran malos. Digo, no me importaba. Me agradaba René. Siempre me había agradado. Y era básicamente el último amigo que me quedaba. No es que tuviera cientos de amigos. Yo no era así. Gigi también era mi amiga, pero es difícil ser amigo de una chica. Ya saben. Es difícil.

No dije nada sobre la cinta de René.

—Dame un cigarro —me dijo. Le dio un cigarro, y él se para junto a mí, Gigi y Charlie Gladstein. Cuando prende el cigarro, mira a Charlie y le pregunta—: ¿Los judíos son *gringos*?

Charlie se ríe y contesta:

—Para nada. Hay que ser protestante para ser *gringo*.

Entonces intervine.

—Eso no es cierto. Hay muchos *gringos* católicos.

Charlie asintió.

—Bueno, sí —dijo y rio—. También algunos judíos son *gringos*. Pero otros no.

Todos asentimos, como si hubiera dicho algo muy inteligente. Sólo que no nos dijo cuáles judíos sí eran *gringos* y cuáles no.

Pero igual asentimos. Creo que era la conversación más tonta que había tenido en mi vida. ¿Qué estaba pensando René al hacer esa pregunta? Digo, yo también me lo preguntaba, pero no era tan tonto para decirlo en voz alta. ¡Cielos!

Luego, después de clases, Gigi le pidió a René un aventón a su casa, en pleno estacionamiento.

—¿Dónde está Charlie? —pregunté.

—Su mamá está en el hospital. Fue a verla. —Eso me hizo sentir mal. Mi mamá también estuvo en el hospital. Al final, antes de morir.

—¿Estará bien? —pregunté.

—Cálculos biliares. No sé qué son.

—Oh —dije, como si yo sí supiera.

Cuando nos subimos al auto, Gigi dijo:

—Pifas quiere que me case con él.

—Sí —dijo René—. Ya nos contaste. —Arrancó el auto y empezó a salir del estacionamiento.

—Sí, bueno, volvió a escribirme —dijo Gigi—. Y dice que quiere saber. Ya le dije que tendremos mucho tiempo para decidirlo cuando vuelva. Pero él quiere saberlo ya. Dice que no puede vivir sin saberlo. Dice que no lo soporta más.

—Pifas está loco —dije—. No sabe lo que quiere. Es sólo un niño.

—Está peleando en la guerra —dijo René—. Eso lo convierte en un hombre.

Sí, sí, René también se creía un hombre. René se creía hombre desde que estaba en séptimo grado. Porque se acostó con una chica de décimo. Era curioso cómo nos veíamos a nosotros mismos. Yo no me consideraba un hombre, tampoco un niño, pero definitivamente no era un hombre aún.

—Acaba de cumplir 19 —dije.

—Es un hombre de 19 —dijo René—. Y está peleando en la guerra.

—Okey —dije.

Luego René se orilló, apagó el auto y volteó a ver a Gigi, quien parecía que necesitaba un cigarro con desesperación. Ansiosa, en el asiento trasero. Y René se volteó y le dijo:

—¿Lo amas? —Ese René preguntaba las cosas más inocentes. Para ser un tipo con la mecha tan corta como un cuete, para ser un tipo que se creía hombre desde séptimo grado, hacía preguntas muy inocentes. Como niño. No como hombre. Como niño chiquito.

—No —contestó ella. Luego buscó un cigarro en su bolso. No sé por qué lo hacía, si nunca tenía cigarros—. ¿Sammy?

Le pasé un cigarro. Bueno, al menos Gigi tenía encendedor. Al menos eso.

—O sea, sí lo amo. Pero, ya saben, como los amo a ustedes. ¿Y me voy a casar con ustedes? Para nada. Terminaría matándolos.

—Tal vez yo te mataría primero —dijo René y se rio.

Gigi le dio en la cabeza.

—Conduce.

—Vamos por una Pepsi —dije.

Gigi y René se rieron y dijeron al mismo tiempo:

—Al Pic Quick. —Supongo que me conocían bien. Claro que no era difícil. Yo no era difícil de conocer. No. Era un libro abierto. Ambos reían y reían. Como si fuera tan gracioso que me gustara ir al Pic Quick a comprar Pepsi.

Justo cuando René arrancó el auto, exclamó:

—¡Allá va Ángel!

Ángel venía caminando con un tipo justo delante de nosotros. Cuando estaba a punto de gritarle «¡Oye, Ángel!», veo que el tipo con el que viene intenta abrazarla. Y ella lo empuja. Miro a René y el me mira a mí. Gigi no dice nada. Nos quedamos sentados, a la orilla del camino, mirando a Ángel y a ese tipo. Los observamos. Y entonces ella le dice que se vaya al diablo y él se le acerca más, y reconozco que el tipo es uno de los hermanos de Huicho. Los odiaba a todos. Tenía mis razones. Los odiaba. Entonces él intenta besarla, y ella se quita y trata de empujarlo, y todos sus libros salen volando, y entonces yo grito:

—¡Ya estuvo, *cabrón*!

Y nos bajamos del auto y ahí estamos, enfrente de Ángel y del bastardo ése, Celso, el hermano menor de Huicho. Y René empieza a decir algo, pero luego decide que no quiere decir nada.

Para René las palabras salían sobrando. No eran necesarias. Así que empuja al tipo. Y Celso cae al suelo. Y Ángel corre al auto, en donde está Gigi, y René se queda parado, mirando a Celso en el piso.

—Párate, *cabrón. A ver, cabrón.* Párate. *Te voy a partir tu madre.* —A veces, cuando René se enfurecía, se le iba la lengua en maldiciones. Pero Celso sabía que no le convenía meterse con René. Negó con la cabeza. No se iba a levantar. No. Para nada—. Si vuelves a acercarte a Ángel, tu cara se volverá parte del *pinche* pavimento. *¿Entiendes, Méndez?* —Y entonces René se dio la vuelta y se fue. Yo me quedé parado, mirando a Celso. Él y su hermano me atacaron alguna vez. Lo miré fijamente. No me sentí mal por él. Lo odiaba. Quería patearlo. Quería patearlo hasta que vomitara sangre.

Regresé al auto… y me pregunté por qué a veces había tanto odio, no sólo en el mundo, sino en mi corazón. Me puse triste. Muchas cosas me entristecían. Que Gigi y Charlie se tomaran de las manos me entristecía, y ni siquiera sabía por qué. No amaba a Gigi. No era eso. No era eso para nada. La carta de Jaime también me ponía bien *pinche* triste. La carta de Pifas. Ésa me ponía muy muy triste. No quería estar triste. No me gustaba. Ya era casi un adulto. Faltaban menos de seis semanas para graduarme de la preparatoria. Era primavera. El día estaba soleado. Era perfecto. ¿Qué más quería? ¿Qué demonios quería? En el fondo sí sabía qué quería. Quería a Juliana. Quería tomarla de la mano, como Charlie a Gigi. Era lo único que quería de verdad. Y era lo único que nunca tendría.

Volví al auto. Traía los puños metidos en los bolsillos.

Condujimos a Shirley's, al autoservicio. Gigi pidió una Coca de cereza. Ángel pidió un agua de charco: mitad Seven-up, mitad Dr. Pepper. Yo pedí Pepsi. Y René ordenó cerveza de raíz. Cada uno tenía su propia bebida. Así eran las cosas. Gigi y yo íbamos en el asiento trasero. Ángel y René iban adelante. No podía entender a esos dos. Tal vez se gustaban. Tal vez no. No me quedaba claro. René siempre hablaba de las chicas con las que se acostaba. Era bien hablador. O quizá si era cierto. O quizá no. Los chicos podían ser bien mentirosos. Cuando se trataba de chicas, todos mentían. Mentían a los 16, a los 17, a los 18. Y mentirían hasta después de los 30. Así eran las cosas.

Pero René no hablaba así de Ángel. No se expresaba así, aunque ella tampoco era el tipo de chica que fuera a darle entrada. No. Ángel no era así. Y conocía bien a René. Así que quizá lo quería, a pesar de todo.

Gigi bebía su Coca y medio miraba cómo se miraban Ángel y René. Gigi siempre lo entendía todo. Era muy observadora. Volteó a verme y dijo:

—¿Qué crees que debo hacer entonces?

—¿Sobre qué?

—Sobre Pifas.

—Dile la verdad —dije.

—Ni se te ocurra decirle la verdad —dijo René—. No, no, no. ¿Qué te pasa, Sammy? ¿Qué demonios te pasa? Pifas está en Vietnam. No necesita más *pinche* realidad que ésa.

—Esté o no en Vietnam, la honestidad es la mejor política.

—Carajo. Ésa es una idea bien *gringa*.

—La honestidad no es una *gringada* —dijo Ángel. Hizo oír su voz—. Estás en el hoyo. Crees que los *gringos* son honestos. No digas tonterías, René.

—¡Uuuuuuuuu, Ángel! —Ésa fue Gigi—. *Dale gas, baby*.

Me reí. Sí, sí, yo también sabía reír. No mucho, pero a veces.

—Tienes una risa bonita, Sammy. —Ángel me miraba fijamente. Desvié la mirada. No sé. No pude.

—¿Qué demonios debo hacer entonces?

—Déjalo pasar, Gigi. ¿Quién sabe? ¿Quién demonios sabe? ¿Crees que yo tengo la respuesta, Gigi? No la tengo. ¿Crees que René la tiene?

—Dile que lo amas, Gigi.

—Eres un idiota, René. No le puedes mentir así a alguien. Es Pifas.

—¿Crees que las mujeres no les mienten a los hombres? De veras que tienes la cabeza metida en el culo, Sammy.

Gigi sacó los cigarros del bolsillo de mi camisa.

—Adelante —dije.

Gigi se botó de la risa. Tenía una risa matadora. Entendí por qué Charlie estaba loco por ella. Era evidente. Gigi prendió el cigarro.

—¿Qué tendría de malo que le mintiera?

—Que vuelva a casa de Vietnam y esté esperando casarse contigo, ¿no? Y tú le digas, «Ay, se me olvidó contarte que estoy saliendo con Charlie Gladstein, el *gringo*».

—Todavía no se decide si es *gringo* o no —dijo Gigi.

—Sí, sí, da igual —dije. Sí, sí.

—¿Y qué si le rompo el corazón cuando vuelva a casa?

Cuando vuelva a casa.

—Mira, René tiene razón. Miéntele. Dile que lo amas. Está peleando en la guerra. Está viviendo toda clase de horrores. Miéntele, carajo. No importa que armes un desastre ahora. Luego lo limpias. Es como cocinar.

—Exacto —dijo René. Claro que él no sabía nada de cocina. Él sabía de comer. Eso lo dominaba. ¿Limpiar? Quién sabe.

Gigi volteó a ver a Ángel.

—¿Por qué no? —dijo su amiga—. ¿Qué tiene de malo?

—Además —dijo Gigi—, Pifas se siente muy solo. Cuando vuelva ni va a pensar en mí. Volverá a ser Pifas. Digo, ¿lo imaginan teniendo un trabajo estable? ¿Siendo padre de familia? ¿Se lo imaginan? —Le dio una fumada a su cigarro—. Le diré que me casaré con él. Eso le diré.

Ésa era la cosa. Gigi no quería lastimar a Pifas. Nadie quería lastimarlo. Pifas era un tipo gracioso y desastroso. Digo, no era el tipo de hombre con el que ninguna chica quisiera casarse. Para nada. Pero no era difícil romperle el corazón. Era como si tuviera corazón de cristal. Nunca entendí esa parte de Pifas. Era como año y medio más grande que yo, pero siempre me seguía a todas partes. Como un niño. Nunca lo entendí bien. Siempre andaba un poco perdido, como que no sabía encontrarse. En un momento podía querer partirte el hocico y al siguiente se quitaba la camisa para ofrecértela. No sé. Tal vez uno nunca conoce a la gente. Tal vez es imposible. Lo que sí sabía era que le habría partido el alma saber que estábamos sentados en el auto de René, afuera de Shirley's, hablando de él. Se le habría roto el corazón.

—Le escribiré entonces —dijo Gigi—. Esta noche le escribiré. Y mañana mando la carta —dijo con expresión seria. Reconocí esa expresión. Era mi expresión habitual.

Veintitrés

Al día siguiente fui a la escuela. Igual que todos los días. René fue por mí. Ya se había hecho costumbre. René pasaba por mí a casa, excepto cuando su auto tenía problemas. Cuando eso pasaba, caminábamos. Pero ese día fue por mí en auto. Cuando llegamos al estacionamiento de Las Cruces High, vimos a Joaquín Mesa, Charlie Gladstein y Ginger Ford repartiendo cintas negras para el brazo.

—Hagamos el amor, no la guerra —le decían a todo el que pasaba mientras le daban su cinta.

René siempre traía puesta la suya. La miré fijamente. Sentado a su lado, miré fijamente su cinta negra atada al brazo, y luego lo miré a él, y miré a Charlie repartiendo cintas. Supuse que ahora Charlie era un activista. Me pregunté qué se sentiría ser activista.

—Hacer el amor, no la guerra —le dije a René con una especie de sonrisa.

—Exacto —dijo René.

—Tú siempre arreglas todo a puñetazos, René.

—Pero no voy por el mundo buscando pleitos.

—Los pleitos te encuentran.

—Y no me voy a echar atrás, Sammy.

—Seguro que no. Los *chingazos* son lo tuyo, René.

—Andas muy *encabronado*, *ése*. Vete al diablo, Sammy. Los *chingazos* no son lo único. ¿Por qué de pronto andas tan *encabronado*?

—No sé —contesté. Era cierto.

Me quedé sentado. Sonó la primera campana. Cinco minutos para la primera clase. Ambos nos bajamos del auto y entramos a la escuela. Nos tocaba en el mismo salón: español IV-N con la profesora Scott. Jaime y Eric también habrían estado en esa clase. Pero ya no. Era como si nunca hubieran existido. El salón estaba en el otro extremo de la escuela. Y los pasillos siempre se atascaban. Estaba harto de tener que abrirme paso entre la gente. Mientras caminábamos por el pasillo, René dijo:

—No te entiendo, Sammy. Algo te está carcomiendo —dijo.

—Una paloma —contesté.

—¿Qué?

—Nada.

No sé por qué, pero todo ese día tuve un mal presentimiento. La paloma dentro de mí hacía mucho ruido. Charlie se me acercó durante el almuerzo, y me sentí mal porque yo no traía atada una cinta en el brazo. Tal vez debí haberla traído. Digo, mi papá y yo hablábamos de la guerra todo el tiempo. Él estaba en contra. Yo también. ¿Qué podía ser agradable de una guerra? A jóvenes como Pifas los mataban a diario. ¡Mierda! Yo quería huir, creo. Pero era demasiado difícil. Todo era demasiado difícil. No sé por qué pensaba esas cosas. Pero eso pensé ese día. Sólo quería ir a casa y dormir. Tal vez, cuando despertara, el mundo estaría bien, habría bondad en el mundo y se habría acabado la guerra. Podría ir a cualquier universidad que quisiera. Y no importaría si teníamos dinero o no. Pifas volvería a casa, diría tonterías, me haría reír. Porque no habría guerra. Jaime y Eric, y lo que sentían el uno por el otro no le importaría a nadie. Nadie los juzgaría, porque no estarían haciéndole daño a nadie. Y seguiría habiendo heroína, pero nadie la usaría porque no la necesitaría. No necesitaría sentirse bien. No necesitaría la heroína para sobrellevar el día.

La profesora Davis me preguntó qué me pasaba. Dijo que parecía distante.

—Sí —contesté—. Estoy un poco distante.

Quiso verme después de clases, así que pasé a su salón a la salida.

—Tu ensayo —dijo—. Sammy, irás a la universidad, ¿verdad?

Asentí. *Pinche* Harvard. Sí, sí. Empecé a llorar. Así que me fui. No sé qué me pasaba.

Caminé a casa. Me detuve en el Pic Quick, compré una Pepsi y una cajetilla de cigarros. Miré el cielo. Y me sentí diminuto. Y recordé haber visto las estrellas una noche, cuando estuve con Juliana. Ese día me sentí tan grande como el cielo. Esa noche. Pero esta vez me sentía diminuto al ver el cielo.

Cuando llegué a casa, encontré una nota de mi papá sobre la mesa:

Sammy:

Hoy se fue la luz en el trabajo y volví a casa temprano. Elena necesita zapatos nuevos, así que salimos a comprarlos. No hagas de comer. Traeré hamburguesas. Oye, dejaste conectada la plancha. Pudiste haber quemado la casa. Ten más cuidado. ¿Dónde andas? Vuelve a casa.

Vuelve a casa. Eso decía su nota. Como si yo estuviera lejos.

¡Cielos! Estaba muy inquieto. Por lo regular habría tomado un libro y me habría puesto a leer. Y leer. Como si nada existiera. Sólo las palabras en la hoja y yo, y el mundo entero desaparecería. Pero el mundo entero no tenía ganas de desaparecer. No ese día. Quería quedarse cerca. A mi lado. El mundo. Y no era agradable. Para nada.

Salí y me senté en el porche. Miré al otro lado de la calle y vi a la señora Apodaca cuidando su jardín. Su marido llevaba tiempo de haber muerto. Pero ella seguía cuidando el jardín. Y tal vez su corazón había sanado. Tal vez. Lo suficiente para atender el jardín.

Todavía a veces la ayudaba a podar el pasto. Pero sólo cuando me lo pedía. Era una mujer demasiado orgullosa. Y era fastidiosa. No podía dejar los temas en paz, ni dejar a los ciudadanos de Hollywood en paz. No era su estilo. Ella y sus novenarios y su agua bendita y sus rezos y sus sombreros y sus modales estrictos. Nadie nunca era lo suficientemente bueno para ella. Pero ella y yo habíamos hecho las paces de algún modo. Estábamos en paz.

La vi quitarse el sombrero de paja. Se limpió el sudor de la frente. Entonces me vio. Me saludó desde lejos. Le contesté el saludo. Ahora éramos amigos.

—No deberías fumar —me gritó.

Me hizo sonreír.

Negó con la cabeza y siguió trabajando.

Le di una fumada al cigarro. Miré el cielo. Me sentí un poco mejor. Me pregunté por qué se me salieron las lágrimas frente a la profesora Davis. ¿Qué demonios me había pasado? No sé. Mierda. Entonces vi que el auto de René se estacionó frente a mi casa. Gigi se bajó. Se bajó, y yo la saludé de lejos, pero de inmediato me di cuenta de que algo no estaba bien. Algo andaba muy mal. Lo vi. Lo vi en su cara. René se bajó del auto, y tenía esa expresión en su rostro. Y luego Gigi me mira y cae de rodillas al suelo, y empieza a llorar y a gritar como demente.

—¡Sammy! —gritaba. No pude más—. ¡Sammy! —Lloraba y lloraba y no podía parar porque ya no tenía control sobre su cuerpo.

Camino hacia ella, y ella está arrodillada, y yo la levanto, y tengo una pregunta en los ojos, pero también tengo la respuesta. Y mi corazón se rompe al ver a Gigi así, y quiero decirle que pare, que por favor deje de llorar, y sé que tengo odio en el corazón, volví a odiar, pero no sé a quién, si a mi país, si a Pifas por haberse ido a Vietnam, si a mí mismo por estar tan jodido, si a todos los adultos del mundo por permitir que ocurrieran cosas terribles que herían a chicas como Gigi.

Finalmente, Gigi dejó de llorar lo suficiente para decirme, para decírmelo, aunque yo ya lo sabía.

—¡Sammy! ¡Sammy! Nuestro Pifas. Nuestro Pifas se fue. Se fue, Sammy. —Y me miró, como si yo fuera a decir algo, como si quizá pudiera decir algo que cambiara lo irremediable—. ¡Dios, Sammy! Nuestro Pifas vuelve a casa, Sammy. —Sabía lo que eso significaba. En un féretro. Embolsado. Pifas volvería a casa. Tal vez ése había sido mi mal presentimiento. Tal vez por eso me había sentido mal. Tal vez mi paloma lo sabía. Pero desde el día en que Pifas se fue, desde ese día supe que no volvería. Porque hasta él lo sabía—. Sammy —lloró—. Nuestro Pifas... —Abracé a Gigi—. Nunca recibió mi carta, Sammy. No la recibió.

—No importa, Gigi. Ya no importa. —Eso le susurré, sin soltarla. No podía hacer más. Sólo seguir abrazándola. Si sabía desde el principio que Pifas no volvería a casa, ¿por qué me dolía tanto? ¿Por qué sentía que le estaban dando machetazos a mi corazón? «No», repetí una y otra vez. «No». ¿Qué caso tenía seguir susurrando que no?

Recordé la noche junto al río en la que Gigi nos cantó, a mí, a René, a Pifas y a Ángel. Pero creo que sobre todo lo hizo por Pifas. ¡Dios! Nunca había oído algo tan puro. Y esa noche pensé que así debía acabarse el mundo, con una mujer cantando una canción. Pero las cosas no se acababan así. El mundo acababa con un chico. Abatido en combate. Así acababa el mundo.

No sé cuánto tiempo llevaba la señora Apodaca ahí, a nuestro lado. Abrazándonos a Gigi y a mí. Sólo recuerdo escuchar su voz.

—Shhh —nos susurraba. Y su voz era como el viento, el viento más suave del mundo—. Shhh —decía. Y olía a lilas y menta. A jardín—. Shhh —susurraba. Y la dejamos abrazarnos. Y me permití llorar en su hombro.

Gigi cantó en el funeral. El Ave María. No sabía que Gigi sabía latín.

—Claro que no sé latín —dijo—. Pero supongo que, pues me gustaba esa canción. Así que me la aprendí.

Pasamos el rato en el porche de mi casa después de enterrar a Pifas.

—Supongo que ya no tendré que casarme con él —dijo Gigi. Pero no se rio de su chiste. Nosotros tampoco.

No hablamos mucho. Más bien estuvimos sentados, fumando. Y fumando. No nos tomamos la molestia de volver a la escuela ese día.

Le conté a René lo que había pensado el día que despedimos a Pifas en la estación de autobuses.

—Pensé que tal vez debíamos llevárnoslo a Canadá.

—¿Qué hay en Canadá?

—Árboles —dije—. Y cielo.

Luego fuimos al río.

Bebimos una cerveza.

Ángel, Gigi, René y yo. Nos sentamos un rato a mirar el río. No traía mucha agua. No ese año.

El día después del funeral de Pifas, volvimos a la escuela. Charlie y sus amigos seguían repartiendo cintas negras en el estacionamiento. Gigi dijo que iba a terminar con él. Eso nos dijo en el río.

—¿Qué caso tiene? —dijo.

Miré a Charlie y me pregunté si amaría a Gigi. ¡Carajo! ¿Yo qué carajos sabía sobre el amor?

Tomé una de las cintas negras de la paz.

—Paz —dijo Charlie—. Paz, Sammy.

Sí, sí. En realidad, tampoco sabía nada sobre la paz. Miré a René.

—¿Me ayudas a atármela?

René me miró a los ojos.

—Creía que no querías usar una de éstas.

—Esta mañana tampoco quería levantarme. ¿Y qué?

—No hables así, Sammy.

—¿Así cómo, René?

—Como si te hubieras dado por vencido.

Me ató la cinta al brazo.

—¿Darme por vencido? ¿Entonces para qué chingaos me pondría una de éstas?

Recorrimos el pasillo juntos. Cinco semanas más, pensé. Cinco semanas más y me iría de ahí. Sería un fantasma. A estos pasillos no les importaría un carajo. No fueron hechos para mí, para Sammy Santos. Eso estaba pensando cuando el Coronel Wright se nos acercó a René y a mí, ahí, en pleno pasillo. Justo ahí, en medio del pasillo repleto de estudiantes.

—¿Qué es esto? —dijo y jaló la cinta negra del brazo de René. Pensé que se la iba a arrancar.

René se quedó callado.

—Te hice una pregunta, hijo.

René se jaloneó para que el Coronel lo soltara. Pero el Coronel estaba enojado. Verdaderamente furioso. Se puso enfrente de René, muy cerca de él. Y lo miró a los ojos y le dijo:

—Eres un cobarde, hijo. Eso es lo que eres. —Lo dijo tan fuerte que todos a su alrededor se detuvieron, en seco. El pasillo se quedó en silencio. Y el Coronel señaló a René y miró a todos los chicos a su alrededor y dijo—: Así se ve un cobarde.

Pensé que René iba a explotar, pero en ese instante se despertó mi paloma, y no pude entender por qué la odiaba tanto por despertarse siempre en el mismo momento, así que mi paloma y yo decidimos que debíamos ponernos a trabajar para hacer algo. Seguía pensando que, si René perdía la razón, le lanzaría un puñetazo. Y, como ya lo habían arrestado antes, si golpeaba al Coronel se arruinarían sus posibilidades de graduarse, y no podía permitirlo. Cuando el Coronel tomó a René del brazo e intentó arrancarle la cinta, yo lo empujé. Empujé al Coronel Wright.

El Coronel se me quedó viendo. Pude ver lo que contenían sus ojos. Maldito hijodeperra buenoparanada cucaracha ingrata que no sabe una mierda, que nunca entenderá de qué se trata la vida. Sí, pude ver todo lo que contenían sus ojos. Y fue un tanto liberador verlo. Ver todo ese odio escrito ahí, en su mirada, en su rostro. Era claro como el agua.

—Santos —dijo—. Los veré a ti y a tu amiguito en la oficina del director.

—No, señor —contesté—. No asistiremos a esa reunión en particular.

—¿Qué dices, Santos? ¿Acaso planeas graduarte?

—Eso es justo lo que planeo —dije. Había muchas cosas que quería decirle, miles de cosas, pero de la nada dejé de querer decírselas. Estaba harto. ¡Carajo, estaba harto! Había sido un año demasiado largo. Ya no podía esperar para descansar. ¡Cielos! Estaba muy cansado. Y todavía ni siquiera cumplía 18. Quería mirar a ese hijodelagranperra a los ojos y escupirle en la cara, una y otra y otra vez.

El coronel me tomó del brazo. Odié sentir el calor de su mano.

—Pifas está muerto —dije. Y entonces me soltó. El Coronel sabía de quién hablaba. Lo había leído en el periódico. Había visto la foto de la mamá de Pifas besando el féretro, aferrada a la bandera, a una mugrosa bandera y no a su hijo. ¡Dios!—. Epifanio José Espinosa murió en el frente de batalla. En Vietnam. Epifanio. Lo trajeron a casa. Pero no venía entero, Coronel. No encontraron sus manos. Le explotaron. Las manos, Coronel, se le quedaron en Vietnam. Sus manos se quedaron ahí, Coronel, pero el resto de él, el resto de él, fue enterrado ayer. Diga su nombre, Coronel. ¡Dígalo, maldita sea! ¡Diga su nombre! —El coronel me tomó la mano y comenzó a arrastrarme a la dirección. Pero no se lo permitiría. Me jaloneé. Yo era más fuerte. Él lo sabía—. Epifanio —repetí—. Su nombre significaba epifanía. Es lo que ocurre al final de un cuento o poema cuando algo se nos revela. Significa que aprendimos algo.

El Coronel me soltó. Se me quedó viendo fijamente.

—Significa que aprendimos algo, Coronel.

Se me quedó viendo, perdido. Parecía derrotado, el Coronel. Así se veía. Pero estaba en pie, y estaba vivo. Pifas, en cambio, estaba muerto.

René y yo seguimos andando por el pasillo.

No había recordado el sueño de Pifas, en donde toda la gente pasaba frente a mi casa y me saludaba. Los vivos y los muertos. Agitaban la mano para saludarme. No lo recordaba. Pero ese día, después del incidente con el Coronel Wright, lo recordé. Había soñado con las manos de Pifas.

Esa noche, antes de irme a dormir, René me llamó. Quería conversar. Yo me quedé acostado, conversando con él. Le conté mi sueño.

—Pronto tendrás mejores sueños —me dijo. René había cambiado. Era una persona distinta. Podría haber tomado cualquiera de los dos caminos, pero había decidido vivir. Ahora me quedaba claro.

Cuando me quedé dormido, tuve otro sueño. Juliana iba caminando por la calle, y venía acompañada. Venía con Pifas. Lo dejó parado frente a mí. Él se acercó al porche de mi casa. Noté que no tenía manos. Y estaba triste. Y a mí me daba tristeza verlo así. Pero no podía hacer nada por su tristeza. Ni por la mía. No podía hacer nada al respecto. Pero luego, cuando levantó los brazos, sus manos, sus hermosas manos grandes, estaban ahí. ¡Dios! ¡Ahí estaban! Y me saludaban.

—¡Hola, Sammy! ¡Hola! —No era una despedida. Era un saludo.

Pifas había vuelto a casa.

Bienvenidos a Hollywood

—Es mejor olvidar todo lo que ya pasó.
—¿Por qué, Sammy?
—Porque no podemos cambiar el pasado, Elena.
—No quiero olvidar, Sammy.
—Bueno, supongo que yo tampoco.

Veinticuatro

Las cosas nunca terminan como esperas.

Tomamos un camino hacia un lugar que escogemos en el mapa. Un lugar que llevamos años imaginando. Pero luego algo pasa. Y todo cambia. Tal vez el problema es que esperamos demasiado. Digo, ¿qué esperaba que pasara con mi vida cuando terminara la preparatoria? ¿Creía que terminaría en el otro Hollywood, el que está en California?

No sé por qué me molestaba en hacer tantos planes. Ocho universidades. Metí papeles a ocho universidades. Lo planeé todo, yo solo. Nunca le dije a nadie. Pero después de que empezaron a llegar las cartas, le dije a mi papá. En realidad era él quien recibía el correo, así que no tardó en descubrirlo. Ocho universidades. Al menos ése fue el número de escuelas que me aceptó. Sólo veían mis calificaciones y esos estúpidos ensayos que escribí. Me repetía a mí mismo que en realidad esas escuelas habían aceptado la idea que tenían de mí.

Berkeley. Fue el lugar del mapa que elegí. Y me habían aceptado. Y mi papá había ahorrado dinero y había aceptado que fuera. Berkeley se convirtió en una especie de secreto que mi papá y yo compartimos durante unos pocos meses. Por un tiempo creí que de verdad iba a pasar. Yo, Sammy Santos de Hollywood, estudiaría en Berkeley.

Cuando mi papá me dio la carta, todo el cuerpo me tembló. Cuando la abrí, exclamé:

—¡Me aceptaron! ¡Me aceptaron!

Mi papá lloró y dijo:

—Por supuesto que te iban a aceptar, *hijo de mi vida*.

No sabía que había esa clase de felicidad dentro de mí. Creía que sólo existía la maldita paloma. En fin, como ya dije, pasamos años imaginando y haciendo planes. Pero luego algo ocurre. Siempre ocurre algo.

Las cosas nunca terminan como esperas.

Hubo muchas fiestas la noche en la que nos graduamos. Ése era el plan: ir a muchas fiestas. Éramos la generación del escándalo. El rock no era rock si no era escandaloso. ¿Qué habría sido de Jimi Hendrix si no hubiera sido escandaloso? ¿Qué habría sido de Three Dog Night? ¿Y de Grand Funk Railroad? Lo que nos gustaba era el escándalo, *baby*. Excepto a mí. Yo odiaba el escándalo. Odiaba el escándalo y odiaba los collares de cuentas y odiaba los pantalones acampanados. Nunca me gustaron las consignas, y todo era consigna. A veces, me preguntaba si de verdad pertenecía a mi generación. Si no era parte de mi generación y no era un mexicano de verdad y no era un estadounidense de verdad, ¿entonces qué demonios era? Era mi paloma. Eso había decidido Elena. Yo era Al, mi paloma. Le puse nombre. Si iba a formar parte de mi vida, por lo menos merecía tener nombre.

La graduación fue bastante aburrida en general. Era parte del plan de la administración escolar. Aburrición. Les agradaban más sus planes que los chicos a los que educaban. Más que nosotros. Nos advirtieron que no hiciéramos manifestaciones. La graduación no era un acto político. Eso nos dijeron en el ensayo. Tampoco era lugar para sacar a relucir el ego, la originalidad o el sentido del humor.

—Hagan sus bromas en otra parte.

Sí, sí. Cuando Susie Hernández recibió su diploma, se alzó la toga para mostrarle al mundo el vestido más corto que había comprado hasta el momento. Miren. Sentido del humor. A Susie no le importó. Su padre estaba embriagándose en un bar. De nuevo. ¿Y Gigi? Ella lanzó besos al público, como estrella de ópera que recibe una ovación después de la función. Besos. Besos para todos. Todos nos estiramos para alcanzarlos. Un tipo llamado Brian sacó un gran cartel de su toga que decía «Amor y hierba». Y Charlie Gladstein, para no quedarse atrás, sacó uno que decía «La paz es un estado mental». René estaba sentado en la fila frente a la mía. Cuando Charlie agitó su cartel y se lo mostró al público, René susurró:

—Claro, es el que está junto al estado de Chihuahua.

Cuando todo acabó y teníamos nuestros diplomas en mano, marchamos a la salida. La generación de 1969 era historia. Nuestro regalo de despedida para Las Cruces High: un nuevo código de vestimenta y una placa de bronce que decía «El amor es la respuesta. La paz es el camino». Éramos los más geniales. Excepto que no sabíamos qué era el amor. Ni la paz. La paz no era algo que nos inculcara el mundo. Lo único que redimía la existencia de esa placa era saber que el Coronel Wright y la profesora Jackson la odiarían.

Después de eso, el plan era fiestear en serio. Algunos de nosotros habíamos nacido para la fiesta. Sólo para la fiesta.

Mis amigos y yo empezamos en mi casa, que no era precisamente el centro de reventón salvaje. Mi papá adornó el porche con luces navideñas. Rojas y azules, como los colores de nuestra escuela. Mi papá era un hombre recto. Y predecible. Y constante. Me reí al ver las luces. Era gracioso. René dijo que le parecía increíble. Pifas habría dicho: «De película, señor Santos. De película». Esas luces eran muy propias de Hollywood. Algunos niñitos se acercaron a mirar la casa. Se rieron. Pero después quedaron fascinados. Yo también lo estaba. Y esos niñitos atrajeron a otros niñitos que señalaron las luces.

—¡Mira! ¡Mira! Y todavía no es Navidad.

Yo me vestí para la ocasión. Traía una camisa nueva. Verde. Verde aceituna. Era la primera camisa que escogía por mí mismo. De seda. Suave. Como mi mamá. Como la piel de Juliana. Suave. Mi papá solía comprarme todo lo que yo tenía. En realidad nunca me había importado. Él me elegía la ropa, la llevaba a casa y preguntaba:

—¿Te gustan?

—Son lo máximo, papá —contestaba yo.

Él sabía que en realidad no me importaba. Pero esta camisa la había elegido yo. Me costó 15 dólares. Una fortuna. Y, por primera vez en la vida, entré a una tienda de ropa de hombres y me miré fijamente en el espejo. Una buena camisa. 15 dólares.

Gigi usó un vestido del color del sol. Juro que ese vestido amarillo brillaba con luz propia. Te hacía querer tocar la piel morena de Gigi. Supongo que ése era el punto. Gigi era algo especial. Siempre lo había sido y siempre lo sería. Yo tenía la esperanza de que un día se mirara al espejo y pensara: «Soy especial. Soy muy especial». Ella y Charlie habían terminado, regresado y terminado, pero para la noche de graduación volvieron a estar juntos. Él estaba loco por ella. Loco, loco. Se moría por Gigi. Y a Gigi le gustaba él. Pero en el fondo creo que a Gigi le gustaba la idea de que alguien la idolatrara. Por eso se enojaba conmigo, porque yo no siempre le seguía el juego. Porque yo no la idolatraba. Al menos no como ella quería que lo hiciera. Claro que Gigi era genial. En serio. Era algo muy especial. Pero también era infernal.

Sin embargo, la noche de la graduación no fue una noche de enamorados, sino una cosa grupal. Habíamos sobrevivido a algo juntos. A un lugar llamado Las Cruces High. Habíamos terminado. Y había acabado con nosotros. Así que yo, René, Susie, Ángel, Gigi, Charlie, Frances y su nuevo novio, Larry Torres, quien me seguía sacando de quicio en menos de diez segundos, salimos juntos. Nada de pleitos, me dije a mí mismo. Guarda los puños en los bolsillos.

Fuimos en dos autos. Ángel y yo terminamos en el asiento trasero del auto de René, y Susie y René parecían traerse algo entre manos. Mala idea, pensé. Susie no aguantaba tonterías. Decía las cosas sin pelos en la lengua. A René eso no le gustaba. Decía que sí, pero en realidad no le gustaba. No, hacían tan mala pareja como Gigi y Charlie. Para entonces, Susie y René ya estaban discutiendo cuántas cervezas debe beber una chica.

—Una. Tal vez dos —dijo René—. Y ya.

—Cuantas quiera. Tantas como pueda manejar.

Ángel volteó a verme y puso los ojos en blanco. Me hizo reír. Encendí un cigarro.

—Dame uno —dijo Ángel.

—Pero tú no fumas.

—A veces sí.

—Tu mamá te va a matar.

Se encogió de hombros.

—Dame uno y ya —dijo. Eso hice. Ni siquiera tosió cuando lo encendió. Era una fumadora innata. Tal vez no era tan bueno que adquiriera un vicio con tanta facilidad.

Me miró a los ojos.

—¿Por qué nunca hablas conmigo, Sammy?

—¿No lo hago?

—No. Hablas con todos. Menos conmigo.

—¿En serio? —Me sentí tonto. Tal vez tenía razón. Bueno, sí tenía razón. Nunca sabía qué decirle. Siempre estaba muy callada. Parecía complicado hablar con ella. Aunque me agradaba. ¿Cómo podría no haberme agradado Ángel?

—Sí, Sammy. En serio. Sólo me ves como la amiga de Gigi, la que la sigue a todas partes. Su gato de compañía. Su perro faldero que saca a pasear.

—¿De dónde sacas eso? La gente no hace esas cosas en Hollywood. Nadie tiene perros ni gatos. Ésas son patrañas.

—Ya sabes a qué me refiero. Crees que soy su amiguita tonta.

—No es cierto. —Sí lo era. Era verdad. Mierda. No estaba librándola. Ángel sabía que estaba mintiendo. Las chicas siempre lo sabían. Era como si trajeran una brújula señaladora de mentiras.

Ángel asintió.

—La amas, ¿verdad?

—¿A quién?

—A Gigi.

René y Susie habían dejado de discutir y decidieron unirse a nuestra conversación. Era lo malo de viajar en auto: la falta de privacidad.

—Para nada —dijo René—. Sammy no está enamorado de Gigi. ¿Crees que está loco? ¿Tú me amas a mí, Ángel? ¿Eh?

Ángel lo miró como si fuera su hermano que siempre hace tonterías frente al resto del mundo.

—¿Quién podría amarte, René? Tú sólo quieres una cosa de las chicas, y la quieres cuando la quieres. Si no la obtienes, sigues con tu vida. Y si la obtienes, también sigues con tu vida.

Susie se rio.

—Todo el mundo te conoce las mañas, René.

—Tú y yo no tenemos nada que ver con lo que Sammy siente por Gigi.

—Tú fuiste el que sacó el tema, René —dijo Ángel. Algo le estaba pasando. Estaba desencajada.

René no mantenía la atención en el camino. Intentaba darse la vuelta para hablarnos. Eso me puso nervioso. Ángel era mejor conductora.

—Pues yo digo que Sammy no la ama.

—Tú maneja —dije—. O nos vamos a matar. Y no quiero morir. Además, puedo hablar por mí mismo, ¿sabes? —Miré a Ángel—. Nunca he amado a Gigi. Nunca. Jamás. —Me sentí como un traidor. Era como si amarla tuviera algo de malo. Como si Gigi no valiera nada. Y no era eso lo que quería decir. Sentía que Gigi era parte de mí. Lo que sentía por Gigi no era definido. No todo tiene que encajar en categorías precisas. En especial Gigi. Nunca la había amado. Sentí como si la estuviera abofeteando.

—¿Entonces por qué Gigi y tú siempre están hablando?

—Es como mi hermana. Ella es la que me llama. *¿Qué quieres que haga?* ¿Quieres que le cuelgue el teléfono?

—Admítelo. Te gusta hablar con ella.

—Claro. ¿A quién no? ¿Y qué? ¿A quién no le gusta hablar con Gigi? Es como una hermana.

—Tú ya tienes una hermana.

—Y tiene diez años, Ángel. ¡Cielos! ¿Acaso chicos y chicas no pueden ser amigos?

—René no puede —intervino Susie. Luego Ángel y ella se botaron de la risa. Se la estaban pasando bien burlándose de René. Era una especie de pasatiempo para ellas, reírse de los chicos. Sobre todo de chicos como René.

—*Tengo muchas amigas*. Les agrada mi forma de ser. —René no era tan tonto para creer sus propias patrañas. Sus palabras estaban tan vacías como su billetera.

—Tu forma es lo único que les agrada —dijo Susie. A veces actuaba como Gigi.

—A ver, nombra una amiga —dijo Ángel—. Una chica que sea tu amiga.

René se quedó pensando.

—Hatty Garrison. Hatty Garrison es mi amiga.

—Nunca ves a Hatty Garrison. Jamás. Además, una vez la invitaste a salir y te mandó a volar.

—¿En serio? ¿La invitaste a salir? —pregunté—. ¿Es en serio?

—Es una vil y vulgar mentira. Claro que no. Ni loco.

—Claro que la invitaste a salir —dijo Susie—. Toda la escuela lo supo. Hatty le contó a Pauline. Y Pauline le contó a toda la escuela. Ya sabes cómo es Pauline. Le contó a toooodo mundo.

René se quedó callado.

—¿Por qué estamos hablando de esta mierda? *Chingao*. ¿A quién le importa? —Encendió un cigarro mientras conducía. Miró a Ángel—. Tú eres mi amiga, Ángel.

—Ser amigos fue idea mía. No tuya.

—¿Y qué importa de quién fue idea? Somos amigos, ¿o no? Miré a Ángel exhalar el humo de su cigarro.

—Sí —contestó—. Somos amigos.

—Pero no por elección —intervino Susie—. Hombres. Todos son iguales. No saben ser amigos de las mujeres. Ni uno solo.

—Gigi y yo somos amigos —dije. Luego miré a Ángel—. Ángel y yo somos amigos. —Miré a Susie—. Tú y yo también podríamos ser amigos, excepto que a ti no te interesa hacer amistad con los hombres, ¿verdad? Entonces, ¿de qué te quejas? Si tú eres igual.

René se rio de mi comentario. Y luego todos nos reímos. Los unos de los otros. De nuestra tonta conversación. ¿Acaso importaba de qué nos reíamos? Daba igual. Sólo queríamos reír. Nos conocíamos de toda la vida. Nos habíamos graduado de la preparatoria juntos. Nos daba miedo pensar en lo que pasaría después. Eso era un hecho. Sólo conocíamos el hoy. Teníamos miedo. ¿Por qué no reírnos de las tonterías que decíamos?

René estacionó el auto frente a la granja abandonada justo atrás de Las Cruces High. Había sido el escenario de incontables peleas. Ahí iban todos a besuquearse. Ahí iban también cuando necesitaban explotar y desquitar su ira contra la cara de alguien más. Yo también había ido varias veces. En contra de mi voluntad. Y, cuando no era en contra de mi voluntad, sí era en contra de mi razón. Odiaba pelear. Pero uno nunca sabe. Demasiadas peleas. Es la cosa de la preparatoria. Hay demasiadas peleas. Me daba gusto que hubieran terminado.

La granja me hizo recordar a Pifas. Pifas siempre hacía que los autos lo siguieran ahí. Podía partirse el hocico con alguien que era su amigo la semana anterior. Ese Pifas. Lo extrañaba.

—¿Qué hacemos aquí? —dije.

—Por aquí —dijo René y se bajó del auto—. ¡*Órale!* Nos vamos a divertir un rato. ¡Diversión, diversión, diversión! —Diversión era su palabra favorita. Tal vez por eso su mamá lo apodaba Chiste. René gritaba y reía como si estuviera chiflado. Salimos de los dos autos y seguimos a René a la vieja granja, que no era más que una casita de adobe de cuatro estancias, con suelos de tierra y ventanas rotas.

Una vez que llegamos a la estancia principal, René empezó a encender velas. Y, conforme las iba encendiendo, vimos que había una mesa, y sobre la mesa había botellas de vino y vasos de plástico, y también había hielo en una hielera con cerveza, y había Bacardi y Coca y limón para hacer cubas libres. Incluso había Fritos y papas fritas y otras botanas. Después de que René terminó de encender las velas, gritó como si fuera James Brown o alguien así.

—¡Auuuuuuuu! *¡Órale!* ¡Qué empiece la fiesta! ¡A mover las *nalgas!* —Y luego emitió otro aullido, le dio un trago a una botella de Bacardi y gritó—: ¡Escuchen todos! ¡Bienvenidos! ¡Bienvenidos a Hollywood! —Y luego se rio como un *pendejo.* Como si estuviera ebrio. Sólo que no lo estaba. Sólo se estaba dejando llevar. Cómo me hacía sonreír René. Podía ser tan distinto a veces. Empecé a entender que René podía ser muchas personas distintas. Y ésa era su virtud, que podía ser muchas personas en un solo cuerpo. Y tal vez todas esas personas peleaban por tomar el control. Me pregunté quién ganaría—. ¡Bienvenidos a Hollywood! —gritó—. En donde las chicas te joden más de lo que te cogen... —A veces era tan buen comediante como Gigi. Siguió así otro rato, haciéndonos reír. Eso quería lograr, hacernos reír, porque ése era el trabajo de Pifas. Y Pifas ya no estaba. Así que René había decidido tomar su lugar. Supongo que la fiesta fue su regalo para todos nosotros. La planeó y la pagó con su propio esfuerzo. Por sí solo.

Fue divertido pasar el rato en aquella granja abandonada. René debió tardarse en limpiarla porque la última vez que yo había entrado, estaba llena de basura y toda clase de porquerías. La limpió. En algunas partes se sentía un ligero olor a orina. Pero no era terrible. ¿A quién le importaba un poco de orina?

Fue muy divertido. ¡Cielos! Creo que no me había divertido tanto en los años que pasé en Las Cruces High. Nunca me había divertido tanto. Siempre fui muy serio. Necesitaba cambiar. Ya estaba haciendo planes. Para cambiar. Era adicto a hacer planes.

Bebimos y fumamos. Pero no bebimos demasiado. René y Charlie eran los que más aguantaban. Ángel bebió un poco más de lo habitual. Se le notaba.

Después de un rato, llegaron más autos. Supuse que René había invitado más gente. Al poco tiempo ya éramos como 40 personas, y la radio estaba encendida, y la gente bailaba cuando ponían una buena canción, y todos nos reíamos de las tonterías que hicimos. Empezó a oler a hierba, lo cual era mejor que oler a orina. Una chica hizo una excelente imitación del discurso de Gigi cuando se postuló como presidenta de la generación, y todos aplaudimos y nos doblamos de la risa. Y Gigi dijo:

—No estuvo mal, pero no te salió el movimiento de cadera.

Y luego René se puso a recrear la vez que distribuimos volantes para cambiar el código de vestimenta.

—¡Cambien el código de vestimenta! ¡Cambien el código de vestimenta! —gritó. Igual que ese día. Como si estuviera vendiendo cacahuates en un estadio de beis.

Recuerdo haberme escabullido de la casa para tomar aire. Miré las estrellas. Eran millones. Y, desde Las Cruces, Nuevo México, en 1969, se podían ver todas. Lo juro. Se veían todas las hermosas estrellas del cielo.

Y entonces oí una voz.

—Algún día, Sammy, tú estarás ahí.

Era una voz conocida. Era una voz que llevaría conmigo para siempre. Ni siquiera tuve que voltear a verla.

—No lo creo, Gigi. Me gusta estar aquí. En la tierra. Es un buen lugar. Tal vez me haga granjero.

—Sí —dijo Gigi—. Tal vez yo me haga monja. —Ambos nos reímos— ¿Crees que en otra vida fuimos hermanos?

Eso me hizo sonreír. Me agradó que lo dijera.

—Quizá. Quizá sí.

—Y teníamos una enorme *hacienda* en México antes de la Revolución. Y nuestro papá era un *patrón* despiadado.

—Probablemente fuimos gemelos —dije—. Y nuestro papá era un peón que trabajaba para el patrón despiadado.

Gigi se rio. Era una risa discreta.

—Te traje algo —dijo.

—¿Qué?

—No es gran cosa —dijo. Buscó en su bolso y me pasó el encendedor—. Toma. Para que puedas ver. —Encendí el encendedor. En su mano había un pequeño pin del águila mexicana. El águila de la Unión de Campesinos—. Es para la gente que lucha por cosas buenas, Sammy. —Me dio un beso en la mejilla y puso el pin del águila de César Chávez en mi mano. Cuando lo estrujé, pensé en el puño de Juliana.

—¿Te gusta mi camisa, Gigi?

—Qué pregunta más rara.

—Soy un tipo raro.

—Sí, Sammy. Sí me gusta tu camisa. Es hermosa. La más hermosa que te has puesto jamás.

—Quiero dártela.

—¿En serio?

—Es la única camisa que me he comprado yo.

—¿En serio? —Se rio—. *Estás loco, ¿sabes?* Eres un mexicano de Hollywood muy loquito, Sammy.

—Sí, supongo que sí.

—¿Me regalarías tu camisa?

—Claro.

—¿Cuándo?

—Ahora mismo —dije. Y me quité la camisa. No quedé desnudo, pues siempre usaba camisetas debajo de las camisas. Mi mamá decía que los hombres siempre deben usar camiseta. Gigi tomó la camisa y la miró fijamente. Luego se la puso encima de su hermoso vestido amarillo.

Y entonces empezó a llorar.

—Shhh —dije—. Todo está bien.

—Tengo miedo —dijo—. ¿Qué va a pasar ahora, Sammy?

Nos quedamos en la vieja granja toda la noche. Nuestros planes de ir de fiesta en fiesta se esfumaron. Como a las tres de la mañana, la gente empezó a dispersarse. Pusieron mi canción en la radio. Frankie Valle cantando *You're just to good to be true*. Ángel se me acercó y me dijo:

—¿Quieres bailar, Sammy?

—Por supuesto, Ángel —contesté.

Me asustaba cómo encajaba Ángel entre mis brazos. Me asustaba mucho. Y su aroma me hizo temblar. Quería besarla. Y eso también me asustaba. Porque en realidad no la conocía. Conocía a Gigi. Había conocido a Juliana, al menos tanto como cualquiera. Pero a Ángel no la conocía. Entonces, ¿por qué quería besarla?

Porque encajaba en mis brazos.

Cuando terminó la canción, nos miramos a los ojos. Y entonces me sentí tonto. Ella también se sintió tonta. Eso me hizo sentir mejor. No mucho, pero sí un poco.

Y luego salimos a mirar las estrellas. En la radio, Janis Joplin le pedía a Dios que le comprara un Mercedes Benz. En 1969, Janis Joplin seguía viva. Y nosotros también. Ángel y yo la escuchamos cantar. Y no dijimos una palabra. Creo que nos estuvimos besando en nuestra imaginación.

Veinticinco

Un par de semanas después de empezar a trabajar en Safeway,
me capacitaron como cajero. Me agradaba teclear todos esos precios. Había que pensar, concentrarse y memorizar todos los precios.
No estaba mal. Podía hacerlo. Durante el verano. Podía hacerlo
un verano. René consiguió trabajo poniendo tejas en las casas.
Mierda. Eso era trabajo duro.

—Me gusta —decía—. Cuando llego a casa, estoy exhausto.

Gigi estaba trabajando en la Farmacia Rexall.

—Deberías ver quiénes van a comprar condones —dijo.
Como si quisiera que me pasara una copia de la lista de clientes.

Salíamos. Poco. No mucho. Pero lo suficiente. Parecía que iba
a ser un verano normal, tranquilo. Así empezó.

Y luego, un día, todo cambió.

Desperté en la mañana. Estaba lloviendo. Y la brisa era fría. No
era un día muy normal. No en el desierto. Fui a trabajar, y la mitad de los cajeros no asistieron. Todos dieron pretextos burdos,
así que el gerente, el señor Moya, me dijo:

—Mira, ahora estás solo. Se acabó el entrenamiento. ¿Puedes
con el paquete?

De pronto pasaba a ver cómo iba, y para cuando terminó la
mañana, anunció:

—Ya eres un cajero. Un cajero de verdad. —Lo dijo como si
de verdad hubiera logrado algo, como si hubiera alcanzado una

meta, como si hubiera terminado una carrera—. Eres de Hollywood, ¿verdad?

Asentí.

—Yo crecí en Chiva Town. —Sabía lo que eso significaba: «Y heme aquí, trabajando como gerente de Safeway». Era algo bueno. Muy bueno. Pero yo tenía otros planes. Lo que no tenía planeado era la llamada que recibiría a las dos de la tarde de ese día. El señor Moya me llamó a su oficina. Estaba muy serio. Supe que algo no andaba bien. Me pasó el teléfono. No conocía la voz al otro lado de la línea. No tenía motivos para conocerla.

—¿Hablo con el señor Sammy Santos?

—Sí, señor.

—Mira, hijo, tu papá tuvo un accidente. —Luego hizo una pausa. Fue una pausa demasiado larga. Eso me asustó.

Sentí que Al, la paloma dentro de mí, se aferró a mi corazón. No pude decir nada. Finalmente, oí mi voz hablar por mí.

—¿Está muerto?

—No, hijo. —La paloma se calmó un poco. Pero mi corazón. ¡Dios! Juraba que mi corazón…— Es grave, hijo. Es muy grave.

Al se levantó de nuevo y agitó las alas y me desgarró por dentro.

El hospital no estaba lejos. Para nada. Tardé un par de minutos en llegar. Había dejado de llover.

¡Cielos! La brisa era muy fría. Casi helada. Para ser un día de verano, mi cuerpo temblaba como si fuera invierno.

No me dejaron verlo antes de llevarlo a cirugía.

—Está inconsciente, hijo.

—¿Está…? —No pude terminar la pregunta.

El doctor fue amable. Yo no sabía nada de médicos. No era uno de ellos. El médico era justo lo que esperaba. Se parecía al médico que habló con nosotros cuando llevamos a Jaime aquella noche. Aquella terrible noche. Era un *gringo* de ojos azul claro. Tendría unos 50 años, como mi papá. Estaba pensando qué decirme.

—No sabemos si hay heridas internas. Tal vez en la cabeza. Las heridas de la cabeza parecen ser superficiales. Es difícil sa-

berlo bien. Pero su pierna derecha... está muy mal. No sé si po-
dremos salvarla.

—La pierna no importa. Quiero a mi papá.

El doctor asintió.

—Haremos todo lo posible, hijo.

—Si muere, Elena y yo no tenemos a nadie. ¿Me entiende?

Asintió.

Saqué un cigarro, pero entonces me di cuenta de que estaba
sentado en una sala de espera de urgencias.

—¿No eres un poco joven para fumar?

Negué con la cabeza.

—Los mexicanos de Hollywood empiezan a fumar a los 12.
—Sonreí. No sé por qué dije eso.

El doctor asintió.

—¿Hollywood? —preguntó con una sonrisa—. Ah, ¿hablas
del *barrio* que está al este?

¿De qué otro Hollywood hablaría?

—Sí —contesté.

—¿Cuántos años tienes, hijo?

—17. 18. El primero de septiembre.

—Te alistarás en el ejército, ¿verdad?

El doctor intentaba ser amable. Eso me quedaba claro. No tenía que quedarse sentado a hablar conmigo. Pero me hizo enojar.

—¿Tiene hijos?

—Sí. Uno de 19.

—¿Está en el ejército?

—No. En la universidad.

—Ya veo —dije.

Creo que entendió la indirecta.

—Mira —dijo, y luego salió una enfermera que lo llamó. Juré
que después de eso me diría que mi padre estaba muerto, que
había muerto, que lo había perdido para siempre. Y que Elena y
yo seríamos huérfanos. Eso pensé. ¿Qué iba a hacer sin él? ¿Qué
íbamos a hacer Elena y yo? Sin madre. Sin padre—. Vamos a entrar al quirófano, hijo. Tomará tiempo. Tal vez mucho. Si necesitas irte, está bien. O puedes esperar.

—¿Se va a morir mi papá?

—No lo sé, hijo. Está muy grave. ¿Es un guerrero?

—Sí —contesté. Me temblaba el labio inferior. A veces hacía eso. Odiaba que pasara. Como si a mi labio no le importara lo que el resto de mi cuerpo pensara. Ni a mi labio ni a Al, la paloma estaba haciendo una especie de danza incontrolable dentro de mí.

Miré al médico cruzar las puertas. Salí a la calle. Hacía mucho frío. Para ser junio. Junio debía ser un mes caluroso. Ése era el plan. Debía hacer calor. Prendí un cigarro. Mientras estaba ahí, me di cuenta de que no le había preguntado a nadie por el accidente, por lo que había pasado. Se lastimó en el trabajo. Era lo único que sabía. ¿De qué servía saberlo? ¿Su pierna? Al carajo su pierna. Eso no me importaba.

No sabía qué hacer.

Quería sentarme ahí y llorar. Pero sabía que debía mantener la calma. Por Elena.

Me levanté y me acabé el cigarro.

Luego me fui a casa. Y esperé. No sabía nada. Era como si me hubiera apagado. No quería pensar nada. Sentir nada. No iba a pensar en las posibilidades. ¿La muerte era una posibilidad? Decidí sólo esperar.

No recuerdo qué le dije a Elena. Que papá se había lastimado. No lo recuerdo. Quería ir conmigo a ver a papá. Eso lo recuerdo. Pero no la dejé. Y ella se enojó mucho. Tal vez estuvo mal dejarla con la señora Apodaca. ¿Y si algo salía mal en el quirófano? Era difícil no sentir. Deberían intentarlo algún día.

Recuerdo estar sentado en la sala de espera. Y esperar. Y esperar. Salía a fumar a cada rato. Luego regresaba. No sé cuánto tiempo esperé. Horas. Finalmente, el doctor salió y dijo:

—Tu papá está en recuperación. —Se encogió de hombros—. La pierna… no pudimos salvarla.

Asentí. Al carajo su pierna. No me importaba su pierna.

No podía irme del hospital hasta que me dejaran verlo.

Finalmente lo hicieron. Mi papá seguía un poco anestesiado. Creo que estaba confundido. Por todo. Y su cara estaba golpeada. Tenía moretones en todas partes.

—Son superficiales —dijo el médico—. No tardarán en sanar. Son moretones normales. —¿Cómo podían ser normales los moretones? Normales, como cualquier cosa.

No sabía qué decir, así que sólo tomé su mano.

—Papá —susurré.

—¿Sammy? —Su voz sonaba cansada. ¡Dios!

—Vas a estar bien, papá. —No sé por qué susurraba. Simplemente lo hacía. Luego pensé que no sabía lo de su pierna.

—Lo siento, Sammy. Lo siento mucho. Lo siento.

—Shhhh —dije—. Está bien, papá.

Me quedé con él hasta que se durmió. Se veía triste. Pero incluso después de dormirse, siguió susurrando mi nombre.

Le di un beso en la frente antes de irme. Eso era lo que él siempre hacía. Me besaba la frente.

Mi papá olía a sangre. Y a alguna especie de medicamento.

Ya era de noche cuando salí del hospital. La lluvia había despejado el cielo, y el aire estaba limpio. Era como si las ventanas hubieran estado sucias y ahora brillaran de limpio. Podíamos empezar de cero. Pero ¿cuántas veces en la vida había que empezar de cero? Mi papá sabía. Pero era una pregunta que nunca le haría. No me agradaría la respuesta.

Supe que Elena me estaba esperando, así que volví a casa. Me leyó un cuento. Así hacíamos las cosas entonces. Luego me despertó en medio de la noche, gritando. Estaba teniendo una pesadilla. Era muy soñadora. Siempre lo había sido. Tenía sueños bonitos y pesadillas terribles. Siempre soñaba. Me levanté y la abracé.

—No me dejes —dijo.

—Nunca —contesté. Y me quedé con ella esa noche, para que no tuviera más sueños.

Al día siguiente, tuvieron que operar de nuevo a mi papá. Tenía algunas heridas internas. Estaba sangrando por dentro. Tuvieron que quitarle un riñón. No sé bien por qué. Pero confié en ellos. ¿Qué otra opción tenía?

Me quedé en el hospital todo el día. Él no despertó. Pensé que no volvería a despertar.

Llamé a la señora Apodaca y le pedí que cuidara a Elena. Pasé la noche en el hospital. Me quedé dormido, y, cuando desperté, mi papá estaba vivo. Tenía los ojos bien abiertos.

—Dime —susurró.

El doctor me había dicho que no estaba seguro de que mi papá supiera qué le había pasado.

—Estás cansado, papá. Duérmete.

—Dime —dijo. Quería que le contara.

No sabía cómo. No sabía. Pero él esperaba que se lo dijera, y supe que debía hacerlo.

—¿Qué es peor, papá? ¿Perder una pierna o perder un hijo?

—Perder un hijo —contestó.

—Pues todavía tienes a tu hijo, papá. —Eso le dije. Y esperé. Lo vi asentir, y luego continué—. ¿Qué es peor, papá? ¿Perder un riñón o una hija?

—Perder una hija.

—Pues todavía tienes a tu hija, papá. —Eso fue lo que le dije.

Llevé una pizza a casa. No tenía energía para cocinar. A Elena le encantaba la pizza. Comimos en el porche, mientras ella me hacía cientos de preguntas sobre qué le había pasado a papá y qué había pasado en el hospital, y yo las contestaba lo mejor que podía. Claro que mis respuestas no la satisfacían. Elena nunca quedaba satisfecha. Decía que papá contestaba las preguntas mejor que yo.

—Eso es porque los papás son más listos que los hermanos —dije. Ella negó con la cabeza. Reconocía mis mentiras a kilómetros de distancia.

Después de acabarnos la pizza, le di un dólar, y Gabriela y ella se fueron a buscar el camión de helados. Me preocupaba Elena. Se veía contenta mientras brincaba por la calle. Pero había tenido otra pesadilla. La señora Apodaca me dijo que gritó y gritó durante la noche. Eso me asustó. Elena me asustaba. Y mi papá.

No sabía si la libraría. Él también me asustaba. Me preguntaba si la gente notaba mi miedo. No quería que se dieran cuenta. No quería que nadie lo supiera.

Justo en ese momento, mientras pensaba todas esas cosas terribles, el auto de René se estacionó frente a mi casa. Ángel y él se bajaron del auto. ¡Cielos! René tenía el cabello bastante largo. Y estaba más moreno de tanto trabajar bajo el sol. Había bajado de peso. Traía lentes de sol y una camiseta negra, y se notaba que intentaba verse alivianado. Lo era. René siempre era alivianado.

—*Pareces vieja. Córtate esa greña* —le dije. Y todos nos reímos. Mi cabello ya no estaba tan corto, pero tampoco tan largo. No como el de René.

—Pareces un maldito republicano —dijo René. Se quitó los lentes. Había estado practicando el gesto. Se notaba. René me hacía reír como nadie—. *¿Y tu jefito? ¿Cómo va?*

—Está bien. —Por fin entendí por qué la gente siempre dice «gracias por preguntar». Por fin lo entendí—. Le van a poner una prótesis de pierna.

Ángel asintió.

—Lo lamento mucho, Sammy. —Era muy dulce. Su voz. Muy, muy dulce—. Me voy mañana —dijo—. Me mudo a Tucson. —Se le salió. Como si nada. Me voy.

—Oh. —Asentí. Quería decirle que la extrañaría. Pero sonaba tonto y torpe y soso. Claro que yo no era muy creativo con mis palabras, aun en un buen día. Hablaba igual que los demás. Me quedé paralizado, y no pude decir más que un maldito «Oh». Qué *pendejo*.

—Vamos a salir. Veremos a Gigi y a Charlie. Pensamos que tal vez…

—No puedo —dije. Creí ver algo en la expresión de Ángel. Como si se hubiera sentido herida. Me quedé quieto. Le sonreí—. Tengo algo para ti —dije.

Entré a la casa y escribí algo en un libro muy peculiar que había encargado. Portada de cuero y todo. Era un libro hermoso. Había deseado tenerlo durante mucho tiempo. Pero era sólo un libro. No era un riñón ni una pierna. «Llega lejos, Ángel. Llega lejos por todos nosotros. Con amor, Sammy», escribí en él.

Salí y se lo entregué. Ella lo miró y sonrió.

—*Grandes esperanzas* —dijo.

—Sí, *Grandes esperanzas*.

Me dio un beso en la mejilla y luego señaló con delicadeza mi pecho, en el lugar donde estaba mi corazón.

—No lo pierdas, ¿de acuerdo?

Unos días después, mi papá se veía mejor. No perdí a mi papá. Eso era lo importante. Él había estado pensando muchas cosas. Se le notaba. Se veía menos cansado, pero no era el papá de siempre. Nunca volvería a serlo. Después de eso, envejeció. Siempre se había visto joven. Pero no volvió a verse joven después de eso.

—Había un camión lleno de leña —dijo—. Y de pronto, empezaron a lloverle tablones de diez centímetros a tu viejo padre. —Intentó reírse. Nunca más volvió a mencionar el accidente. A veces hablaba de su pierna, pero no del accidente. Hablaba de su pierna como si fuera un amigo al que perdió. Mi pierna y yo, solía decir. Mi papá era constante. No pasaba demasiado tiempo lamiéndose las heridas.

Ese día lo pasé con él. Durmió mucho. Seguía cansado.

Lo miré dormir. Y pensé en cosas. En él y en mí.

—Vuelve al trabajo —me dijo antes de que me fuera. Supe a qué se refería. Vuelve a tu vida. Pero él era mi vida. Elena y él. Me besó la mano—. Tienes las manos de tu mamá —dijo. Tal vez a otro le habría molestado escuchar a su padre decir eso. Pero no a mí. A mí me alegraba tener cualquier cosa que hubiera sido de mi madre.

Tenía planes. Los planes cambian. El verano pasaba muy lento. Leí mucho. René conoció a una chica mientras ponía tejas en una casa. La chica le ofreció un vaso de agua fría. El aceptó el vaso y su número telefónico. Se llamaba Dolores. Era una de esas mexicanas que no hablaban nada de español. ¡Dios! Y con un nombre como Dolores. De acuerdo. Nada de español. Estaba bien. Estábamos en Estados Unidos. Pero la chica no podía entenderse con su abuela. Decía que le daba igual, porque ya era una vieja decrépita.

No me agradaba. No porque no hablara español, sino por lo que dijo de su abuela. Como si las viejas no importaran. Pero a René le gustaba mirarla. ¿A quién no le habría gustado? Tómale una foto. Dura más tiempo. Sí, sí.

Gigi puso los ojos en blanco cuando la conoció. Ni siquiera lo disimuló.

—Fuiste muy grosera —le dijo René después. Estábamos sentados en el porche de mi casa.

—Invitar a una chica a salir sólo porque te quieres acostar con ella, ¡eso es lo grosero, René! Así que no me hables de groserías. *¿Qué me crees? ¿Pendeja?* —Gigi sí que sabía español.

—Déjalo, ya, Gigi. ¿Por qué no puedes portarte bien con ella?

—¿Para qué? ¿Para qué me porto bien con una *pendeja* a la que no voy a volver a ver después de que te la cojas?

—¡Cállate, Gigi!

—No —contestó ella—. No me cae bien. Y a ti tampoco, René.

—A veces eres una *cabrona*, ¿sabes, Gigi?

—¿Por qué? ¿Porque no aguanto tus babosadas? Nada más no me acerques a tus novias, ¿Okey? No quiero saber, René. ¿Okey?

—¿Y tú qué?

—¿Yo qué?

—Charlie y tú actúan como si fueran el señor y la señora Gladstein. —René prendió un cigarro y exhaló el humo por la nariz—. Cogiendo como conejos.

Gigi cruzó los brazos. Estaba furiosa. Pensé que iba a darle una bofetada a René. Abrió su bolso. En realidad era un morral de cuero, como el que usaban las *hippies*. Charlie se lo había regalado. Buscaba y rebuscaba sus cigarros.

—Toma —le dije y le pasé un cigarro. Luego se lo encendí.

Gigi levantó la cara y exhaló el humo hacia el cielo.

—Todos saben que sigo siendo virgen. —Y luego se rio.

Entonces René y yo nos reímos también.

Cómo nos reímos. Después de que paramos, Gigi me dio un coscorrón.

—No tenías que reírte tan fuerte, *cabrón*.

Llevé a mi papá de vuelta a casa un domingo. Elena buscó la palabra «prótesis» en el diccionario.

—Plástico —dijo mi papá, y luego le dio un golpecito—. Mejor que la madera. —Pensé en los tablones que le cayeron encima—. Y de la misma talla de zapato —dijo con una sonrisa. A veces era como un niño pequeño.

Le cociné su platillo favorito. También era el mío. Asado con papas, zanahoria, cebolla y *gravy*. Una comida muy americana. Nos sentamos a comer. Estaba sabroso.

—Me devolvieron el depósito —dije. Mi papá volteó a verme. Sabía a qué me refería. El plan, el de ir a la universidad, ese plan había cambiado.

—No —dijo.

Lo miré a los ojos. Quería que entendiera que no había poder humano que me hiciera dejarlo. No ahora. No podía irme. Imposible. No podía pensar en dejarlos a él y a Elena. Y el dinero que habíamos ahorrado ahora lo necesitaríamos para otras cosas. Eso me quedaba claro. Y a él también. Además, a fin de cuentas California no era un lugar real. Nuestro Hollywood era mejor que su Hollywood. Sí, sí.

—Me registré en la estatal —dije. Dejé que la afirmación flotara en el aire. Esperé que él empezara desde ahí.

Me miró fijamente.

—¿*Cuándo*? —Parecía triste, mi papá. Me miró a los ojos, y supe lo que sus ojos contenían: mi Sammy, mi Sammy, pero te esforzaste tanto.

Quería decirle que no estuviera triste.

—Hace dos días. Salí temprano del trabajo. Fui y me registré. Él asintió.

—Lo lamento —susurró, sin dejar de asentir. Luego clavó la mirada en su plato. Siempre hacía eso.

—No me importa ir a una universidad prestigiosa, papá.

—Sammy... —No sé qué iba a decir después, porque se detuvo en seco. Seguía mirando su plato, y luego probó el asado—. Está bueno —dijo.

Volteé a verlo. Ambos asentimos.

Y eso fue todo.

En agosto, me compré una vieja camioneta Chevy '55 a la que le hacía falta pintura. Sólo necesitaba algo que me llevara a la escuela y al trabajo; no planeaba viajar más lejos. El motor estaba bien, y el precio, también. Olía a camioneta vieja. Es un olor familiar. Como cuando el sol ha ido quemando el interior con el paso de los años. Como el sudor de los dueños anteriores. Así olía. Pero a mí me agradaba. Nunca había tenido nada propio, no algo así. Sentía que todo el mundo me observaba. Claro que al mundo no le importaba. A nadie le importaba un adolescente de Hollywood con una camioneta vieja que conducía por el pueblo como si trajera un Mercedes. Pero yo no podía evitar sonreír. Sonreía de oreja a oreja.

La señora Apodaca me dijo que debía pintarla. A ella le gustaban las cosas pulcras y bien hechas. Como su césped bien podado. Como su banqueta tan limpia que podías comer *enchiladas* del suelo.

—Roja —dijo—. Píntala roja.

Conduje hasta casa de Gigi y toqué el claxon. Gigi se asomó.

—¡Sammy! ¡Te compraste una troca! ¡Qué bien! ¡Qué buena troca! Mi hermano tiene un conocido que te la puede pintar, barato. Deberías pintarla amarilla. —Se subió a la camioneta. Yo reí. Al menos no traía bolso y no fingiría buscar sus cigarros imaginarios.

—¿Quieres un cigarro? —le dije.

Condujimos a la casa de René, a la vuelta de la esquina. Tocamos el claxon. Su hermanita salió y dijo que René seguía dormido. Eran las diez de la mañana y él seguía dormido. Pero era sábado. Buen día para dormir hasta tarde. Claro que yo nunca había hecho algo así como dormir hasta tarde.

—Despiértalo —dijo Gigi—. Dile que hay una chica aquí afuera que cree que es más genial que Ringo Starr. —Ringo Starr era el Beatle favorito de Gigi.

René apareció en la puerta unos minutos después, descalzo y con la camisa desabotonada.

—¡*Vámonos, huevón!* —le gritó Gigi.

Él agitó la cabeza.

—¡*Ahí voy! ¡Ahí voy!* —Se metió a su casa y salió unos minutos después. Traía sus lentes de sol y una bandana en la cabeza.

—Pareces un *pachuco cabrón* —dije.

—¿Les gusta el atuendo? —Incluso traía pantalones kakis.

—Sí —dije—. ¿Te vas a poner eso cuando te toque ir al servicio militar?

—¡Jamás! Que se jodan esos imbéciles. Que intenten reclutarme. No iré ni aunque me maten.

Lamenté haber sacado el tema. Mierda.

—Si quieres podemos irnos en la troca a Canadá —dije.

René se rio.

—Esta cosa no llegaría ni a Juárez.

—Oye, oye, no te expreses así de mi troca nueva.

—¿Nueva? —dijo Gigi—. Sí, bueno, yo tengo una tía que cree que sigue teniendo 20.

—Oigan —dije—. Amo esta troca.

—No está mal —dijo René—. Sólo necesitas pintarla de negro. Negro azabache.

Genial. Todos querían cambiar mi camioneta para hacerla más aceptable. Roja, amarilla, negra. En ese instante decidí que no iba a pintarla. Si a la gente no le gustaba, se podían ir a pie.

Fuimos a pasear por ahí, los tres. René, Gigi y yo. Conduje hasta el dique y estacioné la camioneta. Mientras conducía, escuchaba la conversación de Gigi y René. En realidad estaban discutiendo, pero así se hablaban siempre.

—La botaste, ¿verdad?

—No la boté.

—Eres un *puto*, ¿sabías? Un grandísimo *puto*.

—¿De qué me hablas?

—Si las chicas pueden ser *putas*, entonces los chicos también pueden ser *putos*. Y tu eres un grandísimo *puto*, René. Te acuestas con cualquiera. *Puto*. Eso eres.

René puso los ojos en blanco y prendió un cigarro. Miró a nuestro alrededor mientras yo estacionaba la camioneta. Luego nos miró a Gigi y a mí.

—Aquí fue. Esa noche, fue justo aquí donde estaban estacionados Jaime y Eric —dijo. Gigi le quitó el cigarro de la boca, le dio una fumada y se lo devolvió—. Los *pinches* policías ni siquiera intentaron agarrar a esos bastardos. ¿Y si los hubieran matado? Jaime estaría muerto. Eric estaría muerto. Y a nadie le habría importado.

Gigi le puso una mano sobre el hombro.

—Los salvaste. Es lo mejor que has hecho en toda tu vida.

—No salvé a nadie.

—Claro que sí. Los salvaste. Si no los habrían matado.

—Sí, sí, los salvé. Ahora son dos maricas vagando por el mundo, libres para ser maricas. —Se rio.

—No seas grosero —le dijo Gigi.

—No puedo evitarlo. Soy un culero hijodeperra. Cada vez que intento ser bueno, me sale mal. Anoche… —Negó con la cabeza—. Anoche terminé con Dolores, luego salí y busqué pelea. Le partí el hocico a un tipo. Eso hice. Mierda. Podría haberlo matado. A puño limpio. ¿Y saben qué? Ni siquiera lo estaba golpeando a él. Estaba golpeando… No sé, no sé qué mierdas estaba golpeando. Pero no era a él. Unos tipos tuvieron que agarrarme. Fue como si quisiera golpear y golpear y seguir golpeando.

Desconocí a René. Justo cuando me había hecho creer que estaba cambiando, volvió a ser quien era, quien siempre había sido. Era como si temiera convertirse en una mejor persona.

Se rio. Pero no era una risa de verdad.

—Algún día voy a matar a alguien. ¿Y luego qué?

—No —dije—. No lo harás.

—¿Por qué, Sammy? ¿Porque tú lo dices?

—Así es. Porque yo lo digo.

No lo sabía entonces, pero sería la última vez que vería a René. Al menos durante mucho tiempo. Al igual que a Pifas, lo habían reclutado. No nos lo dijo. Entendí entonces por qué había terminado con Dolores. Entendí por qué se había metido en una pelea y había querido matar a alguien. Entendí por qué. Tal vez René también lo entendía. Era un tipo muy listo. Qué desperdicio. Una semana después, pasé por su casa y su mamá me dio una carta.

—Te dejó esta carta, mijo.

Supuse que no se le daba eso de las despedidas a René. Simplemente se fue. Tal vez eso les hacía a todas las chicas con las que salía. Un día estaba, y al siguiente ya no. La carta iba dirigida a Gigi y a mí. Así que esa tarde le llamé a Gigi y le dije:

—René se fue. Pasé por su casa. Nos dejó una carta. ¿Quieres oírla?

—Sí —susurró. Escuché su dolor. Conocía a Gigi. Reconocía esa cosa en su voz. Sabía bien qué era. Así que leí la carta:

Sammy y Gigi:

Miren, no supe cómo decírselo. Ahora soy propiedad del Tío Sam. Sé que pude haber hecho algo al respecto, pero no lo hice. Y ahora es demasiado tarde. Ustedes son los mejores amigos que he tenido. Ésa es la pinche verdad. Hasta tú, Gigi. No les voy a escribir. No se me da eso de escribir cartas. Jaime me estuvo escribiendo, hasta que se dio por vencido. Yo nunca le contesté. Simplemente no soy así. Tal vez a mi mamá sí le escriba. Probablemente sí le escriba. Así que, si quieren saber cómo me va, pregúntenle a ella. Miren, sé que Pifas no la libró, pero yo no voy a dejar que me maten. Se los prometo. Hagan la paz.

René Montoya de Hollywood

Gigi se puso a llorar. No podía parar. ¡Dios! Sentí que pasaba la mitad de mi vida escuchando a Gigi Carmona llorar.

La otra mitad, la pasaba escuchándola reír.

Cuando colgué el teléfono, yo también me puse a llorar. Lloré por René y por Pifas. Lloré por la pierna de mi papá. Lloré por no haber podido ir a una escuela por la que me partí mi estúpido lomo mexicano. Lloré por mi madre. Lloré por Juliana.

Después de eso, no vi mucho a Gigi. Un día me topé a Susie Hernández, y ella me dijo que Gigi y Charlie habían formado una especie de banda de rock. Gigi era la vocalista, y Charlie era el guitarrista principal. Ronnie, el hermano mayor de Larry Torres, y uno de los hermanos Díaz también estaban en la banda. Pero Susie no sabía cómo se hacían llamar.

—Gigi ya se volvió bien *hippie* —dijo Susie—. ¿Quién ha oído hablar de una mexicana *hippie*?

—*Chicana* —contesté—. Gigi es *chicana*.

—Ah, sí. Lo olvidé. Es que yo sólo soy mexicana. —Se rio.

Esa noche llamé a Gigi. Pero no estaba en casa. Le dije a su mamá que le pidiera que me llamara. Pero nunca lo hizo. Volví a llamarle varias veces, pero nunca la encontraba.

—*Nunca está aquí* —me dijo su mamá. Nunca estaba en casa. *Nunca.*

Entré a la universidad estatal pocos días antes de cumplir 18. No estaba mal. Era mejor que Las Cruces High. Eso era un hecho. Tomaba 15 horas de clase. Y trabajaba medio tiempo en Safeway. No me importaba tener que trabajar mucho. ¿Y qué?

A veces miraba la pierna de mi papá y me preguntaba adónde iban las piernas que se perdían. Me preguntaba si eran como sueños, que una vez que los pierdes no vuelven más. Me lo preguntaba a veces.

Estaba buscando otro plan. Mientras tanto, pensé que sería bueno mantenerme ocupado. Y eso hice. Un viernes por la tarde, recibí una llamada. Era Gigi.

—Mañana a las 12 vamos a tocar en los campos de la sociedad de alumnos. Charlie y yo tenemos una banda, Sammy. *Something cool*. Así se llama la banda. ¿Vendrás a vernos, Sammy?

—Claro —dije.

La banda no era la gran cosa. No habían decidido cuál era su onda en realidad. Eran imitaciones baratas de muchas otras bandas. Muy baratas. Intentaban compensarlo todo haciendo demasiado ruido. Muchos grupos hacían eso. Y todos querían tener su propia banda de rock después de lo que pasó en Woodstock. Había conciertos en todas partes. En ese entonces nadie hablaba de negocios. Pero de eso se trataba. De hacer dinero. Sólo que todos decían que lo hacían por la música. Sí, claro. Como fuera, ¿yo qué demonios sabía? Yo no era un gran rockero. No sabía un carajo de música.

Pero Gigi… ella tenía una gran voz. La gente se quedó a escucharla. Traía puesto un vestido largo y blanco de algodón, con margaritas amarillas encima que la hacían parecer un jardín. Y cantó esa canción *Beautiful People*, y juro que yo no quería que terminara nunca. Era mejor que Melanie o que Joan Baez. ¡Dios! Quería quedarme ahí. Quería quedarme ahí y escuchar a Gigi cantar por siempre.

Recuerdo haber aplaudido y aplaudido y aplaudido. Pifas la habría amado aún más… si la hubiera visto, si hubiera estado vivo. Luego subió otra banda, unos tipos que tocaban auténtico rock pesado y que parecían pachecos. Parecía que no les gustaba ducharse. Ésa era su onda. Ésa era.

Fui a buscar a Gigi y a Charlie. Conversamos un rato. Se notaba que ahora sí Charlie y Gigi estaban juntos de verdad. Y me dio gusto. Porque Charlie era un buen tipo. Recuerdo lo que pensé cuando lo conocí. Pensé que era como las notas en los márgenes de mis libros. Sí, así era Charlie. No era algo malo. Además, amaba a Gigi. Y ella necesitaba eso. Si alguna vez conocí a una chica que necesitara ser amada, esa chica era Gigi Carmona.

—Nos vamos —me dijo—. Charlie y yo. Nos vamos a California.

—Es el lugar al que van todos —dije.

—Te escribiré —dijo.

Pero supe que no lo haría. Era igual que René. Estaría demasiado ocupada viviendo su vida.

Asentí.

—¿Algún día dejarás Hollywood, Sammy?

—No sé. No pienso mucho en eso. —Me pregunté si se daría cuenta de que le estaba mintiendo.

Buscó algo en su bolso y sacó un trapo negro. Me lo ató alrededor del brazo. Con delicadeza. Como si temiera romperme.

—Por Pifas —dijo.

Asentí.

—Por Pifas.

No sé qué vio en mis ojos. Pero me tomó la cara con ambas manos y la sostuvo durante largo rato. Como si me estuviera memorizando.

Sus manos eran tan cálidas como la mañana.

Entonces me soltó.

Me quedé parado, mirándolos a ella y a Charlie alejarse. De pronto Charlie se dio media vuelta.

—¡Oye, Sammy! —gritó—. ¡El próximo año en Jerusalén!

Agité la mano y le grité también.

—¿Eso es cerca de Hollywood?

Gigi volteó la cara. Se notaba que estaba llorando.

No llores, Gigi. No llores. No quiero recordarte así.

Fue la última vez que vi a Gigi.

Esa noche fui al río. Solo. Fumé unos cuantos cigarros y escuché la radio. A lo lejos había una fiesta. Se alcanzaba a ver la pequeña fogata que habían prendido. Escuché risas. Alguien se reía. Era buena señal.

Pasé todo el primer semestre como un muchacho perdido, sin amigos, sin querer hacer amigos. Había perdido a los míos. A mis amigos. Ya no estaban. Cuando me ponía demasiado triste, me repetía que sólo había perdido amigos. Mi padre había perdido una pierna y un riñón. Y no derramaba lágrimas por ello. ¿Qué había perdido yo? Sin embargo, no podía evitar extrañarlos. A Pifas, Jaime, Ángel y René. A Juliana y a Gigi. Me dolía el corazón. Así que intenté dejar de pensar en ellos. Me mantenía ocupado. Hacía otros planes.

Esa primavera, en una reunión de la sociedad de alumnos, había una chica con un vestido amarillo. Amarillo como el sol. La chica me sonrió. Y yo también sonreí. Pero no le sonreía a ella. Le sonreía a Gigi.

Veintiséis

Enferma. Es una palabra con la que crecí. *Enferma.* *Sick.* En dos idiomas. Enfermedad era sinónimo de muerte, al menos en la lógica de mi infancia. Por mi mamá. En español, la palabra era femenina. Y ahora la enferma era la señora Apodaca. Enferma empezaba a ser su nombre de pila.

En los días buenos, la señora Apodaca todavía lograba salir a su jardín. Miraba fijamente sus rosas, como ordenándoles que se comportaran, tal como les había enseñado. Pero ya no las tocaba, como si estuviera aprendiendo a desprenderse de las cosas que amaba. Dejar ir no era una virtud que hubiera practicado en su vida.

En los días malos, se paraba en la puerta y miraba hacia fuera. Creo que esos días ni siquiera veía el jardín. Se asomaba para ver algo más grande que lo que había plantado en su pequeño jardín. Miraba hacia fuera como si estuviera observando un mar inclemente. Lo que veía en esas aguas no era la muerte ni el futuro, sino el pasado. Su marido. Su hija recién nacida, dormida en sus brazos, descansando en el mundo real por primera vez. Las calles de Hollywood. La comida que le agradaba preparar. El sabor en su boca. Las casas sencillas de un pueblo mexicano. La voz de su mamá cantándole una canción tan familiar como las líneas de sus manos ásperas de mujer trabajadora. Era como si intentara memorizar el mundo entero como lo conocía, en caso de que necesitara un fragmento del mismo después de morir. Ese fragmento podría ser su salvación.

La estudié igual que siempre. Igual que como estudiaba un buen libro. Los buenos libros te enseñan lo que necesitas saber del mundo.

Mi papá y yo cuidamos su jardín. No éramos tan meticulosos como ella, pero a ella no parecía importarle. No se daba cuenta. Ésa era la parte triste. No salía a decirnos cómo hacer las cosas bien. Extrañaba verla señalar alguna cosa en el jardín, alguna cosa que sólo ella veía. Extrañaba sus gestos, su voz decepcionada.

«*No seas tan inútil*».

Ser inútil estaba en su lista de pecados.

Extrañaba su cuerpo robusto que desafiaba a algún valiente a intentar derrumbarla.

Extrañaba su mirada disciplinada.

Un día estaba trabajando en su jardín, hablando conmigo mismo. A veces lo hacía. Todavía lo hago. Levanté la mirada, y la señora Apodaca estaba de pie en el porche.

—¿Con quién hablas?

—Con nadie —dije. Le seguí mintiendo. Nunca aprendí a no hacerlo.

—Cuando yo hablo, hablo con Dios. O con Octavio. Pero tú… tú no hablas con Dios.

—A veces sí.

—Pero casi nunca. —Había una pizca de desaprobación en su voz cansada.

—No. Supongo que hablo conmigo mismo.

—Yo creo que hablas con Juliana —dijo. Me quedé callado—. ¿La sigues extrañando?

Bajé la mirada al suelo y empecé a arrancar la maleza de su jardín. Odiaba la situación. Lo de Juliana y yo era algo privado. Pero la señora Apodaca estaba decidida a sacarme una respuesta, aun cuando su cuerpo se estaba disolviendo. Aun entonces, era más fuerte que yo.

—A veces —susurré finalmente—. Todavía la extraño a veces.

—¿Piensas mucho en ella? —dijo.

—No muy seguido.

—Ha pasado mucho tiempo.

—No.

—Sí.

—Me gusta pensar en ella.

—¿Por qué?

—No sé.

La señora Apodaca negó con la cabeza.

—Era una muchacha joven. Y su padre la mató. Y tú la amabas. —Me miró a los ojos.

—Eso no es pecado —dije—. Amar no es pecado.

—No —dijo ella—. Tampoco es pecado amar a los muertos.

—Entonces no hay pecado. Así que no hay problema.

Ella agitó la cabeza.

—Pero ¿y los vivos?

—Los vivos pueden cuidarse solos.

—No. Eso no está bien, *hijo*. *Escúchame*, Samuel. Son los muertos. Ellos son los que saben cuidarse solos. —No dejaba de mirarme—. Déjala ir, *mijito*.

Asentí. Pero no sabía cómo. Dejar ir. Al igual que ella, me negaba a soltar las cosas. Y ella lo sabía. Y no podía enseñarme a aflojar el puño. No podía. Y le quedaba muy claro. Seguí arrancando la maleza.

—¿Ves? —dijo ella—. Sólo a los vivos les interesa arrancar la maleza.

Una tarde, pasé a casa de la señora Apodaca. Ella quería salir a tomar el aire, así que la ayudé a salir al porche. Se sentó ahí, con la mirada perdida, sin decir nada. Y ahí supe que ya se estaba yendo.

—*¿Qué va a pasar con mis rosales?* —Volteó a verme.

—Yo los voy a cuidar —dije. Recordé aquel verano en el que me enseñó todo sobre el cuidado de las rosas, sobre las partes del rosal que están muriendo y las que están naciendo.

Nos quedamos ahí sentados largo rato.

—*Todo lo que nace tiene que morir.*

Asentí. Las madres y las niñas y los chicos que iban a la guerra. Y las mujeres que amaban a Dios. Y las rosas. Todo tenía que morir.

Fui a la iglesia y encendí una veladora por ella. Susurré su nombre. Mucha gente había muerto en mi vida. Me pregunté si algún día dejaría de suceder. Pero supe que no. Aun así, lo anhelé.

—No te la lleves. —Ésa fue mi plegaria. ¿Para qué quería Dios llevarse a una mujer estricta a la que le gustaba sermonear a la gente y mantener su jardín bien podado? ¿Para qué quería Dios llevarse a alguien así?

Unas semanas después, llegué a casa después de estudiar en la biblioteca. Era más de media noche. Mi papá me estaba esperando. Nunca lo hacía. Lo había hecho un par de veces cuando yo estaba en la preparatoria, pero era raro.

—La señora Apodaca está en el hospital —dijo. Vi lo que contenían sus ojos. Odié las implicaciones de esa mirada.

—¿Y Gabriela? —pregunté.

—Está aquí. Ella y Elena están dormidas —dijo. Asentí—. Si Gabriela se viene a vivir con nosotros... —Me miró a los ojos—. ¿Por ti está bien?

No necesitaba preguntármelo. Pero igual lo hizo. Así era mi padre. Fue la primera vez en mucho tiempo que quise darle un beso.

—Seguro —dije—. Nunca se tienen suficientes hermanas.

Mi papá asintió.

—Eres un buen muchacho.

—Ya no soy un muchacho, papá. —Eso le dije.

—Es cierto —dijo—. Ya no eres un muchacho. —Parecía triste, como si no pudiera hablar. Así que sólo susurró—. La señora Apodaca quiere verte.

Me miró a los ojos. Estaba cansado, mi papá. Exhausto. Ésa era la palabra. Siempre intentaba ocultármelo, pero no esta vez.

—Ha sido buena con nosotros —dije.

—No siempre lo creíste.

—Era una mujer muy dura.

—¿Y ahora?

—Se ha suavizado.

—Nunca fue tan dura como creías.

—Era un niño. ¿Qué iba a saber?

Mi papá me acarició la mejilla y luego quitó la mano.

—¿Tal vez el que se suavizó fuiste tú? —En realidad no era una pregunta—. No es malo ser así —dijo. Bajó la mano y se rascó la prótesis de la pierna. Era un hábito nervioso. Buscar algo que ya no estaba.

La señora Apodaca estaba rezando su rosario cuando entré al cuarto. Se llevó el dedo a los labios. Pude notar el esbozo de sus huesos. La carne la estaba abandonando, como las hojas a los árboles en noviembre. Se veía tan delgada. Y su piel era gris, como tierra erosionada y envenenada. Bajé la cabeza y la dejé terminar sus oraciones. Sabía lo esenciales que eran para ella. Me pregunté por qué o por quién estaría rezando. Siempre me lo preguntaba.

Cuando terminó, agarró su rosario y lo puso en su regazo. Luego me miró a los ojos.

—¿Por qué no has pintado tu camioneta? —dijo. Su voz sonaba vieja y seca. Pero no era una mujer tan vieja. Tenía apenas cincuenta y algo. Me hacía feliz ver su cara de desaprobación—. Llevas tres años con esa *troca*.

—Sí, *señora*. Casi tres años. —Sonreí—. Supongo que, si no la pinto, la gente creerá que soy pobre. —Le pasé un vaso con agua.

Casi logro hacerla sonreír con mi chiste. Luego bebió el agua despacio, con manos temblorosas.

—La gente ya sabe que eres pobre —dijo—. También saben que no sientes orgullo por las cosas que posees.

Seguía sermoneándome, pero estaba bien. Ya me había enamorado de sus sermones.

—Sí, *señora* —dije.

—*Estoy muy enferma* —susurró.

Asentí. Sonaba derrotada. En ese entonces yo no entendía la diferencia entre aceptación y derrota.

—*Y cansada. Ay, hijo, estoy tan cansada.* —Inhaló profundo y cerró los ojos—. Soñé con tu mamá. Era tan bonita, *tu mamá.* —Sólo cuando hablaba de mi mamá se le suavizaba la voz—. Fuiste muy fuerte cuando ella murió.

Yo no lo recordaba así. Negué con la cabeza.

La señora Apodaca señaló la silla.

—Siéntate. Quiero contarte algo —dijo. Me senté y acerqué la silla al costado de su cama—. Mi madre y mi padre me entregaron a Dios.

—Lo sé —dije—. Cuando nos bautizan, nos entregan a Dios.

—No me refiero a eso. Mis padres me llevaron a un convento. —Volteó a verme—. Así se acostumbraba a veces. Cuando tu familia era pudiente y tenía demasiadas hijas. Le entregaban una hija a la iglesia. —Sonrió—. Quizá... —Agitó la cabeza—. *Al cabo no importa.* Ahí aprendí inglés, en el convento. Mis materias asignadas eran ésas, inglés y español. Eso me tocaría enseñar en la escuela del convento. —Me miró a los ojos. Entendí que quería que le preguntara algo. Pero no sabía qué.

—¿No quiso ser monja? —Tal vez no era la pregunta adecuada.

—*Seguro que sí.* Ser monja es algo divino. Quería ser monja. Sí. Pero no quería tener que educar a las hijas de los adinerados. Cualquiera podía hacer eso. Yo quería trabajar con los pobres. Como Catalina de Siena.

No tenía idea de quién era Catalina de Siena.

—¿Y no se lo permitieron?

—No.

—¿Entonces dejó el convento?

—No fui una muchacha obediente.

—Lo sé —susurré.

Ella se rio. Yo también. Entonces nos miramos a los ojos. Como buenos amigos.

—Pero mi familia me había entregado a la Iglesia. Los deshonré. Rompí una promesa.

—Pero la promesa la hizo su padre.

—Una buena hija mantiene las promesas de su padre.

—No estoy de acuerdo.

—Eres como yo. Siempre listo para desobedecer.

—Hay cosas por las que debemos pelear.

—Te gusta pelear, ¿verdad?

—He tenido que aprender a hacerlo.

—¿Crees que ha sido un buen aprendizaje?

—Sí.

—¿Por qué?

—Porque quiero vivir.

—¿Y pasar tus días peleando? Ésa no es vida.

—Pero usted así vivió —dije. No debí haber dicho eso.

La señora Apodaca no sonrió. Tampoco se enojó. Simplemente se quedó callada. Me miró. Me pregunté cómo habrían sido sus ojos cuando era joven.

—Había un jardinero. —Negó con la cabeza—. Él me trajo aquí, *ese jardinero*.

—¿El señor Apodaca? —pregunté.

Ella asintió.

—Octavio.

Ahora lo entendía. Entendí por qué nunca la había oído hablar de México. Por qué se comportaba como lo hacía.

—¿Fue difícil?

—Odiaba este lugar —dijo. Y luego apretó mi mano—. Sólo era un lugar al cual huir. Porque no podía volver. Tuve que elegir. Octavio o México. Y aquí… —Entonces sonrió—. Bueno, pero tenía a Octavio. —Por un instante, la imaginé como una muchacha, huyendo del convento con un joven llamado Octavio Apodaca. Una muchacha como Gigi. Como Ángel. Como Juliana—. Lo escribí todo —dijo. Sacó un sobre repleto de hojas—. Quiero que se lo des a Gabriela… cuando tenga edad. —Casi me obligó a tomar el sobre antes de desviar la mirada—. ¿Lo harás? —susurró—. *No tengo a nadie.* —Recordé el día que la vi llorar en la iglesia—. Perdí a tres niños antes de Gabriela. Dios nunca me dejó ver… —Se detuvo. No me gustaba verla llorar, verla tan frágil. Lo odiaba.

A veces, cuando era niño, la odiaba por ser una mujer tan fuerte. Hubiera querido verla así. Vulnerable. A veces rezaba para que se quebrara.

Me sentí avergonzado.

La señora Apodaca intentó seguir hablando, pero los labios le temblaban.

—Seré un buen hermano —dije—. Lo prometo.

Ella se recostó en la cama y asintió. Quise limpiarle las lágrimas, pero no sabía si era apropiado. Ella cerró los ojos y asintió.

—Huí —dijo—. Pero ¿de Dios? No puedes huir de Dios.

Todos le pertenecemos a Dios. Eso me dijo ella alguna vez. Así que eso le susurré.

—Todos le pertenecemos a Dios.

Ella asintió. Siguió asintiendo hasta que se quedó dormida. Yo me quedé sentado, mirando el sobre con la historia de cómo había llegado a Estados Unidos. La historia de Gabriela. Para que no la olvidara.

Me quedé sentado largo rato. Cuando me levanté para irme, la señora Apodaca abrió los ojos y me sonrió.

—Hay una foto —dijo—, de tu mamá y yo antes de que nacieras. Está en mi casa. Quiero que te la quedes. —Cerró los ojos de nuevo—. Si ves otra cosa, sólo pídesela a Gabriela.

—No —dije—. Con eso basta.

No sé por qué, pero le di un beso en la mano. Pensé en Pifas, en sus manos que se quedaron en otro país. Tal vez algo estaría creciendo ahí, en la tierra en donde estaban enterradas las manos de Pifas. Me pregunté si en Vietnam habría rosales.

Le besé la mano.

Volví a casa. Intenté estudiar. Me fui a dormir. Desperté en medio de la noche. Estaba soñando con mi mamá. Traía puesto un vestido blanco. Era joven y me llamaba por mi nombre.

Me levanté, me puse pantalones, salí de casa y crucé la calle, sin camisa y sin zapatos. Entré a la casa de la señora Apodaca y busqué la foto que tenía con mi mamá. Estaba en su tocador. Se veían tan jóvenes, mi mamá y la señora Apodaca. Parecían niñas, casi hermanas. Jamás pensé que la señora Apodaca hubiera sido hermosa. Pero en esa foto era tan perfecta como la luna llena. Agarré la foto y la sostuve. Me senté en esa recámara durante largo rato. En la mañana, cuando desperté, estaba acostado en la cama de la señora Apodaca, abrazado a la foto de ella y mi mamá.

Dos días después, la señora Apodaca murió.

Pero mi mamá y ella seguían vivas en esa foto.

El día después del funeral de la señora Apodaca, pinté mi camioneta de color cereza. Colgué uno de sus rosarios en el espejo retrovisor. Olía a rosas. Después de un tiempo, adopté la costumbre de hablar con ella cuando conducía la camioneta. Hasta la fecha tengo ese rosario colgando del retrovisor. Cuando conduzco, sigo hablando con ella. En realidad no hablo con ella. Más bien discuto. Ella sigue creyendo que tiene todas las respuestas.

Veintisiete

Todavía a veces tengo noticias de Jaime. Después de todo lo que pasó, él y Eric volvieron a estar juntos. Claro que después Eric murió en un accidente de auto. Los accidentes ocurren. Pasan todo el tiempo. Así es la vida. Hacemos planes. Y entonces algo pasa. Y todo se va al diablo. Como el jardín de la señora Apodaca. Como mi padre, que una noche se levantó para servirse agua y tuvo un derrame cerebral. Aguantó un rato, pero se puso muy mal. Y luego se dejó ir.

—*Voy a ir a ver a mi Soledad.* —Se fue a ver a mi mamá. Ésas fueron sus últimas palabras. El día después de su funeral, encontré entre sus cosas un cartel que había pintado sobre un trozo de madera laminada. Lo había hecho un par de meses antes de que su hermano volviera de la guerra de Corea. Decía «Bienvenido a Hollywood. Población: 67». Y luego el 67 estaba tachado, y a un lado decía 68.

Pero su hermano nunca volvió. Dos días antes de que lo dejaran volver a casa, lo mataron. En Corea. Una bala le atravesó el corazón.

Esta noche estoy aquí sentado, intentando recordar el muchacho que era cuando me enamoré de una chica llamada Juliana. Vivíamos en un lugar llamado Hollywood. Todavía recuerdo las calles y las casas, todas ellas pequeñas. Algunas eran bonitas y estaban bien cuidadas, pero otras estaban tan jodidas como la gente que las habitaba. Algunas de ellas se mantenían más o menos igual que cuando las construyeron. Otras tenían habitaciones adicionales construidas en todas direcciones, hechas de materiales sobrantes. En ese entonces no llamabas a un arquitecto. No llamabas a un maestro de obras. Lo hacías tú mismo. Y te salía como te salía. Lo único que no hacías era mudarte.

Algunos salimos de ahí. La mayoría no. Al menos no vivos.

No es justo. ¡Maldición!

Cuando era niña, Elena solía hacerme siempre la misma pregunta.

—Si pudieras ser otra persona por un día, Sammy, ¿quién serías?

Nunca supe qué contestar. Ahora sí tengo una respuesta. Si pudiera ser cualquier persona por un día, sería Jesucristo. Sería él. Iría a todas las tumbas. Me pararía junto a ellas. Cerraría los ojos y levantaría los brazos. Sería Jesucristo y visitaría las tumbas de toda la gente a la que amé. Y los haría volver de la muerte.

A todos.

Después de que volvieran a la vida, los abrazaría y los besaría y nunca los dejaría ir. Y sería feliz. Sería el hombre más feliz sobre la faz de la tierra.